古體小説叢刊

拾遺記校注

〔晉〕王　嘉撰
〔梁〕蕭　綺録
齊治平　校注

中華書局

圖書在版編目(CIP)數據

拾遺記校注/(晉)王嘉撰;(梁)蕭綺録;齊治平校注. —
北京:中華書局,1981.6(2025.7 重印)
(古體小説叢刊)
ISBN 978-7-101-10694-7

Ⅰ.拾… Ⅱ.①王…②蕭…③齊… Ⅲ.筆記小説-小説集-中國-晉 Ⅳ.I242.1

中國版本圖書館 CIP 數據核字(2015)第 014122 號

責任印製:管 斌

古體小説叢刊

拾遺記校注

〔晉〕王 嘉 撰

〔梁〕蕭 綺 録

齊治平 校注

*

中 華 書 局 出 版 發 行

(北京市豐臺區太平橋西里 38 號 100073)

http://www.zhbc.com.cn

E-mail:zhbc@zhbc.com.cn

北京建宏印刷有限公司印刷

*

850×1168 毫米 1/32 · 9¼印張 · 2 插頁 · 150 千字

1981 年 6 月第 1 版 2025 年 7 月第 8 次印刷

印數:60601-61200 册 定價:39.00 元

ISBN 978-7-101-10694-7

《古體小説叢刊》出版説明

中國古代小説的概念非常寬泛，内涵很廣，類别很多，又是隨着歷史的發展而不斷演化的。古代小説的界限和分類，在目録學上是一個有待研究討論的問題。古人所謂的小説家言，如《四庫全書》所列小説家雜事之屬的作品，今人多視爲偏重史料性的筆記，我局已擇要編入「歷代史料筆記叢刊」，陸續出版。現將偏重文學性的作品，另編爲《古體小説叢刊》，分批付印，以供文史研究者參考。所謂古體小説，相當於古代的文言小説。爲了便於對舉，參照古代詩體的發展，把文言小説稱爲古體，把「五四」之前的白話小説稱爲近體，這是一種粗略概括的分法。本叢刊選收歷代比較重要或比較罕見的作品，採用所能得到的善本，加以標點校勘，如有新校新注的版本則優先録用。個别已經散佚的書，也擇要作新的輯本。古體小説的情況各不相同，整理的方法也因書而異，不求一律，詳見各書的前言。編輯出版工作中不够完善之處，誠希讀者批評指正。

中華書局編輯部

二〇〇五年四月

總目

前言

漢魏六朝的小説，不外志怪和雜録兩類，而尤以志怪書爲大宗。從小説的發展上看來，這是很自然的。在漢以前，已經有《山海經》和《穆天子傳》的出現。前者專記八荒異物，可以説是中國古代神話的一個粗略的結集。後者則是關於周穆王駕八駿西征的故事。漢魏六朝的志怪書就是從這兩個流派蕃衍而來。承接《山海經》一派的，如《神異經》、《十洲記》之類；承接《穆天子傳》一派的，如《漢武故事》、《神仙傳》之類。當然這也只是一個大體上的劃分，其中雜糅牽混，是不能涇渭分明的，譬如王嘉的《拾遺記》固然「專説伏羲以來異事」，可是最後又有《諸名山》一卷，就是兼綜兩派的一部作品。

《拾遺記》據蕭綺的序説是王嘉所作，因經亂散佚，經過他的蒐集編訂而成的。但檢隋、唐志著録，又有分歧：題作《拾遺録》的，二卷或三卷，標明王嘉撰；題作《王子年拾遺記》的十卷，標明蕭綺撰或録。因此這部書的卷數和作者便都發生了問題，甚至引起了僞造的嫌疑。明胡應麟《少室山房筆叢》説：「《拾遺記》稱王嘉子年、蕭綺傳録，蓋即綺撰而託之王嘉。……又《名山紀》亦贋作，今不傳。」這個説法，直到現在還有人承用，但實際考察起來，是站不住脚的。首先，從文筆辭采方面看，《拾遺記》正文雖然也相當靡麗，「詞條豔發」，但和蕭綺的《録》比起來，畢竟還顯得質樸些，駢儷氣息也不像蕭録那麼濃厚。所以就連蕭綺也還説它「記事存樸」，説它「迂闊」、「繁冗」。至於蕭録則是地道的駢文，在句法組織上已開初唐風氣。二者在形式方面是有所區别的。

更重要的是内容方面。王嘉是方士，蕭綺是文人，我們儘可以説王嘉是富有文采的方士，蕭綺是相信神怪的文人，但二人的身分畢竟不同，觀點也自然兩樣。比如在正文中侈談一些神仙怪異之事，正是方士誇誕的本色，意在宣傳迷信；而在録語中則往往引用一些儒家的教條，來進行評論和説教。因此正文與録語所表現的思想常相牴牾。最顯著的例子是卷三周靈王部分的録語中批評他「受制於奢，玩神於亂，波蕩正教，爲之媮薄」。更説他「溺此仙道，棄彼儒教」。這正好説明王嘉和蕭綺思想的分野：一個是站在儒家方面，一個是站在道家方面，雖然一個是雜牌子的儒家（也談怪、力、亂、神），一個是變了質的道家（已非清淨無爲之旨），但從這兩句話看來，還是有一定界線的。在其他方面，蕭録對於正文也有辨難，如卷六漢宣帝條講了很多奇異的植物，而蕭録則云：「宣帝之世，有嘉穀玄稷之祥，亦不説今之所生，……抑亦王子所稱，非近俗所食。詮其名，華而不實」。又卷八麋竺條説竺家人收鵁鶄數千頭，養於池渠中以厭火，而録却以爲鵁鶄當是「方諸」之訛，並且加以駁難説：「羽毛之類，非可禦烈火，於義則爲乖，於事則違類。」周羣條記白猿化爲老翁與羣問答，而録却説：「白猿之祥，有類越人問劍之言，其事迂誕，若是而非也。」像這些地方，《記》、《録》互異，違牾顯然，如果二者出於一手，都是蕭綺所造，那又何必出爾反爾，自相矛盾呢？考蕭綺僞造之説，起於胡應麟，胡氏以前，從無異議。胡氏雖以博洽著稱，但他對《拾遺記》實未嘗致力，因此他竟説「《名山記》亦贗作，今不傳。」實則所謂《名山記》就是《拾遺記》的第十卷，明明載在《文獻通考》和陳氏《書録解題》，胡氏竟并此未嘗寓目，而妄下雌黄，因此我們可以肯定蕭綺僞撰之説是不能成立的〔一一〕。

蕭綺僞撰之外，又有虞義僞撰之説，其説出於唐張柬之《跋洞冥記》，見於宋晁載之《續談助》所引。據姚振宗《隋書經籍志考證》，疑義卽南齊虞羲。考羲字士光，一字子陽，會稽餘姚人，盛有才藻，其詩奇句清拔，爲謝脁所嗟誦，見《南史·王僧儒傳》及鍾嶸《詩品》。則虞羲乃一詩人，不見得有興趣去撰著《拾遺記》這樣的雜史或小説。其次，虞羲撰《拾遺記》從來不見著録，而且古書以「拾遺」爲名的很多，虞羲卽使曾撰《拾遺記》，也不見得就是這部《拾遺記》。所以虞義僞造之説和蕭綺僞造之説一樣，都是單文孤證，不可信從。何況虞義、虞羲究竟是否一人，也還是個問題。

因此，在没有確鑿證據可以證明《拾遺記》是别人僞造的以前，我們還是應該相信王嘉撰、蕭綺録的説法，因爲這是隋唐以來大多數人一直公認的。

王嘉，《晉書》卷九十五有傳，除《拾遺記》以外，他還撰有《牽三歌讖》一卷，並曾撰集關於「禹步」的文章〔三〕。蕭綺無考，我疑心他是梁朝的宗室貴族，按照我國姓名排行的習慣，和蕭統、蕭綜、蕭綱等是同輩，看他在自序裏提到書籍散亡之狀説：「宫室榛蕪，書藏堙毁，……皇圖帝冊，殆無一存。」開口不離「宫室」、「皇帝」，也頗像一個貴族的口吻，與一般説「書闕有間」、「載籍殘缺」，迥乎不同。而且史稱梁武帝諸子並好學能文，他本人又對陰陽緯候卜筮占決之書頗有研究，蕭綺若爲梁武帝晚輩，也很可能世其家學，受其影響，所以在《拾遺記》的《録》裏談到緯書表現得非常内行。但這些只是就常情推測，聊供參考而已。

《拾遺記》共十卷，前九卷起庖犧迄東晉，末一卷則記崑崙等九個仙山。其中關於古史的部分很多是荒唐怪誕的神話，而漢魏以下也有許多道聽塗説的傳聞，爲正史所不載。這就是爲什麽隋唐志把它列入雜史而《宋史・藝文志》則把它列入小説家的原因。蓋就形式上看，這部書從三皇五帝一直敍述到後趙石虎，不但有帝王的名號，而且有年代有事蹟，然像一部史書。然而若就内容來考察，則這所謂「事蹟」却「十不一真」，「證以史傳皆不合」，是只能看做故事，作爲談資，而不能信其爲史實的。因此《宋史》的作者捨形式而究内容，在圖書分類上，顯然較前爲進步。

這種從迷信到科學，從落後到進步的觀點，是在人類知識逐漸增長的基礎上才產生的。而許多現代人認爲荒唐無稽的事情，古人却往往信以爲真，他們對歷史和神話傳説常常不能分別。譬如《左傳》是一部歷史書，但其中的記載有許多是怪誕不經的，只能認爲神怪小説的材料，所謂「左氏浮誇」，就正指出了這一點。其後《史記》的《封禪書》、《漢書》及各史的《五行志》等也都記録了災祥怪異的事蹟，無論作者自己信與不信，它們還是被作爲資料保存了下來。到了魏晉以後，由於社會文化各方面的影響，摭拾傳聞，造作雜史的風氣更盛極一時。在王嘉《拾遺記》以前，據《隋志》著録，有韋昭《洞記》四卷、皇甫謐《帝王世紀》十卷（以上兩書還有臧榮緒、何茂林的續作）、來奥《帝王本紀》十卷，吉文甫《十五代略》一卷（兩《唐志》俱作十卷），這些書都是從庖犧敍至漢魏，和《拾遺記》前九卷體例大約相同，特别是《十五代略》一書，和《拾遺記》之「文起羲、炎以來，事訖西晉之末，五運因循，十有四代」者更爲符合。按《拾遺記》所記也是十五代之事，蕭《序》所以説「十有四代」，大概是以秦爲閏位，不計在内。這些書今天都已亡佚，但根據輯本、佚文和章宗源、姚振宗等的考證，其内容性質大抵也和《拾遺記》相差不多。從這裏我們可以看出當時雜史撰著之盛，也不難測知《拾遺記》在體裁上和故事來源上和這些雜史一定有其因襲的關係。

《拾遺記》的另一個藍本是《别國洞冥記》。《四庫提要》説：「嘉書蓋倣郭憲《洞冥記》而作。」這是完全正確的。我們試拿兩書互勘，不但可以發現其文章風格近似，甚至篇章結構、故事情節、事物名稱也頗多模擬的痕跡，如《洞冥記》：

天漢二年，帝昇蒼龍閣，思仙術，召諸方士言遠國遐方之事。唯東方朔下席操筆跪而進。帝曰：「大夫爲朕言乎？」朔曰：「臣遊北極，至種火之山，……

《拾遺記》：

四年，王居正寢，召其臣甘需曰：「寡人志於仙道，欲學長生久視之法，可得遂乎？」需曰：「臣遊昆臺之山，……

這兩段的開頭是多麽相像啊！應該指出，這樣的開頭套語在《拾遺記》中還數見不鮮。特別是《洞冥記》那一段下面提到的明莖草（亦名照魅草）、夢草、鳳葵草、五味草、龍爪薤等等，更和《拾遺記》卷六漢宣帝地節元年條所提到的宵明草、夢草、鳳冠粟、遊龍粟等異物無論在名稱和作用方面都有很多相同，只是後者名色種類更爲繁多，踵事增華、變本加厲罷了。蕭綺在録裏懷疑這些奇異的植物不見經傳，以爲「王子所稱，非近俗所食」，實則這些異物的名色，正是從《洞冥記》襲取而來的。此外，《洞冥》有生金樹，《拾遺》就有嗽金鳥；《洞冥》有花蹄牛，《拾遺》就有駢蹄牛；《洞冥》有可釀醇酒的「碧草如麥」，《拾遺》就有可造九醞酒的指星麥，看起來都似有意模倣，而並非自然巧合。

概括地說，雜録和志怪是《拾遺記》的内容，《帝王世紀》和《洞冥記》等書是《拾遺記》的前驅和藍本。

自東漢王朝崩潰以後，魏、蜀、吴三個集團形成了鼎足割據的局面。在連年混戰中，生産力遭到嚴重的破壞，人民除了大量地被屠殺以外，還經受着疾疫災荒的襲擊，顛沛流離，生活幾乎陷入絶境。西晉建立後，統一的局面没有維持多久，就爆發了「八王之亂」，緊接着是各少數民族入侵，晉室南遷，在尖鋭的階級矛盾之外，又加上了尖鋭的民族矛盾。人們處在這樣的社會中，無論是統治階級的士族還是一般平民，都有朝不保夕的危險。因此逃避現實、追求麻醉的出世思想便很自然地萌生於心靈深處。魯迅先生在《中國小説的歷史變遷》中指出：「從漢末到六朝爲篡奪時代，四海騷然，人多抱厭世主義；加以佛道二教盛行一時，皆講超脱現世，晉人先受其影響，於是有一派人去修仙，想飛昇，所以喜服藥；有一派人欲永遊醉鄉，不問世事，所以好飲酒。」修仙的成爲方士，飲酒的成爲名士。名士們的揮麈談玄，既在上層社會蔚爲風氣，方士們的「張皇鬼神，稱道靈異」，也一定會在中下階層中得到市場。馴至名士方士化，方士名士化，二者合流，共同致力於鬼神靈異的傳播渲染，於是志怪小説便盛行起來。王嘉正是在這樣社會氛圍中生活的一個人物，《拾遺記》也正是在這樣社會氛圍中産生的一部小説。

反轉過來，這樣社會的面貌在《拾遺記》中也是得到了反映的，特別在後幾卷中反映得更爲明顯。首先是關於統治集團的内部矛盾。如卷九紀晉時事，通過金薆草化爲楊樹的怪異，反映了「三楊」擅權的史實。這正是西晉亂亡的起點。歷史事實是：司馬昭給晉武帝聘弘農郡華陰縣楊氏女（楊艷）爲妻，企圖藉以提高自己的門第。楊皇后生惠帝，是一個十足的白痴，晉武帝屢次要廢掉他，別立皇太子，楊皇后和大臣們却提出「立嫡以長不以賢」的古訓，加以阻止。楊皇后將死，又要求晉武帝不得立妾爲妻，正式聘娶他的從妹楊芷爲皇后，晉武帝也聽從了。楊芷做皇后後，她的父親楊駿超升爲車騎將軍，楊氏聲勢壓倒一切。本來晉武帝有意造成楊氏勢力，希望它做爲士族的代表，與皇族勢力合成輔佐帝室的兩翼。可是事實和他的希望恰恰相反，楊氏力謀利用晉惠帝的昏愚，恢復東漢皇太后臨朝稱制、外戚擅權的舊例。因此在晉武帝臨死時遺詔召汝南王司馬亮與楊駿共同輔政，楊皇后却與楊駿合謀，别造詔書，令楊駿一人輔政，大權獨攬。《拾遺記》以金薆草變爲楊樹的怪異，象徵政權自司馬氏轉入楊氏手中的事實，是很巧妙的。後來晉惠帝妻賈皇后殺楊駿，逼死楊皇后，族滅楊氏，並殺楊氏徒黨數千人，引起「八王之亂」，都以此爲導火線〔三〕。《拾遺記》敍晉時事以金薆草開頭，推原禍始，也是很有意義的。

統治者的貪財、荒淫、奢侈、放蕩，在《拾遺記》中也有很好的描述和揭露。如漢靈帝起裸遊館，魏文帝大肆鋪張地迎薛靈芸，孫亮爲四姬合「四氣香」，以及郭家的「瓊厨金穴」，石虎的「燋龍温池」和「清嬉浴室」。尤其以豪侈出名也爲作者所極力描寫的是石崇：「石氏之富，方比王家，驕侈當世，珍寶奇異，視如瓦礫，積如糞土。」這些吸血鬼們把民脂民膏榨取來供自己揮霍，把良家子女掠奪來供自己淫樂，這也正是晉代奢侈、荒淫的真實反映。據歷史記載，二七三年，晉武帝曾選中級以上文武官員家的處女入宫，次年又選下級文武官員和普通士族家處女五千人入宫，滅吴後，選取吴宫女五千人，總計晉宫中有女子一萬人以上。晉武帝提倡荒淫，士族自然從風而靡。同時他也是奢侈的提倡者，王愷和石崇鬥富，晉武帝助王愷，仍不能取勝，這是人所熟知的故事。以一個皇帝竟然幫助臣下争奢鬬侈，可以想見奢風的盛行。統治者這樣過着驕奢淫逸的生活，人民自然要受殘酷的剥削、壓迫。當時傅玄上疏説：「侈汰之害，甚於天災。」這句話是千真萬確的。因爲天災還有一定的限度，奢侈造成的人禍則没有止境。薛靈芸唾壺中的紅淚，是魏晉時代被侮辱被損害的少女的血淚的結晶，也是當時所有老百姓的血淚的結晶。

這樣的經濟關係，這樣的政治社會生活，自然會影響到它的上層建築——文化、習俗、思想各方面。干寶《晉紀總論》指出：「朝寡純德之士，鄉乏不二之老，風俗淫僻，恥尚失所，學者以莊、老爲宗而黜《六經》，談者以虚蕩爲辯而賤名檢，行身者以放濁爲通而狹節信，……

其倚杖虛曠，依阿無心者，皆名重海內。」這一段話真實而又深刻地揭露了晉代上層人物的思想作風。有名的「竹林七賢」就是崇尚虛無、放蕩縱慾的代表。當時殺奪的政治情況使虛無思想得到發展的條件，士族制度使放蕩行爲得到恣肆的保證，他們更抬出老、莊，僞造《列子》來作爲縱慾的理論根據。《列子·楊朱篇》認爲人有賢愚貴賤，但都難免一死，從而提出「且趣當生，奚遑死後」的主張。張湛注說：「任情極性，窮歡盡娛，雖近期促年，且得盡當生之樂也。」又說：「惜名拘禮，內懷於矜懼憂苦以至死者，長年遐期，非所貴也。」基於這種人生觀，所以劉伶縱酒，至荷鍤相隨；阮咸效尤，竟與豬共飲。這種情況，在《拾遺記》張華造九醖酒一段裏用兩句歌辭作了極爲生動的概括，就是：「寧得醇酒消腸，不與日月齊光。」意思是「言耽此美酒，以悅一時，何用保守靈而取長久？」試看這是多麼深刻地揭示了當時士族那種空虛腐朽的精神世界啊！

士族們所追求的是縱情享受、醉生夢死，而人民所渴望的則是和平的環境與安定的生活。《拾遺記》卷五所記泥離國使臣的話：「自鑽火變腥以來，父老而慈，子壽而孝。自軒皇以來，屑屑焉以相誅暴，浮靡囂動，淫於禮，亂於樂；世德澆訛，淳風墜矣。」這樣兩兩對比，一安一亂，人民擁護什麼，反對什麼，希望什麼，憎惡什麼，顯然是極爲分明的。

人民所嚮往的是「孝讓之國」、「無老純孝之國」那樣的樂土，所追求的是「力勤十頃，能致嘉穎」那樣的勞動和豐收。可是這種安居樂業的環境在現實社會中是不存在的，面對的只是殘民以逞的統治階級，身受的只是迫害與壓榨，因而也就不能遏制滿腔的怨恨與詛咒，如卷五怨碑條記秦時治驪山之墳，生埋工人，工人未死，「於闇內琢石爲龍鳳仙人之像及作碑文辭讚，……辭多怨酷之言」。便明白地寫出了對横暴無理的統治者的抗議，它的人民性是很鮮明的。

值得探討的是魏晉小説既以志怪爲主，所寫的一般是超現實的題材，何以也能反映一定的社會現實，表達出人民的情感和願望呢？我們的答案是：這些作品固然是出自文人或方士之手，但是這些故事的來源却大都是民間的一些傳説，作者不過盡了搜集和寫定的義務，所以原來故事的思想内容往往自然流露而不可掩。縱使作者主觀上未必有反映現實、表達民意的意圖，而在客觀上却或多或少地起了這樣的作用，這是不難理解的。就《拾遺記》而論，當然也是如此。而它的作者王嘉又是曾經多年隱居山野的，對於人民的生活與思想感情自會有一定的了解和體會。他以一個方士的身分來寫書，因而在寫到他的前輩方士的時候，常常有近似「自我表現」的情况，從而使我們可以間接了解他的思想。如史稱王嘉「不食五穀，不衣美麗」，而他筆下的子韋也是一個「不服寶衣，不甘奇食」的「野人」，正可看作是他自己的影子。同時也和那些殘民以逞的貴族們所過的奢侈生活，形成强烈的對照。因而子韋對宋景公説的「德之不均，亂將及矣，修德以來人，則天應之祥，人美其化」云云，我們也可以看做是王嘉自己的言論，代表着他自己的看法。至於另外一個方士甘需對燕昭王説：「今大王以妖容惑目，美味爽口，列女成羣，迷心動慮，……而欲却老雲遊，何異操圭爵以量滄海，執毫釐而迴日月，其可得乎？」這又很可以看做是對晉代那些一面縱欲、一面求仙的貴族們的一種諷刺，也是具有現實意義的。從這些地方看來，王嘉並不是一般的職業迷信家，而是一個有相當見解的人物。

蕭綺的録也表現了一些進步的思想。他提倡節約，反對奢侈，一再抨擊帝王的大興土木、生活糜爛、殉死厚葬、勞民傷財等等罪行，這是值得我們肯定的。至於他説「興亡之道，匪推之曆數，亦由才力而致」，這就又不是像王嘉那樣的方士所能見到的了。

關於《拾遺記》的思想内容，過去的封建學者都以爲它詞旨荒誕，甚至以爲「誣罔不道」。只有清末譚獻説：「今三復乃見作者之用心。奢虐之朝，陽九之運，述往事以譏切時王，所謂陳古以刺今也。篇中於忠諫之辭，興亡之迹，三致意焉。蕭綺附録，大義軌於正道，是非不謬於聖人者已。」這個評價確是有見於「作者之用心」的，雖然它還未能超脱封建時代的見解，但比起那些完全抹殺《拾遺記》的思想性，或者只重辭藻、不管内容的評論來，實在高明得多。

《拾遺記》也反映了我們的祖先和大自然的鬥争，生産力的發展，以及關於科學技術的某些幻想。由於我國歷史悠久，許多最古老的傳説往往就産生在我們這裏：燧人氏的鑽木取火，伏羲的畫卦造字，神農的教民稼穡，這些古史傳説，都見於比《拾遺記》更早的古書記載，這裏無須再説了。鄧拓同志曾指出本書所載唐堯時出現的「貫月槎」或「挂星槎」，就是最古的關於宇宙航行的傳説，這在航天技術突飛猛進的今天，不能不引起我們的注意和極大的興趣。他説在王嘉的筆下使我們看到，「似乎在遠古時代，真的有這麼一條船，經常在四海上出現。但是，它並非只在海面漂浮的船隻，而是每十二年繞天一周，不斷地環繞航行的。更重要的是，古人已經設想到這條船能够到月球上去，到其他星星上去，所以把它叫做貫月槎和挂星槎。」他還説明，這個傳説的産生以我國爲最早，不僅是因爲記載它的《拾遺記》是出現於公元四世紀的一部古書，而且因爲它竟然是關於堯的傳説〔四〕。受了這段話的啓發，我們聯想到這種類似科學幻想的傳説，在這部書裏還有不少。如本書卷四記載，秦始皇時，「有宛渠國之民，乘螺舟而至。舟形似螺，沉行海底，而水不浸入。一名淪波舟。」試看這和潛水艇是多麼相似啊！潛水艇到今天已發展爲以核爲動力了，但它的基本性能還是「沉行海底，而水不浸入」；而且「潛水」、「淪波」，只就名稱來看，在詞義上也是那樣的吻合！其他如帝顓頊的「曳影之劍，騰空而舒，若四方有兵（戰争），此劍則飛起指其方，則剋伐。」這和今天的導彈又何其類似！後世劍俠小説中的飛劍，指揮如意，似乎更加神奇，但只用於個人或派別之間的格鬥，在作用和意義上來說，反而較此減退了。又如周靈王時的「玉人」，「皆有機棙，自能轉動。謂之『機妍』」。這又很像今天機器人的雛形；而「機妍」這個美妙的名稱，更使「機器人」三字相形見絀！當然，這些在王嘉那時，僅僅是幻想；但是，列寧曾鄭重說過：「否認幻想也在最精確的科學中起作用，那是荒謬的〔三〕。」因爲幻想不僅是藝術創作的基礎之一，而且也爲科學活動所必需。人們都知道假設在科學中的作用，而任何假設都包含有很多科學的幻想成分。幻想對技術方面的啓示作用尤爲明顯，許多卓越的技術發明，早在它們出現以前，就被幻想小說家預言過和大略地描述過。從「貫月槎」到宇宙飛船，從「淪波舟」到核潛艇，從「機妍」到機器人，不正生動地說明了這個事實嗎？雖然《拾遺記》還够不上「科學幻想小說」的水平，但它表現出來的豐富的想像力，還是十分益人神智的。

以上談了《拾遺記》的一個方面，也就是它的精華部分。它當然也有缺點，糟粕也很多。首先，和其他志怪小說一樣，它包含着很大的迷信成分，侈談陰陽五行，受命而帝，旁及因果報應，以明神道不誣。有時又對統治者的豪華生活，極力鋪寫，並抱着一種旁觀欣賞的態度；雖偶有批判，也殊令人有「勸百諷一」之感。好在這些迷信落後的東西，一望而知，以我們今天的思想水平，是不會有人相信，更不會受其迷惑的。正如馬克思所指出的：「任何神話都是用想像和借想像以征服自然力，支配自然力，把自然力加以形象化；因而隨着這些自然力之實際上被支配，神話也就消失了〔六〕。」對於本書中的一些迷信成分，我們已隨文批注，或提出自己的看法，這裏不過是提醒讀者一聲。我們還可以滿懷信心地説，隨着我國社會主義現代化的不斷進展，我們全民族的科學文化水平的不斷提高，在我們經濟生活和思想領域裏的一切落後的東西都將淘汰廓清，這些提醒或批判的話也就成爲多餘的了。

《拾遺記》在魏晉志怪書中較爲晚出，它已不是張華《博物志》那樣只記異聞的「叢殘小語」，而是借一點歷史傳説爲引線，鋪陳成情節婉曲、詞藻華艷的故事。如被封建學者斥爲「上誣古聖，下獎賊臣」的皇娥、趙高兩段，就是很好的例子。前者描寫皇娥怎樣「夜織」，怎樣「晝遊」，又怎樣在窮桑浦邊遇到白帝之子，兩人一塊兒划船「讌戲」，並且奏樂唱歌。她住的地方是「璇宫」，他們相會的地方是「滄茫之浦」，奏的是「㛹娟之樂」，樂器是「桐峰梓瑟」，這些瑰麗的辭藻構成一個飄渺秀麗的仙境，一對熱戀着的青年男女就在這樣的仙境中活動着。這種鋪敍環境、製造氣氛的手法，無疑是很高超的。後者寫趙高被誅以前，趙高如何謀殺子嬰，秦始皇如何前來託夢，子嬰如何因趙高於咸陽獄中，用種種方法害他不死。寫趙高被誅以後，子嬰從獄吏口中得知趙高被囚時懷中有一青丸，又從方士口中得知趙高先世曾受韓終丹法，後又敍羣衆看到一隻青雀從趙高屍中直飛入雲，又補敍始皇託夢時所著靑舄乃安期先生所贈。這段情節複雜，人物衆多，而鋪敍婉轉，首尾照應，在章法結構上可以説是非常成功的。

此外，如《幽明録》所記劉、阮到天台的故事，一向爲人所豔稱，大家都知道它和《搜神後記》中袁相、根碩的故事很相似，但似乎都没有注意到在《拾遺記》卷十洞庭山中還有採藥者遇到仙女的故事。從這三部書的時代先後，故事情節的繁簡來看，恐怕《拾遺》所寫，正是二書的前驅。這是值得特爲拈出的。若就中國小説的整個發展過程來考察，我們説《拾遺記》中的某些章節，在文采與意想方面足以下啟唐人傳奇，似乎也不爲過。它的價值和影響，絶不限於前人所指出的「事豐奇偉，詞富膏腴，無益經典，而有助文章」而已。

《拾遺記》所載史事雖説「十不一真」，但總還有一些「真」的存在，特别是秦、漢以後，神話的成分漸少，傳説的成分加多，其中遺聞軼事，頗足以補史之闕文。但它畢竟是一部小説，從文學角度來看，我們以爲它録存了不少謡、諺、詩歌，其中很有一些優秀作品，既爲我們保存了一份文學遺産，也爲這部書增加了華采。即如《皇娥歌》和《帝子歌》，如果把它當作少昊父母的作品，那是誰也不會相信的，因爲不但少昊有無其人都非常渺茫，七言詩也絶對不會産生於上古之世。但是這兩首歌的本身却辭采艷發，情致纏綿，再配上那「滄茫之浦」的清幽浩渺的景色，一對青年以這樣美妙的情歌互相贈答，無疑起了錦上添花的作用。這歌或采自漢魏以來的民歌，或係王嘉自作，總之都不失爲藝術精品，比起《穆天子傳》中西王母與周穆王的唱和之作，進步多了。再如漢武帝的《落葉哀蟬曲》，抒寫了帝王的悼亡之情；太初二年時的《謡言》（「三七末世」云云）則反映了當時人民憂生念亂的痛苦；漢昭帝的《淋池歌》，宋長白《柳亭詩話》雖曾表示懷疑，但仍認爲「其詞特佳」，沈德潛更指出「月低荷句，已開六朝風氣」。其他如卷九所載張華《金薹賦》的斷句，卷十所載屈原成爲「水仙」的故事，都可供愛好文學者參考，或足資談助。至於「奇偉」之事，「膏腴」之辭，書中隨處可見，難以例舉，那只有留待讀者自己去欣賞了。

關於本書校注方面的一些情況，在這裏説明幾句：

《拾遺記》以前未見有人整理過，現在作的可説是一件「蓽路襤褸」的工作。由於前人對小説的輕視，所以像《拾遺記》這類書很難找到完善的本子。吴琯《古今逸史·凡例》説：「是編諸書，不列學官，不收秘閣，山鑱冢出，幾亡僅存。毋論善本，卽全本亦希；毋論刻本，卽抄本多誤。」因此首先需要的就是校勘。本書以明世德堂翻宋本作爲底本，這是現存《拾遺記》刻本中最早也是最好的一個本子。稍後的刻本如程榮《漢魏叢書》本、吴琯《古今逸史》本似均從此出，可以説是一個系統。另外一個系統是《稗海》本，文字與世德堂本出入較大，而與《廣記》引文多同。其書分卷而無標題，也没有蕭綺的序和書後所附的《王嘉傳》；蕭《録》所存無幾，而又與《記》混而不分，是其最大缺點。另有明刻《古今小史》本，文字與世德堂本無大出入，而無前後序録則與《稗海》本同，當是較兩本後出的本子，無關重要。此外尚有王謨《漢魏叢書》本、《廿一種秘史》本、《龍威秘書》本等，則更爲後出，在校勘上參考價值不大。值得特別一提的是毛扆校本，他是以世德堂本爲底本，而以兩個舊抄本（一本半葉十二行，行二十三字；一本半葉九行，行十八字）來進行校勘的，其中有不少地方校正了刻本的錯誤，對我們的校勘工作很有幫助。但我們並未見到原本，這里所根據的是北京圖書館藏傅沅叔（增湘）過録的本子。另外，涵芬樓據明鈔本排印的《説郛》中有《拾遺記》僅一卷，雖係殘缺不全之本，亦頗有可采。

除以上諸本外，我們還用了一些類書，如《藝文類聚》、《北堂書鈔》、《太平廣記》、《太平御覽》、《類説》、《紺珠集》等。還有羅泌《路史》及其子羅苹注，屢引本書，也曾用以參校。

爲了節省讀者的精力，我们不採取匯校的方式。當各本文字及類書所引與底本互異的時候，只採取其足訂底本之誤或可以並存者録入校語。因爲我們覺得獺祭各本，羅列異文，進行煩瑣的考訂，引起無謂的糾纏是不必要的。同時底本雖係翻刻宋本，是現存最早最好的本子，但它也有一個缺點，那就是由於因襲宋本或核校不精，時有明顯的誤字，因此我們對它也並不迷信，凡遇有顯然的錯誤或文義實不可通的時候，就參據各本，擇善而從。至於各本相同，無可據改，而推詳文義確可定其爲衍、脱或訛誤者，則援據他書或逕以意改正，但這種情況是較少的。好在關於以上這些，都在校語中注明，如有違失，還便於彌補。

原書前九卷以雜史之例編次，雖有年代先後，但參錯實多，某些帝王年號亦不相符合，可能在傳寫刊刻時有所變亂，甚至也許在蕭綺當年整理時就没能整齊畫一，文從字順。這些今天我們當然不能隨意更動。但其中虞舜一章大頻國人所談巨魚大蛟的災異，文句錯亂，不相連貫。謹依前人校書所用「錯簡」之例，前後有所移置，雖然還有問題，但總較原來通順一些。另外還有個别移動之處，理由均詳校語中。

注釋方面，期於簡明扼要，除一些史實、典故都盡量注明出處外，一般較易理解的字句，即不加疏解。但詳略繁簡之間，也是經過一番斟酌的。

整理古籍，傳統上有兩種做法：一種是信守古本，不輕改動。它的長處是態度矜慎，能够保存古書的原貌；而短處則是承訛襲謬，有如李慈銘所譏：「好傳古本，每失之愚」。另一種做法是參校衆本，自出手眼，以己意點竄古書。它的優點是每有獨到之處，精確不磨，但有時流於主觀武斷，被誚爲「勇於改字」。我們的態度是實事求是，訂訛補闕，以期更好地爲讀者服務。但由於個人學識譾陋，難免力不從心。因此只希望本書能成爲一個比較通順完備、便於閲讀的本子，並不敢以此爲定本或善本。尤其在校勘上難免有去取失當之處，在注釋方面，也還有個别疑難未獲解决，這些都有待於將來的補充和修改。敬希讀者和專家們惠賜批評，匡其不逮！

最後應該鄭重提到的是，本書校注之初，曾承劉盼遂先生惠借藏書，並賜教益；汪紹楹先生也時相過從，有所揚搉。不幸，十年浩刼，兩位先後逝世。劉先生經師人師，竟然無辜遇害，海内學人，尤深悼惜。今值此書刊行，謹識此以爲紀念。再者，此次寫定拙稿，承中華書局編輯部同志細心審閲，提了不少寶貴意見，謹此致謝！

〔一〕據蕭序：「綺更删其繁紊，紀其實美，……編言貫物，使宛然成章。」可見他對王書不止整理編次，還有所加工潤色，但却不能指爲僞造。

〔二〕見《洞神八帝玄變經》（《道藏》正一部滿字號）。

〔三〕參看范文瀾著《中國通史簡編》第二編第四章。

〔四〕見《燕山夜話・宇宙航行的最古傳説》。

〔五〕《哲學筆記》，一九五六年人民出版社版第三三九頁。

〔六〕《政治經濟學批判・導言》，《馬克思恩格斯選集》二一一三頁。

蕭綺序

《拾遺記》者，晉隴西安陽人王嘉字子年所撰，凡十九卷，二百二十篇，皆爲殘缺。當僞秦之季，王綱遷號，五都淪覆，河洛之地，没爲戎墟，宫室榛蕪，書藏堙毁。荆棘霜露，豈獨悲於前王；鞠爲禾黍，彌深嗟於兹代！故使典章散滅，黌館焚埃，皇圖帝册，殆無一存，故此書多有亡散〔一〕。文起羲、炎已來，事訖西晉之末，五運因循，十有四代。王子年乃搜撰異同，而殊怪必舉，紀事存樸，愛廣尚奇〔二〕，憲章稽古之文，綺綜編雜之部，《山海經》所不載，夏鼎未之或存〔三〕，乃集而記矣。辭趣過誕，意旨迂闊〔四〕，推理陳跡，恨爲繁冗；多涉禎祥之書，博采神仙之事，妙萬物而爲言，蓋絶世而弘博矣！世德陵夷，文頗缺略。綺更删其繁紊，紀其實美，搜刊幽秘，捃採殘落，言匪浮詭，事弗空誣，推詳往跡，則影徹經史，考驗真怪，則叶附圖籍。若其道業遠者，則辭省樸素；世德近者，則文存靡麗，編言貫物，使宛然成章。數運則與世推移，風政則因時迴改。至如金繩鳥篆之文，玉牒蟲章之字，末代流傳〔五〕，多乖曩跡，雖探研鐫寫，抑多疑誤。及言乎政化，訛乎禎祥，隨代而次之〔六〕。土地山川之域，或以名例相疑；草木鳥獸之類，亦以聲狀相惑；隨所載而區別〔七〕，各因方而釋之，或變通而會其道，寧可採於一說！今搜檢殘遺，合爲一部，凡一十卷，序而録焉。

〔一〕「散」原作「敗」，據毛校改。
〔二〕「尚」原作「向」，據毛校改。
〔三〕毛校作「或之未存」。
〔四〕「意」原作「音」，據毛校改。
〔五〕「流傳」毛校作「傳流」。
〔六〕毛校「代」上有「世」字。
〔七〕《逸史》本「載」作「在」。

拾遺記目録

拾遺記卷一

春皇庖犧

春皇者，庖犧之别號〔一〕。所都之國，有華胥之洲。神母遊其上，有青虹繞神母〔二〕，久而方滅，卽覺有娠，歷十二年而生庖犧〔三〕。長頭修目，龜齒龍唇，眉有白毫，鬚垂委地。或人曰：歲星十二年一周天〔四〕，今叶以天時。且聞聖人生皆有祥瑞。昔者人皇蛇身九首〔五〕，肇自開闢。于時日月重輪，山明海静。自爾以來，爲陵成谷〔六〕，世歷推移，難可計算。比于聖德，有踰前皇。禮義文物，於兹始作。去巢穴之居〔七〕，變茹腥之食〔八〕，立禮教以導文，造干戈以飾武，絲桑爲瑟〔九〕，均土爲塤〔一〇〕，禮樂於是興矣。調和八風，以畫八卦〔一一〕，分六位以正六宗〔一二〕。于時未有書契〔一三〕，規天爲圖，矩地取法，視五星之文，分晷景之度，使鬼神以致羣祠，審地勢以定川岳，始嫁娶以修人道〔一四〕。庖者包也，言包含萬象；以犧牲登薦于百神，民服其聖，故曰庖犧，亦謂伏羲。變混沌之質，文宓其教〔一五〕，故曰宓犧。

布至德于天下，元元之類，莫不尊焉。以木德稱王，故曰春皇〔一六〕。其明叡照于八區，是謂太昊〔一七〕。昊者明也。位居東方，以含養蠢化，叶于木德，其音附角，號曰「木皇」。

〔一〕《類説》五引「庖犧」作「伏羲」。按我國古史傳説有「三皇五帝」之稱，其説不一。孔安國《尚書序》、皇甫謐《帝王世紀》以伏羲、神農、黄帝爲三皇，少昊、顓頊、高辛、堯、舜爲五帝。本書「文起羲、炎以來」，記古帝名次與《書序》及《世紀》相合。（《世紀》久佚，清宋翔鳳有輯本，在《訓纂堂叢書》中。）

〔二〕《説郛》本作「青龍」，與各本不同，且與下「方滅」不應，非。然使人聯想及劉媪感龍而生劉邦之神話。古亦有以虹爲陰陽二氣交接之象者，説詳聞一多《高唐神女傳説之分析》。

〔三〕《帝王世紀》：「太皞帝庖犧氏，風姓也。母曰華胥。燧人之世，有大人之迹出於雷澤之中，華胥履之，生庖犧於成紀。」按諸書多言華胥履迹而生庖犧；惟《路史·後紀》注引《寶櫝記》云：「帝女遊於華胥之淵，感蛇而孕，十二年生庖犧。」與本節所記略同。又《路史·國名記》：「華胥，伏戲母國，在閬中。《列子》云：『華胥氏之國，在弇州之西，台州之北。』」

〔四〕歲星即木星。我國古代天文家觀察木星在天空中之位置以紀年。木星在星空中繞行一周，約需十二整年。

〔五〕人皇，亦傳説中三皇之一。《史記·補三皇本紀》：「人皇九頭，乘雲車，駕六羽，出谷口。兄弟九人，分長九州，各立城邑。」又《路史·前紀》注引《寶櫝記》云：「斯頻國石室中有三皇石像，皆龍形，長六丈。」

〔六〕《詩・小雅・十月之交》:「高岸爲谷,深谷爲陵。」後世遂以陵谷喻世事變遷。

〔七〕《莊子・盜跖》:「古者禽獸多而人民少,於是民皆巢居以避之。」又《易・繫辭》:「上古穴居而野處。」皆謂初民未有宫室時之居住情況。

〔八〕《禮記・禮運》:「昔者先王未有火化,食草木之實,鳥獸之肉,飲其血,茹其毛。」又按《韓非子・五蠹》,燧人氏教民「鑽燧取火,以化腥臊」,此則歸功于庖犧。

〔九〕瑟,古樂器。《世本》:「瑟,庖犧作,五十弦。」

〔一〇〕羅泌《路史・後紀一》云:「灼土爲塤。」羅氏常引本書,或其所見本「均」作「灼」。塤,古樂器,以土爲之,一口,五孔。其音剛而濁。

〔一一〕《御覽》九引作「伏羲坐於方壇之上,聽八風之氣,乃畫八卦」。(《路史・後紀一》引同,脱「坐於」二字。)與今本不同,疑係此句注文。八風者,《説文》:「風,八風也,東方曰明庶風,東南曰清明風,南方曰景風,西南曰涼風,西方曰閶闔風,西北曰不周風,北方曰廣莫風,東北曰融風。」按《左傳》隱公五年:「舞所以節八音而行八風。」服虔注謂八卦之風,則八卦與八風有關,蓋漢以來相傳舊説。又伏羲畫卦,最早見於《易・繫辭》:「古者庖犧氏之王天下也,仰則觀象於天,俯則觀法於地,觀鳥獸之文與地之宜,近取諸身,遠取諸物,於是始作八卦。」

〔一二〕《易・乾》:「大明終始,六位時成。」六位即六爻。《易》卦畫曰爻,六爻,重卦六畫也。六宗之説不一,孔光、劉歆以乾坤六子水、火、雷、風、山、澤爲六宗。按此句承上八卦言,則六宗當即指此。

〔三〕《尚書序》：「古者伏犧氏之王天下也，始畫八卦，造書契，以代結繩之政，由是文籍生焉。」《釋文》：「書者，文字；契者，刻木而書其側，故曰書契也。」

〔四〕《路史·後紀》注引譙周《古史考》云：「伏羲制嫁娶，以儷皮爲禮。」

〔五〕混沌，蒙昧無知。《説文》「宓」字段注云：「此字經典多作密。」是「宓」、「密」古通用。此二句謂伏羲始變混沌之質，而興文理密察之教。

〔六〕古以五行生剋爲帝王嬗代之應，其説始於騶衍。《漢書·郊祀志》：「騶子之徒，論著終始五德之運。」如淳注：「今其書有《五德終始》。五德各以所勝爲行。秦謂周爲火德，滅火者水，故自謂水德。」但自漢以來，陰陽家多以五行相生爲説，如《淮南子·天文》：「東方木也，其帝太皞，其佐句芒，執規而治春；南方火也，其帝炎帝，其佐朱明，執衡而治夏；中央土也，其帝黄帝，其佐后土，執繩而治四方；西方金也，其帝少昊，其佐蓐收，執矩而治秋；北方水也，其帝顓頊，其佐玄冥，執權而治冬。」以五帝配五方、五行，卽寓相生之意。本書屢引《淮南子》，其謂庖犧爲木德，神農火德，黄帝土德，少昊金德，顓頊水德等等，亦卽此類迷信説法。

〔七〕太昊卽太皞。《吕氏春秋·孟春紀》：「孟春之月，其帝太皞，其音角。」注：「太皞，伏羲以木德王天下之號，死祀於東方，爲木德之帝。」

炎帝神農

炎帝始教民耒耜〔一〕，躬勤畎畝之事，百穀滋阜。聖德所感，無不著焉。神芝發其異色，靈苗擢其嘉穎，陸地丹蕖，駢生如蓋〔二〕，香露滴瀝，下流成池，因爲豢龍之圃。朱草蔓衍於街衢〔三〕，卿雲蔚藹於叢薄〔四〕，築圓丘以祀朝日〔五〕，飾瑶階以揖夜光〔六〕。奏九天之和樂，百獸率舞，八音克諧〔七〕，木石潤澤，時有流雲灑液，是謂「霞漿」，服之得道，後天而老。有石璘之玉，號曰「夜明」，以闇投水，浮而不滅。當斯之時，漸革庖犧之朴，辨文物之用。時有丹雀銜九穗禾，其墜地者，帝乃拾之，以植於田，食者老而不死。採峻鍰之銅以爲器。峻鍰，山名也。下有金井，白氣冠其上。人升於其間，雷霆之聲，在於地下。井中之金柔弱，可以緘縢也〔八〕。

〔一〕《史記正義》引《帝王世紀》云：「神農氏，姜姓也。母曰任姒，有蟜氏女，登爲少典妃，遊華陽，有神龍首，感生炎帝。人身牛首，長於姜水。有聖德，以火德王，故號炎帝。」按此節亦當有「以火德王」等語，又記神農事特簡略，蓋蕭綺整理時已殘闕不完。耒耜，古農具，起土所用。《易·繫辭》：「神農氏作，斲木爲耜，揉木爲耒，耒耨之利，以教天下。」

〔二〕「陸地」原作「陸池」，據《紺珠集》八及《類説》引文改。《類説》五云：「神農時陸地生丹蕖，駢生如車蓋。」按蕖卽芙蕖，荷也。駢生，重列對偶而生。蓋，傘也，言花葉豐茂如傘也。蓋荷本水生植物，今陸地而生，故爲祥異。若作「陸池」，不詞，且與下「成池」重複。

〔三〕朱草，一種瑞草。《淮南子·本經》：「流黄出而朱草生。」高注：「皆瑞應也。」

〔四〕卿雲，瑞氣也。《史記·天官書》：「若烟非烟，若雲非雲，郁郁紛紛，蕭索輪囷，是謂卿雲。」蔚藹，光華油潤之貌。叢薄，草木叢雜之處。《淮南子·俶真》：「獸走叢薄之中。」注：「聚木曰叢，深草曰薄。」

〔五〕「圓」當作「圜」，二字古通用，以作「圜」爲正。圜丘，祭天之壇也。《周禮·春官·大司樂》：「于地上之圜丘奏之。」疏：「土之高者曰丘。圜者，象天圜也。」

〔六〕夜光，月也。《楚辭·天問》：「夜光何德？死則又育。」洪興祖補注引《博雅》：「夜光謂之月。」

〔七〕上二句襲《書·舜典》文。古以金、石、土、革、絲、木、匏、竹爲八音。

〔八〕緘縢，約束、矯揉之意。

録曰〔一〕：謹按《周易》云〔二〕：伏羲爲上古〔三〕，觀文於天，察理於地，俯仰二儀，經綸萬象，至德備於冥昧，神化通於精粹。是以圖書著其迹，河洛表其文〔四〕。變太素之質〔五〕，改淳遠之化〔六〕，三才之位既立〔七〕，四維之義乃張〔八〕，禮樂文物，自兹而始。降於下代，漸相移襲。《八索》載其遐軌，《九丘》紀其淳化〔九〕，備昭籍籙，編列柱史〔一〇〕。考驗先經，刊詳往誥，事列方典〔一一〕，取徵羣籍，博採百家，求詳可證。按《山海經》云：「棠帝之山，出浮水玉。巫閭之地，其木多文〔二〕。」自非道真俗朴，理會冥旨，與四時齊其契，精靈協其德，禎祥之異，胡可致哉！故使迹感誠著，幽祇不藏其寶，祇心剪害，殊性之類必馴也。以降露成池，蓄龍爲圃。及乎夏代，世載綿絶，時有豢龍之官〔三〕。考諸遐籍，由斯立矣〔四〕。

〔一〕按本書卷首蕭綺序「序而録焉」云云，則凡「録曰」以下，皆蕭綺之文也。後仿此。

〔二〕毛校無「謹」字。

〔三〕《漢書·藝文志》：「《易》道深矣，人更三聖，世歷三古。」孟康注：「《易·繫辭》曰：『《易》之興，其於中古乎！』然則伏羲爲上古，文王爲中古，孔子爲下古。」

〔四〕二句謂《河圖》、《洛書》。《易·繫辭》：「河出圖，洛出書，聖人則之。」鄭玄用《春秋緯》之説，以爲《河圖》有九篇，《洛書》有六篇；孔安國以爲《河圖》即八卦，《洛書》即九疇。見《易·繫辭》疏。

〔五〕太素，《列子·天瑞》：「太素者，質之始也。」

〔六〕淳遠，《逸史》本作「純遠」。

〔七〕三才，指天、地、人。《易·繫辭》：「《易》之爲書也，廣大悉備，有天道焉，有人道焉，有地道焉，兼三才而兩之。」

〔八〕四維，《管子·牧民》：「何謂四維？一曰禮，二曰義，三曰廉，四曰耻。」劉續注：「維，網罟之綱，此四者張之，所以立國，故曰四維。」

〔九〕《八索》、《九丘》，按《左傳》昭十二年：「是能讀《三墳》、《五典》、《八索》、《九丘》。」杜注：「皆古書名。」

〔一〇〕柱史，柱下史之省稱，周官名，相當秦之御史、漢之侍御史。《史記·張丞相傳》：「蒼，秦時爲御史，主柱下方書。」據此知柱下史爲典守書籍之官。

〔一一〕方典，猶方策，古時無紙，書於木版竹簡之上，故後人稱書籍曰方典、方策，亦曰方書。

〔一二〕《山海經·南山經》：「堂庭之山，多棪木，多白猿，多水玉。」郭璞注：「水玉，今水精也。」此作「棠帝之山」，蓋傳寫訛誤。下句今《山海經》無其文，俟考。

〔一三〕按《左傳》昭公二十九年，蔡墨對魏獻子，謂古者畜龍，故國有豢龍氏，有御龍氏。董父事舜，爲豢龍氏，劉累學擾龍於豢龍氏以事夏孔甲，爲御龍氏。杜注：「豢龍，官名，官有世功，則以官名。」

〔一四〕斯，指神農之世。據《左傳》，豢龍之官乃帝舜所置，蕭《録》以《記》有「因爲豢龍之圃」云云，遂謂豢龍始于神農也。

軒轅黄帝

軒轅出自有熊之國〔一〕。母曰昊樞〔二〕，以戊己之日生，故以土德稱王也。時有黄星之祥〔三〕。考定曆紀〔四〕，始造書契〔五〕。服冕垂衣，故有袞龍之頌〔六〕。變乘桴以造舟楫〔七〕，水物爲之祥踴〔八〕，滄海爲之恬波。泛河沉璧〔九〕，有澤馬羣鳴〔一〇〕，山車滿野〔一一〕。吹玉律〔一二〕，正璇衡〔一三〕。置四史以主圖籍〔一四〕，使九行之士以統萬國。九行者，孝、慈、文、信、言、忠、恭、勇、義。以觀天地，以祠萬靈，亦爲九德之臣。薰風至〔一五〕，真人集〔一六〕，乃厭世於昆臺之上〔一七〕，留其冠、劍、佩、舄焉〔一八〕。昆臺者，鼎湖之極峻處也〔一九〕，立館於其下。帝乘雲龍而遊，殊鄉絶域，至今望而祭焉。帝以神金鑄器，皆銘題。及昇遐後〔二〇〕，羣臣觀其銘，皆上古之字，多磨滅缺落。凡所造建，咸刊記其年時，辭跡皆質。詔使百辟羣臣受德教者，先列珪玉於蘭蒲席上〔二一〕，燃沉榆之香，舂雜寶爲屑，以沉榆之膠和之爲泥，以塗地，分别尊卑華戎之位也。事出《封禪記》。帝使風后負書，常伯荷劍〔二二〕，旦遊洹流，夕歸陰浦，行萬里而一息。洹流如沙塵，足踐則陷，其深難測。大風吹沙如霧，中多神龍魚鼈，皆能飛翔。有石蕖青色，堅而甚輕，從風靡靡，覆其波上，一莖百葉，千年一花。其地一名「沙瀾」，言沙湧起而成波瀾也。仙人甯封食飛魚而死〔二三〕，二百年更生。故甯先生遊沙海七言頌云：「青蕖灼爍千載舒〔二四〕，百齡暫死餌飛魚。」則此花此魚也。

〔一〕《史記·五帝本紀》："黄帝者，少典之子，姓公孫，名軒轅。"《索隱》："有土德之瑞，土色黄，故稱黄帝。"又引皇甫謐云："居軒轅之丘，因以爲名，又以爲號。"按《漢書·古今人表》張晏注云："黄帝作軒冕之服，故謂之軒轅。"與謐説異。《史記索隱》："號有熊者，以其本是有熊國君之子故也。"按有熊古地名，即今河南省新鄭縣治。

〔二〕《史記正義》謂黄帝"母曰附寶，之祁野，見大電繞北斗樞星，感而懷孕，二十四月而生黄帝於壽丘"。本書謂黄帝母曰昊樞，不知何據，疑因電繞樞星而杜撰者。

〔三〕黄星，當即景星。《竹書紀年》，黄帝二十年"有景雲之瑞。赤方氣與青方氣相連，赤方中有兩星，青方中有一星，凡三星皆黄色，以天清明時見於攝提，名曰景星。"按《史記·天官書》："天精而見景星。"《集解》引孟康説"景星"與《紀年》同。

〔四〕《史記·曆書》："黄帝考定星曆。"《索隱》："按《系本》(即《世本》，唐諱"世"字)及《律曆志》，黄帝使羲和占日，常儀占月，臾區占星氣，伶倫造律吕，大撓作甲子，隸首作算數，容成綜此六術，而著《調曆》也。"

〔五〕許慎《説文解字自敍》："黄帝之史倉頡，見鳥獸蹏迒之跡，知分理之可相别異也，初造書契。"

〔六〕服，戴。冕，古天子、諸侯禮冠。《易·繫辭》："黄帝、堯、舜垂衣裳而天下治。"衮，音滚，天子禮服，上畫卷龍，故稱衮龍。

〔七〕桴，編竹木以爲渡水之具，大曰筏，小曰桴。《易·繫辭》稱黄帝、堯、舜"刳木爲舟，剡木爲楫"。

〔八〕《稗海》本、《御覽》七六九作"翔踴"，毛校作"祥湧"。

〔九〕《路史·餘論》卷六有《沈璧》條，引《符瑞圖》云：「黄帝軒轅氏東巡，省河過洛，又沈握視，將加沈璧（原注：沈握，沈珪）。集曆並臻，皆臨諸壇。河龍負圖，出赤文象文以授命。」

〔一〇〕澤馬，川澤所出之馬。《文選》張衡《東京賦》：「擾澤馬與騰黄」。李善注引《陰嬉讖》：「聖人爲政，澤出馬。」

〔一一〕《禮記·禮運》：「山出器車。」疏：「《禮緯斗威儀》云：『其政太平，山車垂鉤。』注云：『山車，自然之車；垂鉤，不揉治而自圓曲。』」

〔一二〕律，古代正樂律之器；玉律，以玉製成者。相傳黄帝時伶倫截竹爲筒，以筒之長短，分别聲音之清濁高下，樂器之音，即依以爲準則。分陰、陽各六，陽爲律，陰爲吕，合稱十二律。因律有十二，故古人又以配十二月，並用吹律之法，以測氣候。法詳《後漢書·律曆志》。

〔一三〕「璇」亦作「璿」。璿機玉衡爲古代測天文之器，猶後世之渾天儀。《書·舜典》：「在璿機玉衡，以齊七政。」

〔一四〕四史，梁章鉅《稱謂録》以爲相當後世之翰林。

〔一五〕薰風謂和風。薰亦作熏，《吕氏春秋·有始覽》：「東南曰熏風。」

〔一六〕真人，修真得道之人，仙人。

〔一七〕厭世，厭棄人間，謂仙去也。《莊子·天地》：「千歲厭世，去而上仙。」

〔一八〕《史記正義》引《列仙傳》云：「軒轅自擇亡日，與羣臣辭。還葬橋山，山崩，棺空，唯有劍、舄在棺焉。」與本書稍異。

〔一九〕《史記·封禪書》：「黄帝采首山銅，鑄鼎於荆山下。鼎既成，有龍垂胡髯，下迎黄帝。……故後世因名其處曰鼎湖。」

〔二〇〕古稱帝王死或仙人飛昇曰昇遐。「昇」亦作「登」，「遐」亦作「假」或「霞」。聞一多說：「『遐』，當讀爲『煆』，本訓火焰，因日旁赤光或赤雲之似火者謂之霞，故又或借『霞』爲之。」詳所著《神仙考》。

〔二一〕《類説》引作「先列珪玉於蘭臺」。

〔二二〕《路史·後紀五》云：「風后、柏常，從負書劍。」注引本書亦作「柏常負劍」，與各本不同。按《史記·五帝本紀》，黄帝臣有風后、常先。此常伯疑卽常先之訛。又按《文選·陳太邱碑》注引環濟《要略》：「侍中，古官。風后爲黄帝侍中，周時號曰常伯，秦始復故。」則常伯乃官名，或常先與風后同爲黄帝侍中，故亦稱爲常伯。

〔二三〕《列仙傳》：「甯封，黄帝時人也。世傳爲黄帝陶正。有神人過之，爲其掌火，能令火出五色烟，久則以教封子。封子積火自燒，而隨烟氣上下。視其灰燼，猶有其骨。時人共葬於甯北山中，故謂之甯封子焉。」

〔二四〕灼爍，《紺珠集》作「的皪」，義同，均光彩鮮明之貌。

少昊

少昊以金德王〔一〕。母曰皇娥，處璇宫而夜織〔二〕，或乘桴木而晝遊，經歷窮桑滄茫之浦。時有神童，容貌絕俗，稱爲白帝之子，卽太白之精〔三〕，降乎水際，與皇娥讌戲，奏㛹娟之樂〔四〕，游漾忘歸。窮桑者，西海之濱，有孤桑之樹，直上千尋〔五〕，葉紅椹紫，萬歲一實，食之後天而老。帝子與皇娥泛於海上，以桂枝爲表，結薰茅爲旌〔六〕，刻玉爲鳩，置於表端，言鳩知四時之候，故《春秋傳》曰「司至」〔七〕，是也。今之相風〔八〕，此之遺象也。帝子與皇娥並坐，撫桐峯梓瑟。皇娥倚瑟而清歌曰：「天清地曠浩茫茫，萬象迴薄化無方〔九〕。浛天蕩蕩望滄滄，乘桴輕漾著日傍。當其何所至窮桑，心知和樂悅未央。」俗謂遊樂之處爲桑中也。《詩》中《衞風》云：「期我乎桑中〔一〇〕。」蓋類此也。白帝子答歌：「四維八埏眇難極〔一一〕，驅光逐影窮水域。璇宮夜靜當軒織〔一二〕。桐峯文梓千尋直，伐梓作器成琴瑟。清歌流暢樂難極，滄湄海浦來棲息。」及皇娥生少昊，號曰窮桑氏，亦曰桑丘氏。至六國時，桑丘子著陰陽書〔一三〕，卽其餘裔也。少昊以主西方，一號金天氏，亦曰金窮氏。時有五鳳，隨方之色〔一四〕，集於帝庭，因曰鳳鳥氏〔一五〕。金鳴於山，銀湧於地，或如龜蛇之類，乍似人鬼之形，有水屈曲亦如龍鳳之狀，有山盤紆亦如屈龍之勢，故有龍山、龜山、鳳水之目也。亦因以爲姓〔一六〕，末代爲龍丘氏，出班固《藝文志》〔一七〕；蛇丘氏，出《西王母神異傳》〔一八〕。

〔一〕《御覽》八〇三引本書云：「黄帝之子名青陽，是曰少昊，一名摯，有白雲之瑞，號爲白帝。有鳳銜明珠致於庭，少昊乃拾珠懷之，使照服於天下。」當係本節佚文。

〔二〕璇，美石，稍次於玉。璇宫，以美石建築之宫室。

〔三〕太白卽金星。《史記·天官書》：「察日行以處位太白。」《正義》引《天官占》云：「太白者，西方金之精，白帝之子。」

〔四〕「㛐」，當作「㛹」。㛹娟，迴曲貌，又美麗貌，此指樂音悠揚婉轉。

〔五〕尋，古代以八尺爲尋。

〔六〕表，標竿。薰茅，一種香草。旌，旗幡之類。桂表茅旌，蓋如船上之桅帆。

〔七〕司至，至謂冬至、夏至。《左傳》昭公十七年：「伯趙氏，司至者也。」注：「伯趙，伯勞也，以夏至鳴，冬至止。」疏：「此鳥以夏至來，冬至去，故以名官，使之主二至也。」按鳩與伯勞非一物。又鳩有數種，其中鳲鳩，又名布穀，每穀雨後始鳴，夏至後乃止。農家以爲候鳥。此言「鳩知四時之候」，蓋誤以鳲鳩當伯勞也。

〔八〕相風，卽象風鳥，古候風之器，以木或銅爲之，形如鳥，置屋頂或舟檣上，以候四方之風。按《全晉文》中，賦相風者甚多，蓋當時其器盛行，故云「今之相風」。

〔九〕迴薄，運轉軼盪。《鶡冠子》：「精神迴薄，振盪相轉。」

〔一〇〕《桑中》，《詩·鄘風》篇名。按邶、鄘、衛三地名，其詩皆詠衛國之事，故亦可統稱《衛風》。

〔一一〕四維，指東、南、西、北四隅。八埏，即八方。埏，謂地之邊際。

〔一二〕「琁」原作「琁」，實一字之異體，前「處璇宫而夜織」作「璇」，故改使一律。各本亦均作「璇」。

〔一三〕《漢書·藝文志》陰陽家有《乘丘子》五篇。注：「六國時。」王先謙《漢書補注》據沈欽韓、葉德輝説，謂當作「桑丘」。

〔一四〕五鳳，五種鳳屬之鳥。《小學紺珠》：「五鳳：赤者鳳，黄者鵷雛，青者鸞，紫者鸑鷟，白者鵠。」隨方之色，謂隨五方之色，即東方青色，南方赤色，西方白色，北方黑色，中央黄色。按黑、紫色相近，此或以鸑鷟配北方黑色。

〔一五〕《左傳》昭公十七年，郯子對昭公云：「少皞摯之立也，鳳鳥適至，故紀於鳥，爲鳥師而鳥名。鳳鳥氏，曆正也。」注：「鳳鳥知天時，故以名曆正之官。」按郯子以鳳鳥氏爲司曆之官，此則以爲少昊有天下之號，皆神話傳説。

〔一六〕「姓」原誤作「往」，據《稗海》本、程榮本改。

〔一七〕按今《漢志》無龍丘氏。龍丘，複姓，因龍丘山爲氏，見《東觀漢記》。又《後漢書·循吏傳》有龍丘萇。

〔一八〕蛇丘氏，春秋時齊人滅遂，遂國在濟北，漢建爲蛇丘縣，受封者以爲氏。「蛇」音「移」。西王母，古仙人名。《穆天子傳》郭璞注：「西王母如人虎齒，蓬髮戴勝，善嘯。」此《西王母神異傳》當即記其異事者，未見。《路史·餘論》九有《西王母》條，辨其事甚詳。

顓頊

帝顓頊高陽氏〔一〕，黄帝孫，昌意之子。昌意出河濱，遇黑龍負玄玉圖。時有一老叟謂昌意云：「生子必叶水德而王。」至十年，顓頊生，手有文如龍，亦有玉圖之象〔二〕。其夜昌意仰視天，北辰下，化爲老叟。及顓頊居位，奇祥衆祉，莫不總集；不稟正朔者越山航海而皆至也〔三〕。帝乃揖四方之靈，羣后執珪以禮，百辟各有班序〔四〕。受文德者，錫以鐘磬；受武德者，錫以干戈。有浮金之鐘，沉明之磬，以羽毛拂之，則聲振百里。石浮於水上，如萍藻之輕，取以爲磬，不加磨琢。及朝萬國之時，乃奏含英之樂，其音清密，落雲間之羽〔五〕，鯨鯢游涌，海水恬波。有曳影之劍，騰空而舒，若四方有兵，此劍則飛起指其方，則剋伐；未用之時，常於匣裹，如龍虎之吟。

〔一〕《史記索隱》引宋衷云：「顓頊，名；高陽，有天下號也。」又引張晏云：「高陽者，所興地名也。」

〔二〕按顓頊母名昌僕，亦名女樞。《史記正義》引《河圖》云：「瑶光如蜺，貫月正白，感女樞於幽房之宫，生顓頊。首戴干戈，有德文也。」與本書所記同爲神話而略異。

〔三〕正朔卽正月一日。古時王者易姓，有改正朔之事，并視爲開國大典。按《史記・五帝本紀》，顓頊時「北至于幽陵，南至于交阯，西至于流沙，東至于蟠木，動静之物，大小之神，日月所照，莫不砥屬」。《集解》引王肅云：「四遠皆平而來服屬。」卽此句意。

〔四〕羣后、百辟，指各國諸侯。《爾雅・釋詁》：「后、辟，君也。」

〔五〕羽，指飛禽，言飛禽聞樂聲，自天空而下。

溟海之北〔一〕，有勃鞮之國。人皆衣羽毛，無翼而飛，日中無影，壽千歲。食以黑河水藻，飲以陰山桂脂。憑風而翔，乘波而至。中國氣暄，羽毛之衣，稍稍自落。帝乃更以文豹爲飾。獻黑玉之環，色如淳漆。貢玄駒千匹。帝以駕鐵輪，騁勞殊鄉絶域〔二〕。其人依風泛黑河以旋其國也。

〔一〕溟海，《列子・湯問》：「有溟海者，天池也。」注：「水黑色謂溟海。」

〔二〕騁勞，巡行慰問。

闇河之北，有紫桂成林，其實如棗，羣仙餌焉。韓終採藥四言詩曰〔一〕：「闇河之桂，實大如棗。得而食之，後天而老。」

〔一〕韓終，古仙人名。一説秦始皇時方士。

高辛

帝嚳之妃〔一〕，鄒屠氏之女也。軒轅去蚩尤之凶〔二〕，遷其民善者於鄒屠之地，遷惡者於有北之鄉〔三〕。其先以地命族，後分爲鄒氏、屠氏。女行不踐地，常履風雲，游於伊、洛〔四〕。帝乃期焉，納以爲妃。妃常夢吞日，則生一子，凡經八夢，則生八子。世謂爲「八神」，亦謂「八翌」，翌明也，亦謂「八英」，亦謂「八力」，言其神力英明，翌成萬象，億兆流其神睿焉〔五〕。

〔一〕帝嚳，黃帝曾孫，名夋，年十五，佐顓頊，受封於辛，後代顓頊王天下，號高辛氏。

〔二〕蚩尤，人名，炎帝所屬諸侯。炎帝末年，「蚩尤作亂，不用帝命，於是黃帝乃徵師諸侯，與蚩尤戰於涿鹿之野，遂禽殺蚩尤」。見《史記·五帝本紀》。

〔三〕有北即北方。《詩·小雅·巷伯》：「投畀有北。」疏：「以北方太陰之氣，寒涼而無土毛，不生草木，寒凍不可居處之地，故棄於彼，欲凍殺之。」

〔四〕伊、洛即伊水、洛水，在今河南省境。

〔五〕《左傳》文公十八年：「高辛氏有才子八人：伯奮、仲堪、叔獻、季仲、伯虎、仲熊、叔豹、季貍，……天下之民，謂之八元。」按：元，善也。此處「八神」等名號皆有美、善之義，當即《左傳》所謂「八元」。

有丹丘之國〔一〕，獻碼碯甕〔二〕，以盛甘露。帝德所洽，被於殊方，以露充於厨也。碼碯，石類也，南方者爲之勝〔三〕。今善别馬者，死則破其腦視之，其色如血者，則日行萬里，能騰空飛〔四〕；腦色黄者〔五〕，日行千里；腦色青者，嘶聞數百里；腦色黑者，入水毛鬣不濡，日行五百里；腦色白者，多力而怒〔六〕。今爲器多用赤色，若是人工所制者，多不成器，亦殊朴拙〔七〕。其國人聽馬鳴則别其腦色。丹丘之地，有夜叉駒跋之鬼〔八〕，能以赤馬腦爲瓶、盂及樂器，皆精妙輕麗。中國人有用者，則魑魅不能逢之。一説云，馬腦者，言是惡鬼之血，凝成此物。昔黄帝除蚩尤及四方羣凶〔九〕，并諸妖魅，填川滿谷，積血成淵，聚骨如岳〔一〇〕。數年中，血凝如石，骨白如灰，膏流成泉。故南方有肥泉之水〔一一〕，有白堊之山，望之峩峩，如霜雪矣。又有丹丘，千年一燒，黄河千年一清，至聖之君，以爲大瑞。丹丘之野多鬼血，化爲丹石，則碼碯也。不可斫削彫琢，乃可鑄以爲器也。當黄帝時，碼碯甕至，堯時猶存，甘露在其中，盈而不竭，謂之寶露，以班賜羣臣〔一二〕。至舜時，露已漸減。隨帝世之汙隆，時淳則露滿，時澆則露竭，及乎三代，減於陶唐之庭〔一三〕。舜遷寶甕於衡山之上，故衡山之岳有寶露壇。舜於壇下起月館，以望夕月。舜南巡至衡山，百辟羣后皆得露泉之賜。時有雲氣生於露壇，又遷寶甕於零陵之上。舜崩，甕淪於地下。至秦始皇通汨羅之流爲小溪〔四〕，逕從長沙至零陵，掘地得赤玉甕，可容八斗，以應八方之數，在舜廟之堂前。後人得之，不知年月。至後漢東方朔識之〔五〕，朔乃作《寶甕銘》曰：「寶雲生於露壇，祥風起於月館，望三壺如盈尺，視八鴻如縈帶。」三壺，則海中三山也。一曰方壺，則方丈也；二曰蓬壺，則蓬萊也；三曰瀛壺，則瀛洲也。形如壺器。此三山上廣、中狹、下方，皆如工制，猶華山之似削成。八鴻者，八方之名；鴻，大也。登月館以望四海三山，皆如聚米縈帶者矣。

〔一〕丹丘，在浙江寧海縣南。孫綽《遊天台山賦》：「訪羽人於丹丘，尋不死之福庭。」相傳丹丘爲神仙聚居之地，此丹丘之國，蓋由此附會。

〔二〕碼碯，《稗海》本作「瑪瑙」。此物由蛋白石、玉髓及石英在岩石之空隙中漸次沉澱而成，常呈各種色彩之美麗文理，加以鏤琢，可制成器皿。此文以碼碯爲馬腦或鬼血所化，皆臆測之傳說。

〔三〕《廣記》四〇三作「南方者爲上」。

〔四〕《稗海》本、《廣記》四〇三作「能騰飛空虛」。

〔五〕原無「者」字，據《稗海》本、《廣記》四〇三補。

〔六〕《稗海》本、《廣記》四〇三「怒」作「驚」。

〔七〕《稗海》本及《廣記》四〇三重「成器」字，作「成器亦朴拙」，《廣記》脱「朴」字。

〔八〕夜叉，梵語，亦作「藥叉」，義譯爲捷疾鬼。駒跋，未詳。

〔九〕「黄」原誤作「皇」，據《稗海》本、《逸史》本改。

〔一〇〕按黄帝與蚩尤之戰，規模空前，有關神話傳説亦甚多，如《通典·樂典》：「蚩尤率魑魅與黄帝戰於涿鹿，帝令吹角作龍吟以禦之。」又《路史·後紀四·蚩尤傳》：「（黄帝）傳戰，執尤於中冀而誅之，爰謂之『解』。」注引王冰《黄帝經序》云：「其血化爲鹵，今之解池是也。方百二十里，鹵色正赤，故俗呼解池爲蚩尤血。」又《述異記》卷上：「今冀州人掘地得髑髏如銅鐵者，即蚩尤之骨也。」以上各書雖在本書後，但傳説當甚早，本書作者蓋雜采諸説，故如是云云。

〔一一〕肥泉之水，《詩·邶風·泉水》：「我思肥泉。」箋：「自衛而來所渡水。」按在今河南省淇縣南，東南流，入衛河。又肥泉之「肥」，《爾雅·釋水》及《詩》傳俱釋爲水同出異歸（即同源異流），非肥瘠之「肥」；此謂「膏流成泉」，實望文生義，與白堊之山，蓋皆杜撰者。

〔一二〕班賜，分賜。《書·舜典》：「班瑞於羣后。」

〔一三〕陶唐謂唐堯。堯始居於陶丘，後爲唐侯，故號陶唐氏。

〔一四〕汨羅，水名，源出江西省修水縣西南山中，是爲汨水，西南流，入湖南省境，經湘陰縣東北；又有羅水，發源於岳陽縣，西流來會，乃稱汨羅江。

〔一五〕東方朔字曼倩，漢武帝時官太中大夫給事中，以滑稽著稱，亦善辭賦。《漢書》有傳。以其博學多識，依隱玩世，又善射覆，在六朝人所作小説中，遂被描寫爲神仙一流人物矣。

唐堯

帝堯在位〔一〕，聖德光洽。河洛之濱，得玉版方尺，圖天地之形。又獲金璧之瑞，文字炳列，記天地造化之始。四凶既除〔二〕，善人來服，分職設官，彝倫攸敍〔三〕。乃命大禹，疏川瀦澤。有吴之鄉，有北之地，無有妖災〔四〕。沉翔之類，自相馴擾〔五〕。幽州之墟〔六〕，羽山之北〔七〕，有善鳴之禽，人面鳥喙，八翼一足，毛色如雉，行不踐地，名曰青鸐〔八〕，其聲似鐘磬笙竽也。《世語》曰：「青鸐鳴，時太平。」故盛明之世，翔鳴藪澤，音中律吕，飛而不行。至禹平水土，棲於川岳，所集之地，必有聖人出焉。自上古鑄諸鼎器，皆圖像其形，銘讚至今不絶〔九〕。

〔一〕堯，帝嚳次子，初封陶，後徙唐，故史稱唐堯。在位九十八年，傳位於舜。

〔二〕四凶，四個凶惡的人或部族。《書·舜典》記舜攝位之後，「流共工於幽州，放驩兜於崇山，竄三苗於三危，殛鯀於羽山，四罪而天下咸服」。又《左傳》文公十八年：「舜臣堯，賓於四門，流四凶族——渾敦、窮奇、檮杌、饕餮，投諸四裔，以禦螭魅。」按《史記正義》以爲此四凶族卽《尚書》之四罪人。

〔三〕語出《尚書・洪範》。彝倫卽常理。攸，助詞。敍，定。謂建立起正常秩序。

〔四〕吴在南，有吴卽南方，有北卽北方。言南北皆無妖災。

〔五〕馴擾，馴順。言魚、鳥之類，皆馴順不相侵害。

〔六〕幽州，舜時分冀州東北部醫無閭之地置幽州，卽今河北省一部分及遼寧省地。墟，地區。

〔七〕羽山，胡渭《禹貢錐指》據《寰宇記》謂卽山東蓬萊縣東南之羽山。按羽山所在，説法不一，此句承上文「幽州之墟」言，則其地當在山東境内，胡説近是。

〔八〕鸐，音狄。《爾雅・釋鳥》：「鸐，山雉。」按亦名鸐雉，又名山雞。

〔九〕「讚」原誤作「讃」，從各本及《廣記》四六三改。

堯登位三十年，有巨查浮於西海〔一〕，查上有光，夜明晝滅。海人望其光〔二〕，乍大乍小，若星月之出入矣。查常浮繞四海，十二年一周天，周而復始，名曰貫月查，亦謂挂星查。羽人棲息其上〔三〕。羣仙含露以漱，日月之光則如暝矣。虞、夏之季，不復記其出没。遊海之人，猶傳其神偉也。西海之西，有浮玉山。山下有巨穴，穴中有水，其色若火，晝則通曨不明〔四〕，夜則照耀穴外，雖波濤瀇蕩，其光不滅，是謂「陰火」。當堯世，其光爛起，化爲赤雲，丹輝炳映，百川恬澈。游海者銘曰「沉燃」〔五〕，以應火德之運也。

〔一〕査，同「楂」，亦作「槎」，水中浮木。
〔二〕海人，濱海或航海之人。
〔三〕羽人，《楚辭·遠遊》：「仍羽人于丹丘兮。」洪興祖《補注》：「羽人，飛仙也。」又《意林》引仲長統《昌言》云：「得道者生六翮於臂，長毛羽於腹，飛無階之蒼天，度無窮之世俗。」
〔四〕通曨，亦作「曈曨」，光線微弱之狀。
〔五〕銘，當作「名」。

堯在位七十年，有鸞雛歲歲來集，麒麟遊於藪澤，梟鴟逃於絶漠。有秖支之國獻重明之鳥〔一〕，一名「雙睛」，言雙睛在目。狀如雞，鳴似鳳。時解落毛羽，肉翮而飛〔二〕。能搏逐猛獸虎狼，使妖災羣惡不能爲害。飴以瓊膏〔三〕。或一歲數來，或數歲不至。國人莫不掃灑門户，以望重明之集。其未至之時，國人或刻木，或鑄金，爲此鳥之狀，置於門户之間，則魑魅醜類自然退伏〔四〕。今人每歲元日，或刻木鑄金，或圖畫爲雞於牖上〔五〕，此之遺像也。

〔一〕重明，《御覽》八一引《尸子》：「昔者舜兩眸子，是謂重明。」又《淮南子·修務》：「舜二瞳子，是謂重明。」《路史·後記》十一注引《春秋演孔圖》云：「舜目四童，謂之重明。」此重明之鳥，蓋關於舜之神話。

〔二〕《稗海》本、《御覽》二一九，「肉」上有「以」字。

〔三〕飴，音寺，飼也。《説郛》本作「飼」。

〔四〕醜類，《左傳》昭公七年：「醜類惡物。」疏：「醜，惡也。物，亦類也。」魑魅醜類，即魑魅等惡物。

〔五〕董勛《問禮俗》云：「正月一日爲雞，二日爲狗，三日爲羊，四日爲猪，五日爲牛，六日爲馬，七日爲人。正旦畫雞於門。……（此據《玉函山房輯佚書》本。《荆楚歲時記》亦有此文。）正旦，即每歲元日也。

虞舜

虞舜在位十年，有五老遊於國都，舜以師道尊之，言則及造化之始。舜禪於禹，五老去，不知所從〔一〕。舜乃置五星之祠以祭之。其夜有五長星出，薰風四起，連珠合璧〔二〕，祥應備焉。萬國重譯而至〔三〕。有大頻之國，其民來朝，乃問其災祥之數。對曰：「昔北極之外，有潼海之水，渤潏高隱於日中〔四〕。有巨魚大蛟，莫測其形也，吐氣則八極皆闇〔五〕，振鬐則五岳波盪。當堯時，懷山爲害〔六〕，大蛟縈天，縈天則三河俱溢，海瀆同流。三河者，天河、地河、中河是也。此三水有時通壅，至聖之治，水色俱澄〔七〕，無有流沫。及帝之商均〔八〕，暴亂天下，則巨魚吸日，蛟繞於天〔九〕，爰及鳥獸昆蟲，以應陰陽。至億萬之年，山一輪，海一竭，魚、蛟陸居，有赤烏如鵬，以翼覆蛟魚之上。蛟以尾叩天求雨，魚吸日之光，冥然則暗如薄蝕矣，衆星與雨偕墜。」舜乃禱海岳之靈，萬國稱聖。德之所洽，羣祥咸至矣。

〔一〕《路史·餘論》卷七《五老人》條考此事甚詳，謂出《論語比考（讖）》云：「帝堯率舜等游首山，觀河渚。有五老游河渚，……有頃赤龍銜玉苞，舒圖刻版，題命可卷，金泥玉檢，封盛書威曰：『知我者重童也。』五老乃爲流星，上入昴。」於是堯乃禪舜。此云「舜禪於禹，五老去」，蓋傳聞異辭。

〔二〕連珠合璧，《漢書·律曆志》：「日月如合璧，五星如連珠。」注：「七曜皆會聚斗、牽牛分度。」按金、木、水、火、土五行星，同時並現於一方，相連不斷，謂之五星連珠。此種天象極不易見，故古人以爲祥瑞。

〔三〕重譯，謂遠方異國，言語不通，輾轉相譯，始至中國也。

〔四〕渤潏，沸湧貌。

〔五〕八極，八方極遠之處也。九州之外有八寅，八寅之外有八紘，八紘之外有八極。見《淮南子·墬形》。

〔六〕懷，包圍。《書·堯典》：「蕩蕩懷山襄陵。」謂洪水圍山漫阜。

〔七〕「澄」原作「溢」，蓋形近而誤，今改。

〔八〕商均，舜子，女英所生。按《史記·五帝本紀》及注，舜子商均不肖，舜乃預薦禹於天。舜崩後，禹即帝位，封商均於虞，無暴亂天下事。且大頫國民答舜之問，似亦不當言及商均。疑此「帝之商均」，當作「帝子丹朱」，謂堯子丹朱也。《書·益稷》稱丹朱「惟慢遊是好，傲虐是作」云云；又《山海經·海外南經》郭注引《竹書紀年》有「后稷放帝朱於丹水」之文，似丹朱嘗爲帝且暴亂者。此節文字錯亂，多不可通，姑爲此說，以俟再考。

〔九〕按此下「爰及鳥獸昆蟲，……羣祥咸至矣」一段，原在後文「異於諸戎狄也」之下，今依前人校書「錯簡」之例，移至此處。

録曰〔一〕：按《春秋傳》云：「星隕如雨，而夜猶明〔二〕。」《淮南子》云：「麒麟鬬而日月蝕，鯨魚死而彗星見〔三〕。」夫盈虚薄蝕，未詳變於聖典；孛彗妖沴〔四〕，著災異於圖册；麒麟鬬，鯨魚死，靡聞於前經。求諸正誥，殆將昧焉，故誣妄也。此言吸日而星雨皆墜，抑亦似是而非也。故使後來爲之迴惑，託以無稽之言，特取其愛博多奇之間，録其廣異宏麗之靡矣。

〔一〕此「録曰」一段（至「殆將昧焉」止），原附「南潯之國……乃放河汭」一段之後，「録曰自稽考羣籍」之前。今按全書體例，無兩《録》相連者，且察其内容、語氣，明係關於「巨魚、大蛟」異聞的評論，自應移置此處。又「故誣妄也……宏麗之靡矣」，原在「蛟繞於天」之下，詳其文理，當亦係蕭綺《録》語，故接於「殆將昧焉」之後。

〔二〕《左傳》莊公七年：「夏，恆星不見，夜明也。星隕如雨，與雨偕也。」

〔三〕二語見《淮南子・天文》，「蝕」作「食」，「見」作「出」。《御覽》引文下有許慎注云：「麒麟，大角獸，故與日月同符。」又《淮南子・覽冥》亦有「鯨魚死而彗星出，或動之也」之文，高誘注：「鯨魚，大魚，長數里，死於海邊，魚之身賤也；彗星爲變異，人之害也，類相動也。」《淮南子》以外，《春秋元命苞》亦云：「麟龍鬬，日月薄食。」《春秋考異郵》亦云：「鯨魚死，彗星合。」皆古代陰陽讖緯之謬説。

〔四〕孛彗卽彗星。《漢書·文帝紀》注：「孛、彗形象小異，孛星光芒短，其光四出，蓬蓬孛孛也；彗星光芒長，參參如掃彗。」按分言則有别，合言則無殊。古以彗星出現爲災異之象，故又有妖星之名。

舜葬蒼梧之野〔一〕，有鳥如雀，自丹州而來〔二〕，吐五色之氣，氤氲如雲〔三〕，名曰憑霄雀，能羣飛銜土成丘墳。此鳥能反形變色，集於峻林之上，在木則爲禽，行地則爲獸，變化無常。常遊丹海之際，時來蒼梧之野，銜青砂珠，積成壟阜，名曰「珠丘」。其珠輕細，風吹如塵起，名曰「珠塵」。今蒼梧之外，山人採藥，時有得青石，圓潔如珠，服之不死，帶者身輕。故仙人方迴《遊南岳七言讚》曰〔四〕：「珠塵圓潔輕且明，有道服者得長生。」

〔一〕《史記·五帝本紀》：「（舜）崩於蒼梧之野，葬於江南九疑，是爲零陵。」按，蒼梧，山名，卽九疑，以其山九峯相似，疑莫能辨，故又稱九疑，在今湖南省寧遠縣東南。

〔二〕「自」字原脱，據《御覽》八〇三引文補。

〔三〕氤氲，氣盛貌。《御覽》九二二作「氛氲」。

〔四〕方迴，古仙人，迴亦作回。《列仙傳》：「方回者，堯時隱人也，堯聘以爲閭士。鍊食雲母，亦與民人有病者。隱於五柞山中。夏啟末爲宦士，爲人所劫，閉之室中，從求道。回化而得去，更以泥作印，掩封其户。時人言：『得回一丸泥塗門户，終不可開。』」

冀州之西二萬里，有孝養之國。其俗人年三百歲，而織茅爲衣，卽《尚書》：「島夷卉服」之類也〔一〕。死，葬之中野，百鳥銜土爲墳，羣獸爲之掘穴，不封不樹〔二〕。有親死者，剋木爲影〔三〕，事之如生。其俗驍勇，能嚙金石〔四〕，其舌杪方而本小。手摶千鈞〔五〕，以爪畫地，則洪泉湧流。善養禽獸，入海取虬龍，育於圜室，以充祭祀。昔黄帝伐蚩尤〔六〕，除諸凶害，獨表此處爲孝養之鄉，萬國莫不欽仰，故舜封爲孝讓之國。舜受堯禪，其國執玉帛來朝，特加賓禮，異於餘戎狄也。

〔一〕「島夷卉服」，見《書・禹貢》。蔡沈集傳：「島夷，東南海島之夷。卉，草也，葛越、木綿之屬。」按葛越，南方布名，用葛爲之。

〔二〕《易・繫辭》：「葬之中野，不封不樹。」按，中野，謂荒野之中。聚土爲墳曰封，標墓以樹曰樹。

〔三〕「剋」同「刻」。《三國志・吴志・賀齊傳》注：「謹以剋心，非但書諸紳也。」卽以「剋」爲「刻」之例。

〔四〕按《史記・五帝本紀》正義引《魚龍河圖》云：「有蚩尤兄弟八十一人，並獸身人語，銅頭鐵額，食沙石子。」《述異記》作「食鐵石」。此孝養之國，其人「能嚙金石」，當與蚩尤同族，故下文「昔黄帝伐蚩尤」云云。

〔五〕搏，提取。古以三十斤爲鈞。

〔六〕「黄」原誤作「皇」，從《稗海本》、毛校改。

南潯之國〔一〕，有洞穴陰源，其下通地脈〔二〕。中有毛龍、毛魚〔三〕，時蛻骨於曠澤之中。魚、龍同穴而處。其國獻毛龍，一雌一雄，故置豢龍之官〔四〕；至夏代養龍不絶，因以命族。至禹導川，乘此龍。及四海攸同，乃放河汭〔五〕。

〔一〕南潯，《廣記》四一八作「南鄩」。

〔二〕地脈，土地之脈絡。《史記·蒙恬傳》：「此其中不能無絶地脈。」

〔三〕「毛魚」二字原脱，據《稗海》本、《廣記》四一八補，與下文「魚、龍同穴而處」相應。

〔四〕原作「放置豢龍之宫」，據《小史》本改。「故」、「放」、「官」、「宫」，形近致誤，且豢龍之處，亦不當以「宫」名也。豢龍事見《左傳》昭公二十九年，已詳前神農節蕭《録》注。

〔五〕「乃」原誤作「及」，從《逸史》本、毛校改。《稗海》本作「乃放河内」，《廣記》四一八作「乃放於洛汭」。

録曰：自稽考羣籍，伏羲至於軒轅、少昊、高辛、唐、虞之際，禪業相襲，符表名類，未若堯之盛也。按《易緯》云：堯爲陽精，叶德乾道〔一〕，粤若稽古〔二〕，是謂上聖，惟天爲大，惟堯則之〔三〕。禪業有虞，所謂契叶符同，明象日月。蓋其載籍遐曠，算紀綿遠，德業異紀，神迹各殊。考傳聞於前古，求僉言於中世，而教道參差，祥德遞起，指明羣説，能無髣髴〔四〕！精靈冥昧，至聖之所不語〔五〕，安以淺末，貶其有無者哉！劉子政曰：「凡傳聞不如親聞，親聞不如親見〔六〕。」何則？神化欻忽，出隱難常，非膚受之所考算〔七〕，恒情之所思測。至如龍火鳥水之異，雲鳳麟蟲之屬，魍魎百怪之形，欻忽之像，憑風雲而自生，因金玉而相化〔八〕，未詳備於夏鼎，信莫記於山經。貫月槎之誕，重明桂實之説，陽燎出於冰木，陰蟲生於炎山，易腸倒舌之民，蜕骨龍肉之景，憑風雲而託生，含雨露而蠢育，已表怪於衆圖，方見偉於羣記。茫茫遐邇，眇眇流文，百家迂闊，各尚斯異，非守文於一説者矣〔九〕。

〔一〕《易緯坤靈圖》云：「堯之精陽，萬物莫不從者。帝必有洪水之災，天生聖人使救之，故言乃統天也。」

按，「統天」乃《易·乾卦·彖辭》中語，故稱「叶德乾道」。

〔二〕見《書·堯典》。粤若，發語辭；稽古，稽考古事。

〔三〕《孟子·滕文公》：「大哉堯之爲君也！惟天爲大，惟堯則之，蕩蕩乎，民無能名焉。」

〔四〕髣髴，亦作「彷佛」。此句謂所見難免模糊不清。

〔五〕精靈冥昧，謂神怪之事。至聖，指孔子。《論語·述而》：「子不語怪、力、亂、神。」

〔六〕按《漢書·楚元王傳》：「（劉）歆以爲左丘明好惡與聖人同，親見夫子，而公羊、穀梁在七十子後，傳聞之與親見之，其詳略不同。歆數以難向，向不能非間也。」此蓋蕭《録》所本，誤以歆語爲向語（向字子政）。

〔七〕膚受，猶言淺嘗。《文選》張衡《東京賦》：「末學膚受。」注：「謂不經於心胸。」

〔八〕金玉，毛校作「金石」。

〔九〕「非」原作「吁」，因形近傳刻致誤，今以意改。

拾遺記卷二

夏禹

堯命夏鯀治水[一]，九載無績[二]。鯀自沉於羽淵，化爲玄魚，時揚鬚振鱗[三]，横修波之上[四]，見者謂爲「河精」。羽淵與河海通源也。海民於羽山之中，修立鯀廟，四時以致祭祀，常見玄魚與蛟龍跳躍而出[五]，觀者驚而畏矣[六]。至舜命禹疏川奠岳[七]，濟巨海則黿鼉而爲梁，踰翠岑則神龍而爲馭[八]，行遍日月之墟，惟不踐羽山之地，皆聖德之感也[九]。鯀之靈化，其事互説，神變猶一，而色狀不同。玄魚黄能[一〇]，四音相亂[一一]，傳寫流文，「鯀」字或「魚」邊「玄」也[一二]。羣疑衆説，並畧記焉。

[一]「鯀」原作「鮌」，下同，俱從毛校及《廣記》四六六改作「鯀」，説詳後。鯀，或謂爲顓頊子，或謂爲顓頊五世孫，司馬貞《史記索隱》以後説爲是。又引《連山易》云「鯀封於崇」，故《國語》謂之「崇伯鯀」。按鯀時尚無「夏」之國號，此不當云「夏鯀」。

〔二〕《史記·夏本紀》略謂堯用鯀治水，九年而水不息，功用不成；舜攝行天子之政，行視鯀之治水無狀，乃殛鯀於羽山以死，復舉其子禹治水。

〔三〕揚鬚，《稗海》本作「揚鬐」，《廣記》四六六作「植鬐」。

〔四〕《稗海》本、《廣記》四六六作「橫遊波上」。

〔五〕跳躍，《廣記》四六六作「瀺灂」。按《文選》潘岳《閑居賦》：「遊鱗瀺灂」，謂魚出没浮沉也。此作「跳躍」，用字亦有本，《易·乾卦》「或躍在淵」；《詩·大雅·靈臺》「於牣魚躍」。《稗海》本亦作「跳躍」。作「瀺灂」者，疑經宋詞臣潤飾。

〔六〕畏矣，《稗海》本、《廣記》四六六作「畏之」。

〔七〕禹，夏代開國之君，姓姒氏。其號曰禹，亦曰文命，初封夏伯，故亦曰伯禹。後受舜禪爲天子，史稱夏禹，又稱夏后氏。按我國古代史，自夏始進入奴隸制社會，但關於禹之神話亦甚多。

〔八〕翠岑，《稗海》本、《路史·餘論》九引作「峻山」。又《廣記》四六六及《路史·餘論》，此二句俱無「而」字，並在「行遍」二句之下，文義較順。

〔九〕此句原連下作「皆聖德感鯀之靈化」，《廣記》四六六作「皆聖德之感也，鯀之化」，今參會兩本，改爲兩句。《路史·餘論》又作「聖德所感，而神化之事，互説不同」。疑經删改。

〔一〇〕能，《稗海》本、程榮本、《廣記》四六六皆作「熊」。

〔一一〕《左傳》昭公七年：「昔者堯殛鯀於羽山，其神化爲黄熊，以入於羽淵。」《釋文》：「熊，音雄，獸名。亦作能，如字；一音奴來反，三足鼈也。解者云：『獸非入水之物，故是鼈也。』一曰：『既爲神，何妨是獸。』

按《説文》及《字林》皆云：『能，熊屬，足似鹿。』然則能既熊屬，又爲鼈類，今本作能者勝也。」又《史記正義》引束晳《發蒙記》：「鼈三足曰能。」謂下三點爲三足。蓋皆因鯀死化爲「黄熊」之神話而曲爲之説。此又云化爲「玄魚」，則因「鯀」字有作「鮌」之或體而附會也。《路史・餘論》九有《黄熊化》條，辨之甚詳。

〔三〕流文，《廣記》四六六作「流誤」。按「鯀」、「鮌」同字異形，此言「或魚邊玄」，以「鮌」爲「鯀」之或體，故知本節「鮌」字皆當作「鯀」也。此字諸書多作「鯀」，惟《楚辭・天問》、《國語・吴語》、《漢書・古今人表》等書作「鮌」，乃傳寫作「魚邊玄」之例。《路史》又以爲「⿰骨系、⿰骨玄禹父，而鯀、鮌乃魚名」，偏旁從骨，蓋本《禮記・祭法》《釋文》，單文孤證，斯則好奇之過矣。

録曰：書契之作，肇迹軒史〔一〕，道朴風淳，文用尚質。降及唐、虞，爰迄三代，世祀遐絶，載歷綿遠。列聖通儒，憂乎道缺。故使玉牒金繩之書〔二〕，蟲章鳥篆之記〔三〕，或祕諸巖藪，藏於屋壁〔四〕；或逢喪亂，經籍事寢，前史舊章，或流散異域。故字體與俗訛移，其音旨隨方互改。歷商、周之世，又經嬴、漢，簡帛焚裂，遺墳殘泯〔五〕。詳其朽蠹之餘，採捃傳聞之説。是以「己亥」正於前疑，「三豕」析於後謬〔六〕。子年所述，涉乎萬古，與聖叶同，擿文求理，斯言如或可據。《尚書》云：「堯殛鮌於羽山。」《春秋傳》曰：「其神化爲黄能，以入羽淵。」是在山變爲能，入水化爲魚也。獸之依山，魚之附水，各因其性而變化焉。詳之正典，爰訪雜説，若真若似，並畧録焉。

〔一〕「軒史」原誤「軒更」，據毛校改。軒史，指軒轅之史倉頡。程榮本作「軒轅」。

〔二〕玉牒金繩，古時告天之文，書之於簡，以玉爲飾，故名玉牒；以金繩束之。《隋書·禮儀志》：「漢武帝頗採方士之言，造爲玉牒，而編以金繩。」按此泛指古代典籍。

〔三〕蟲章鳥篆，指作蟲形、鳥形之古字體。秦八體書中有蟲書，見《説文敍》。索靖《草書狀》：「蒼頡既正書契，是爲蝌斗、鳥篆。」

〔四〕《史記·儒林傳》：「秦時焚書，伏生壁藏之。」又《漢書·藝文志》記魯恭王壞孔子故宅，於壁中得古文《尚書》及《論語》、《孝經》等，皆藏書於屋壁之例。

〔五〕遺墳，即遺書，古有《三墳》、《五典》之書，故古籍亦稱墳典。

〔六〕二句謂文字因形近而傳寫訛誤。《吕氏春秋·察傳》：「有讀史記者曰：『晉師三豕涉河。』子夏曰：『非也，是己亥也。夫「己」與「三」相近，「豕」與「亥」相似。』至於晉而問之，則曰：『晉師己亥涉河也。』」

禹鑄九鼎〔一〕，五者以應陽法，四者以象陰數〔二〕。使工師以雌金爲陰鼎，以雄金爲陽鼎〔三〕。鼎中常滿，以占氣象之休否〔四〕。當夏桀之世，鼎水忽沸。及周將末，九鼎咸震〔五〕，皆應滅亡之兆。後世聖人，因禹之迹，代代鑄鼎焉。

〔一〕《左傳》宣公三年：「昔夏之方有德也，遠方圖物，貢金九牧，鑄鼎象物。」又《史記・封禪書》：「禹收九牧之金，鑄九鼎。」

〔二〕《類説》五引二句末兩字作「陽數」、「陰法」。

〔三〕《御覽》六「陽鼎」句下有「太白星見，九日不没」二句。

〔四〕休否，《類説》、《紺珠集》作「休咎」，義同，皆謂吉凶也。

〔五〕《史記・周本紀》：「威烈王二十三年，九鼎震。」

禹盡力溝洫〔一〕，導川夷岳，黄龍曳尾於前〔二〕，玄龜負青泥於後。玄龜，河精之使者也〔三〕。龜頷下有印，文皆古篆，字作九州山川之字〔四〕。禹所穿鑿之處，皆以青泥封記其所，使玄龜印其上。今人聚土爲界，此之遺象也。

〔一〕《論語・泰伯篇》贊禹「卑宫室而盡力乎溝洫」。朱熹注：「溝洫，田間水道，以正疆界、備旱潦者也。」按此處雖用《論語》文，而實指治水。《廣記》四七二作「禹盡力渠溝」。

〔二〕黄龍，當即《楚辭・天問》中之「應龍」。王逸注：「有神龍以尾畫地，導水所注，當決者因而治之也。」

〔三〕按前節言鯀「化爲玄魚」，見者謂爲「河精」，此又謂玄龜爲「河精之使者」，似古有鯀助禹治水之神話（從《天問》：「鯀何所營？禹何所成？」可見出一些痕迹），今不可考。

〔四〕《廣記》四七二作「龜頷下有印文皆古言」。按古者文、字有别，許慎《説文解字叙》云：「倉頡之初作書，蓋依類象形，故謂之文；其後形聲相益，即謂之字。文者，物象之本；字者，言孳乳而寖多也。」

段注：「析言之，獨體曰文，合體曰字；統言之，則文字可互稱。」

禹鑿龍關之山〔一〕，亦謂之龍門〔二〕。至一空巖，深數十里，幽暗不可復行。禹乃負火而進。有獸狀如豕，銜夜明之珠，其光如燭。又有青犬，行吠於前。禹計可十里〔三〕，迷於晝夜，既覺漸明，見向來豕犬變爲人形，皆著玄衣。又見一神，蛇身人面。禹因與語。神卽示禹八卦之圖，列於金版之上。又有八神侍側〔四〕。禹曰：「華胥生聖子，是汝耶〔五〕？」答曰：「華胥是九河神女〔六〕，以生余也。」乃探玉簡授禹，長一尺二寸，以合十二時之數〔七〕，使量度天地。禹卽執持此簡，以平定水土。蛇身之神〔八〕，卽羲皇也。

〔一〕《書鈔》一五八引此節作「昔伯禹隨山浚川，起自積石，鑿龍門，至一空穴。初入空穴之時，孔方七尺。稍入，幽暗不可復行，禹乃負火而入。有黑蛇長十丈，頭有角，銜夜明之珠，以導於禹。禹乃晝夜並行，計可三十餘里，魑魅莫逢，穴亦積廣，乃至一室裏，有人身如蛇鱗，坐於石上，禹與言焉」，文與今本不同，録備參校。（又《御覽》八六九畧同《書鈔》，而字多訛誤。）

〔二〕龍門，山名，在今山西省河津縣西北，陝西省韓城縣東北，分跨黄河兩岸，形如門闕，相傳夏禹導河至此，鑿以通流。

〔三〕《稗海》本「可」上有「行」字，《廣記》二九一作「禹計行十餘里」。

〔四〕《廣記》二九一作「又有八神侍於此圖之側」。

〔五〕《稗海》本作「華胥生聖人，子是耶？」明鈔本《廣記》同，語氣謙敬，於義較長。

〔六〕《路史·後紀》一注云：「華胥之淵，蓋因華胥居之而名，乃閬中俞水之地，子年以華胥爲九江（？）神女，誣。」

〔七〕古代分一日爲十時、十五時，至漢太初改正朔之後，又分爲十二時，並以干支爲紀。詳見趙翼《陔餘叢考》。

〔八〕《稗海》本、《廣記》二九一「蛇」上有「授簡披圖」四字。按古代神話傳説多謂伏羲人首蛇身，如王延壽《魯靈光殿賦》：「伏羲鱗身，女媧蛇軀。」《列子·黃帝篇》：「庖犧氏、女媧氏……蛇身人面。」《帝王世紀》：「庖犧氏……蛇身人首。」他如古壁畫中圖像亦多如此。

録曰：夫神迹難求，幽暗罔辨，希夷髣髴之間〔一〕，聞見以之衒惑。若測諸冥理，先墳有所指明。是以彭生假見於貝丘〔二〕，趙王示形於蒼犬〔三〕，皆文備魯冊，驗表齊、漢。遠古曠代，事異神同。銜珠吐燭之怪，精靈一其均矣〔四〕。若夫茫茫禹跡，杳漠神源，非末俗所能推辨矣。觀伏羲至於夏禹，歲歷悠曠，載祀綿邈，故能與日月共輝，陰陽齊契。萬代百王，情異迹至，參機會道〔五〕，視萬齡如旦暮，促累劫於寸陰。何嗟鬼神之可已，而疑羲、禹之相遇乎！

〔一〕希夷，隱微也。《老子》：「視之不見名曰夷，聽之不聞名曰希。」

〔二〕《左傳》莊公八年：「冬，十二月，齊侯游於姑棼，遂田於貝丘，見大豕。從者曰：『公子彭生也。』公怒曰：『彭生敢見！』射之。豕人立而啼。公懼，隊（墜）於車，傷足。」按，齊侯即齊襄公，公子彭生爲齊國大力士。齊襄公之妹文姜，爲魯桓公夫人。某次魯桓公與文姜至齊國，襄公竟與文姜通奸，被魯桓公發覺。襄公因使彭生殺桓公，後又殺彭生向魯國謝罪。大約襄公荒淫無恥，桓公、彭生冤死，時人憤恨不平，故有此神話。

〔三〕《漢書·五行志》：「高后八年，三月，祓霸上，還過枳道，見物如蒼狗，橶高后掖，忽而不見。卜之，趙王如意爲祟，遂病掖傷而崩。」按，高后，劉邦之后呂雉。趙王如意之母戚夫人爲劉邦寵姬，後被呂雉殘酷害死，又鴆殺趙王如意，故有如意爲祟復仇之神話。

〔四〕此因禹所見「豕犬變爲人形」，故以彭生化豕、如意化狗之事相比附，以明精靈可以變化。

〔五〕機，毛校作「幾」。按「幾」古字，「機」後起字，義同。

殷湯〔一〕

商之始也，有神女簡狄，遊於桑野，見黑鳥遺卵於地〔二〕，有五色文，作「八百」字，簡狄拾之，貯以玉筐，覆以朱紱〔三〕。夜夢神母謂之曰：「爾懷此卵，即生聖子，以繼金德。」狄乃懷卵，一年而有娠，經十四月而生契〔四〕。祚以八百〔五〕，叶卵之文也。雖遭旱厄〔六〕，後嗣興焉。

〔一〕舜封契於商，賜姓子氏。從契至湯，凡十四代。湯名履，放夏桀而自立，爲商開國之主，其後裔盤庚遷殷，故稱商，又稱殷。按前《唐堯》、《虞舜》、《夏禹》，皆記堯、舜、禹之事，此則雜記殷商一代之事，但當以「殷」或「商」標題，不當曰《殷湯》。

〔二〕《詩·商頌·玄鳥》：「天命玄鳥，降而生商。」玄，黑色。

〔三〕《吕氏春秋·音初》：「有娀氏有二佚女，爲之九成之臺，飲食必以鼓。帝令燕往視之，鳴若嗌嗌（二字原誤，據許維遹《吕氏春秋集釋》引《玉燭寶典》改）。二女愛而争搏之，覆以玉筐。少選，發而視之，燕遺二卵，北飛，遂不反。」

〔四〕《史記·殷本紀》：「殷契母曰簡狄，有娀氏之女，爲帝嚳次妃。三人行浴，見玄鳥墮其卵，簡狄取吞之，因孕生契。」按「契」音「燮」，舜時官司徒，佐禹治水有功，封於商，爲商之始祖。

〔五〕《説郛》本「百」下有「年」字。

〔六〕湯克夏之後，「天大旱，五年不收，湯乃以身禱於桑林，雨乃大至」云云，見《吕氏春秋·順民》。他書多作「七年」。

傅説賃爲赭衣者，舂於深巖以自給〔一〕。夢乘雲繞日而行〔二〕，筮得「利建侯」之卦〔三〕。歲餘，湯以玉帛聘爲阿衡也〔四〕。

〔一〕傅説，人名，「説」音「悦」。賃，傭工。赭衣，罪人之服。舂，擣也，謂版築之事。《墨子·尚賢下》：「傅説……衣褐帶索，庸築於傅巖之城。武丁得而舉之，立爲三公。」又《史記·殷本紀》：「說爲胥靡，築於傅險。」傅險卽傅巖。《集解》引孔安國曰：「傅氏之巖在虞、虢之界，通道所經，有澗水壞道，常使胥靡刑人築護此道。說賢而隱，代胥靡築之，以供食也。」

〔二〕乘雲，《說郛》本作「乘龍」。

〔三〕利建侯，《易·屯卦》：「屯，元亨，利貞。勿用有攸往，利建侯。」又：「初九，磐桓，利居貞，利建侯。象曰：雖磐桓，志行正也。以貴下賤，大得民也。」按「磐桓」，難進之貌，此以喻傅說窮而在下，雖艱苦而志行則正；「以貴下賤」，則以喻湯（當作武丁）能禮賢下士也。故以筮得此卦爲君臣遇合之兆。又按《史記》謂殷王武丁夜夢得聖人，使百工於郊野求之，得說於傅險中，舉以爲相，不言傅說自夢。

〔四〕阿衡，官名。《史記索隱》：「阿，倚也；衡，平也。言依倚而取平。《書》曰『惟嗣王弗惠於阿衡』，亦曰『保衡』，皆伊尹之官號。」按伊尹名摯，湯以爲阿衡，任以國政。傅說武丁時人，距湯時已歷十世。本書作者誤合二人爲一。後之刻書者或逕改此條傅說爲伊尹以遷就之（《稗海》本、《小史》本皆作伊尹），而不悟其仍不合也。《類說》只作「帝聘之」，遂斬斷葛籐，然恐非原文。

紂之昏亂〔一〕，欲討諸侯，使飛廉、惡來誅戮賢良〔二〕，取其寶器，埋於瓊臺之下。使飛廉等惑所近之國，侯服之內〔三〕，使烽燧相續〔四〕。紂登臺以望火之所在，乃興師往伐其國，殺其君，囚其民，收其女樂，肆其淫虐。神人憤怨。時有朱鳥銜火，如星之照耀，以亂烽燧之光〔五〕。紂乃回惑，使諸國滅其烽燧。於是億兆夷民乃歡，萬國已靜〔六〕。及武王伐紂，樵夫牧豎探高鳥之巢，得玉璽〔七〕，文曰：「水德將滅，木祚方盛〔八〕。」文皆大篆，紀殷之世歷已盡，而姬之聖德方隆〔九〕。是以三分天下而其二歸周〔一〇〕。故蚩蚩之類〔一一〕，嗟殷亡之晚，望周來之遲矣〔一二〕。

〔一〕紂，名辛，又名受，帝乙之子，暴虐無道，殷遂亡國。

〔二〕飛廉、惡來，二人名。「飛」亦作「蜚」。《史記・秦本紀》：「蜚廉生惡來。惡來有力，蜚廉善走，父子俱以材力事殷紂。」又《殷本紀》：「惡來善毀讒，諸侯以此益疏。」

〔三〕《書・禹貢》：「五百里侯服。」按夏制，王城以外四面各五百里曰甸服，甸服以外四面又各五百里爲侯服。

〔四〕古代各國邊疆設烽燧臺，上積薪草，有警則燃之。一路之上築若干臺，一臺烽燧既作，鄰臺即相繼遞舉，以告戍守之兵。

〔五〕原作「亂以」，從《稗海》本互乙。

〔六〕《廣記》一三五無以上二句，文較簡捷；然恐是後人所删，不欲以此美詞歸紂。

〔七〕《稗海》本、《廣記》一三五「玉」上有「赤」字。

〔八〕按陰陽家言，以殷爲水德，周爲木德。胡三省《通鑑・秦紀》注云：「所謂終始五德之運者：伏羲以木德王；木生火，故神農以火德王；火生土，故黃帝以土德王；土生金，故少昊以金德王；金生水，故顓頊以水德王；水生木，故帝嚳又以木德王；木又生火，故帝堯以火德王；火又生土，故帝舜以土德王；土又生金，故夏以金德王；金又生水，故商以水德王；水又生木，故周以木德王，是五行之終而復始也。」

〔九〕原作「姬聖之德」，從《稗海》本、《廣記》一三五互乙。
〔一〇〕《論語·泰伯》：「三分天下有其二，以服事殷，周之德，其可謂至德也已矣。」
〔一一〕《詩·衛風》：「氓之蚩蚩。」毛傳：「蚩蚩者，敦厚之貌。」按氓，民也。故此以蚩蚩代民。
〔一二〕《廣記》一三五「望」作「恨」。按望亦有恨意，《史記·陳餘傳》：「不意君之望臣深也。」

師延者，殷之樂人也。設樂以來，世遵此職〔一〕。至師延，精述陰陽，曉明象緯〔二〕，莫測其爲人。世載遼絶，而或出或隱。在軒轅之世，爲司樂之官。及殷時，總修三皇五帝之樂。拊一弦琴則地祇皆升〔三〕，吹玉律則天神俱降。當軒轅之時，年已數百歲，聽衆國樂聲，以審興亡之兆〔四〕。至夏末，抱樂器以奔殷。而紂淫於聲色〔五〕，乃拘師延於陰宮〔六〕，欲極刑戮〔七〕。師延既被囚繫，奏清商、流徵、滌角之音〔八〕。司獄者以聞於紂，紂猶嫌曰：「此乃淳古遠樂，非余可聽說也〔九〕。」猶不釋。師延乃更奏迷魂淫魄之曲，以歡修夜之娱，乃得免炮烙之害〔一〇〕。周武王興師〔一一〕，乃越濮流而逝，或云死於水府〔一二〕。故晉、衛之人，鐫石鑄金以像其形〔一三〕，立祀不絶矣。

〔一〕《廣記》二三〇「樂人」作「樂工」，「設樂」句作「自庖皇以來」，「世」上有「其」字。按《姓譜》：「古者掌樂之官曰師，因以爲氏。」如師曠、師涓及此師延皆是。

〔二〕象緯，象數讖緯。象數謂龜筮之類，讖緯謂讖録圖緯、占驗術數之書。

〔三〕地祇，地神，亦作「地示」。《周禮·春官·大宗伯》：「掌建邦之天神、人鬼、地示之禮。」

〔四〕《廣記》二〇三「興」上有「世代」二字。

〔五〕而，《説郛》本作「時」，《稗海》本作「及」，於義爲長。

〔六〕《廣記》二〇三「宫」下有「之内」二字。

〔七〕《廣記》二〇三「戮」下有「陰宫囚人之所」一句，當係注語。

〔八〕商、徵、角皆樂調名，清、流、滌皆形容樂調之流利清越也。《韓非子·十過》，師曠對晉平公有「清商不如清徵，清徵不如清角」等語。

〔九〕《廣記》二〇三「説」作「悦」。

〔一〇〕「炮烙」當作「炮格」。《史記·殷本紀》：「於是紂乃重辟刑，有炮格之法。」《集解》引《列女傳》曰：「膏銅柱，下加之炭，令有罪者行焉，輒墮炭中，妲己笑，名曰炮格之刑。」又《索隱》引鄒誕生云：「見蟻布銅斗，足廢而死，於是爲銅格，炊炭其下，使罪人步其上。」與《列女傳》少異。按今本《史記》亦有作「炮烙」者，乃後人妄改。

〔一〕《廣記》二〇三「周」上有「聞」字。

〔二〕《韓非子·十過》畧謂衛靈公將之晉，舍濮水上，夜聞鼓琴作新聲，而左右弗聞，狀似鬼神，因召師涓聽而寫（模仿）之。既至晉，靈公命師涓奏於晉平公之座，未終，師曠止之曰：「此師延之所作，與紂爲靡靡之樂也。及武王伐紂，師延東走，至於濮水而自投，故聞此聲者必於濮水之上。」按此事亦見《淮南子·泰族》、《論衡·紀妖》及《史記·樂書》等書。

〔三〕《廣記》二〇三「金」下有「圖畫」二字，下句「立祀」作「立祠」。

録曰：《三墳》、《五典》及諸緯候雜説，皆言簡狄吞燕卵而生契。《詩》云：「天命玄鳥，降而生商。」斯文正矣。此説懷感而生，衆言各異，故記其殊別也。傅説去其舂樂，釋彼傭賃，應翹旌而來相〔一〕，可謂知幾其神矣〔二〕。同磻溪之歸周〔三〕，異殷相之負鼎〔四〕，龍蛇遇命，道會則通〔五〕。斯則往賢之明教，通人之至規。「樂天知命」〔六〕，信之經言也。死且不朽，是謂名也。烏無聲譽於後裔，揚風烈於萬祀。譬諸金玉，煙埃不能埋其堅貞；比之涇、濮，淄、澠不能混其澄澈〔七〕。師延當紂之虐，矯步求存，因權取濟，觀時徇主〔八〕，全身獲免。所謂困而能通，卒以智免。故影被丹青，形刊金石，愛其和樂之功，貴其神迹之遠矣。

至如越思計然之利，鑄金以旌其德〔九〕，方斯蔑矣。

〔一〕翹旌，謂高舉之旌旂，用以招聘賢者。此言傳説應武丁之聘而爲殷相。

〔二〕《易·繫辭》：「知幾其神乎？幾者，動之微，吉之先見者也。」此附會傳説夢乘雲繞日及筮得「利建侯」之卦而言，謂其能預知吉兆也。

〔三〕此謂傳説之遭遇與吕尚相同。《史記·齊太公世家》：「吕尚蓋嘗窮困，年老矣，以漁釣奸（干求）周西伯。……周西伯獵，果遇太公於渭之陽，與語大説。……載與俱歸，立爲師。」按《水經注》謂磻磎中有兹泉，即太公釣處。

〔四〕《史記·殷本紀》：「伊尹……欲干湯而無由，乃爲有莘氏媵臣，負鼎俎，以滋味説湯，致於王道。」又《韓非子·難言》更謂伊尹説湯，「七十説而不受，身執鼎俎爲庖宰，昵近習親，而湯乃僅知其賢而用之」。按伊尹與湯之關係，古有二説：一爲湯求賢（見《孟子》、《楚辭·天問》、《帝王世紀》等書），一爲伊尹干湯。此謂傳説「異殷相之負鼎」，乃取後説。

〔五〕《莊子·山木》：「一龍一蛇，與時俱化。」成玄英疏：「龍，出也；蛇，處也。」此「龍蛇遇命」，即本《莊子》語意，謂出處由命，不汲汲以求，故云「道會則通」。

〔六〕《易·繫辭》：「樂天知命，故不憂。」

〔七〕涇、濮、淄、渭，四水名。《詩·邶風·谷風》：「涇以渭濁。」朱熹《詩集傳》以爲「涇濁渭清，然涇未屬渭之時，雖濁而未甚見，由二水既合而清濁益分。」按此則以涇、濮爲清而淄、渭爲濁。

〔八〕「徇」原誤作「珣」，從毛校改。程榮本又作「殉」。按「徇」、「殉」古通用，皆訓從。若「珣」則美玉之名，義不可通。

〔九〕計然，人名，《越絶書》作計倪，《吴越春秋》作計硯，其人爲范蠡之師。《吴越春秋》記范蠡去後，「越王乃使良工鑄金，象范蠡之形，置之坐側，朝夕論政。自是之後，計硯佯狂，大夫曳庸、扶同、臯如之徒，日益疏遠不親於朝」。此《録》誤以計然當范蠡。

周

周武王東伐紂，夜濟河。時雲明如晝，八百之族，皆齊而歌〔一〕。有大蜂狀如丹鳥〔二〕，飛集王舟，因以鳥畫其旗。翌日而梟紂，名其船曰蜂舟〔三〕。魯哀公二年，鄭人擊趙簡子，得其蜂旗，則其類也〔四〕。事出《太公六韜》。武王使畫其像於幡旗，以爲吉兆。今人幡信皆爲鳥畫，則遺象也。

〔一〕《事類賦》卷十六引《語林》：「周武王東伐，夜濟河。時月明如晝，八百之旅，皆蔫寶而歌。」與《御覽》七六九引本書文畧同（《御覽》首句作「東伐夜郎」，蓋涉下句「夜」字而誤），疑卽本書文而誤標《語林》者。按《史記·周本紀》載武王「東觀兵，至於盟津。……是時，諸侯不期而會盟津者八百諸侯。」卽此「八百之族」所本。

〔二〕丹鳥，《左傳》昭公十七年：「丹鳥氏，司閉者也。」注云：「丹鳥，鷩雉也。」按此鳥似山雞而小冠，背毛黄，腹下赤，項緑色鮮明。見《爾雅·釋鳥》注。今名錦雞。

〔三〕《類説》引「船」作「舟」。

〔四〕《左傳》哀公二年：「鄭人擊簡子，中肩，斃於車中，獲其蠭旗。」此注云：「事出《太公六韜》。」查今本《六韜》及嚴可均輯本，均無此文。又按自「魯哀公二年」至此注，疑皆係作者自注纂入正文者。

成王即政三年〔一〕，有泥離之國來朝。其人稱：自發其國，常從雲裏而行，聞雷霆之聲在下；或入潛穴，又聞波濤之聲在上。視日月以知方國所向〔二〕，計寒暑以知年月。考國之正朔，則序曆與中國相符。王接以外賓禮也。

〔一〕即政，即位親政。

〔二〕方國，指四方之國。《詩·大雅·大明》：「厥德不回，以受方國。」箋：「方國，四方來附者。」

四年。旃塗國獻鳳雛，載以瑶華之車〔一〕，飾以五色之玉，駕以赤象，至於京師，育於靈禽之苑，飲以瓊漿，飴以雲實，二物皆出上元仙〔二〕。方鳳初至之時，毛色文彩未彪發〔三〕；及成王封泰山、禪社首之後〔四〕，文彩炳耀。中國飛走之類，不復喧鳴，咸服神禽之遠至也。及成王崩，沖飛而去。孔子相魯之時，有神鳳遊集。至哀公之末，不復來翔，故云：「鳳鳥不至〔五〕。」可爲悲矣。

〔一〕瑤華，白色美玉。此謂以白玉制成之車。

〔二〕上元仙，《漢武帝内傳》有上元夫人，云是「三天真皇之母，上元之官，統領十方玉女之名録者也」。

〔三〕原無「未」字，據《稗海》本、《廣記》四六〇補。

〔四〕封禪爲古帝王祭天地之大典。社首，山名，在山東省泰安縣西南，上有社首壇。《漢書·郊祀志》：「周成王封泰山，禪於社首。」

〔五〕《論語·子罕》：「子曰：『鳳鳥不至，河不出圖，吾已矣夫！』」

五年。有因祇之國，去王都九萬里，獻女工一人〔一〕。體貌輕潔，被纖羅雜繡之衣，長袖修裾，風至則結其衿帶〔二〕，恐飄飄不能自止也。其人善織，以五色絲内於口中，手引而結之，則成文錦。其國人來獻，有雲崑錦，文似雲從山岳中出也；有列堞錦，文似雲霞覆城雉樓堞也；有雜珠錦，文似貫珠珮也〔三〕；有篆文錦，文似大篆之文也；有列明錦，文似列燈燭也〔四〕。幅皆廣三尺。其國丈夫勤於耕稼，一日鋤十頃之地。又貢嘉禾〔五〕，一莖盈車。故時俗四言詩曰：「力勤十頃〔六〕，能致嘉穎。」

〔一〕《稗海》本、《廣記》二二五「人」下有「善工巧」三字，《御覽》八一六作「善於工巧」。

〔二〕「衿」爲「紟」之借字，《説文》：「紟，衣系也。」衿帶即繫衣之帶。

〔三〕以上數句，「出」下、「樓堞」下原無「也」字，「雜」上原無「有」字，據《稗海》本、《廣記》二二五補。

〔四〕《稗海》本、《廣記》二二五「列」上有「羅」字。

〔五〕《白虎通・封禪》：「嘉禾者，大禾也。」

〔六〕《廣記》二二五「勤」作「耕」。

六年。燃丘之國獻比翼鳥，雌雄各一，以玉爲樊。其國使者皆拳頭尖鼻〔一〕，衣雲霞之布，如今「朝霞」也〔二〕。經歷百有餘國，方至京師。其中路山川不可記。越鐵峴，泛沸海，蛇洲、蜂岑〔三〕。鐵峴峭礪，車輪剛金爲輞〔四〕，比至京師，輪皆銚鋭幾盡〔五〕。又沸海洶湧如煎，魚鼈皮骨堅强如石，可以爲鎧。泛沸海之時，以銅薄舟底〔六〕，蛟龍不能近也。又經蛇洲，則以豹皮爲屋〔七〕，於屋内推車。又經蜂岑，燃胡蘇之木。此木煙能殺百蟲。經途五十餘年〔八〕，乃至洛邑。成王封泰山，禪社首〔九〕。使發其國之時並童稚，至京師鬚皆白〔一〇〕。及還至燃丘，容貌還復少壯。比翼鳥多力，狀如鵲〔一一〕，銜南海之丹泥，巢崑岑之玄木〔一二〕，遇聖則來集，以表周公輔聖之祥異也。

〔一〕拳頭，蓋謂頭髮拳曲。「尖鼻」，《廣記》四八〇、《御覽》七七三作「奓鼻」。按「奓」與「奢」同，闊大之貌。

〔二〕《廣記》四八〇「朝霞」作「霞布」。《御覽》八二〇作「如今之朝霞布也」。

〔三〕《稗海》本作「有蛇洲蜂岑」。據下文「經蛇洲」、「經蜂岑」，則「有」字當作「經」字，此本脱。

〔四〕輞，車輪之外匡。《釋名·釋車》：「輞，罔也，罔羅周輪之外也。」

〔五〕銚鋭，《方言》：「盌謂之盂，或謂之銚鋭。」按此處以盌釋銚鋭，義不可通。《莊子·外物》：「銚鎒於是乎始修。」《釋文》：「銚，削也，能有所穿削也。」則此銚鋭乃穿削之義，言此車輪雖以剛金爲輞，而經歷峭礪之鐵峴，皆磨損穿削也。又本書卷九《因墀國》條有「輪皆絶鋭」之句，疑此亦當作「絶鋭」。

〔六〕薄，附也，謂以銅包裹舟底。

〔七〕屋，覆蓋之具，此指車之帷蓋。

〔八〕「五十」原作「十五」，據《稗海》本、《廣記》四八〇改，以下文言由「童稚」至「鬢皆白」，當歷時甚久，不止十五年也。

〔九〕此句與上下文不貫，疑衍，或下有脱文。

〔一〇〕《廣記》四八〇「並」上有「人」字，「至」上有「及」字，「鬢皆白」作「鬢髮皆白」。《稗海》本作「鬢髮」。

〔一一〕《御覽》七七三作「狀似鵠」。按《爾雅·釋地》：「南方有比翼鳥焉，不比不飛，其名謂之鶼鶼。」注又謂此鳥「似鳧，青赤色」。

〔一二〕《御覽》七七三「木」下有「而止其中」一句。下句「聖」下有「人」字，「來」下有「翔」字。《稗海》本亦有「翔」字。

七年。南陲之南，有扶婁之國。其人善能機巧變化，易形改服，大則興雲起霧，小則入於纖毫之中。綴金玉毛羽爲衣裳。能吐雲噴火〔一〕，鼓腹則如雷霆之聲。或化爲犀、象、師子、龍、蛇、犬、馬之狀〔二〕。或變爲虎、兕，口中生人，備百戲之樂〔三〕，宛轉屈曲於指掌間。人形或長數分，或復數寸，神怪欻忽，衒麗於時〔四〕。樂府皆傳此伎〔五〕，至末代猶學焉，得粗亡精，代代不絶，故俗謂之婆候伎〔六〕，則扶婁之音，訛替至今。

〔一〕原無「能」字，據《廣記》二八四、四八二補。
〔二〕原句作「或化爲羣犀象師子龍蛇火鳥之狀」，「羣」字當因下「犀」字形近而衍，「火鳥」當係「犬馬」之訛，今據《稗海》本删改。「犀象」，《廣記》作「巨象」。
〔三〕《廣記》二八四作「或爲虎口中生人」，疑有脱文，而其義與此本同。《稗海》本作「或口吐人，於掌中備百戲之樂」，則謂其人未變，自於口中吐人也。按：百戲，謂各種戲藝雜技。
〔四〕明鈔本《廣記》二八四作「炫麗」。按「衒」義主矜誇，而「炫」主光耀，二字通用，以作「炫麗」爲長。
〔五〕樂府，掌管音樂之官署。《漢書·禮樂志》：「武帝定郊祀之禮，乃立樂府。」
〔六〕程榮本作「婆猴」，毛校作「婆侯」。

昭王卽位二十年〔一〕，王坐祇明之室，晝而假寐。忽夢白雲蓊蔚而起〔二〕，有人衣服並皆毛羽〔三〕，因名羽人。王夢中與語〔四〕，問以上仙之術。羽人曰：「大王精智未開，欲求長生久視〔五〕，不可得也。」王跪而請受絶慾之教〔六〕。羽人乃以指畫王心，應手卽裂。王乃驚寤，而血濕衿席〔七〕，因患心疾〔八〕，卽却膳撤樂。移於旬日，忽見所夢者復來，語王曰：「先欲易王之心。」乃出方寸緑囊，中有續脈明丸、補血精散〔九〕，以手摩王之臆，俄而卽愈〔一〇〕。王卽請此藥，貯以玉缶，緘以金繩。王以塗足，則飛天地萬里之外，如遊咫尺之內。有得服之，後天而死。

〔一〕《廣記》二七六作「三十年」。《御覽》九四八作「燕昭王」，非，此周昭王姬瑕也。

〔二〕《御覽》九四八「夢」下有「西方有」三字。此句下有「俄而闇於庭間」一句。按「蓊蔚」與「滃鬱」同音通假，滃鬱，雲氣盛出之貌。

〔三〕《御覽》九四八無「並」字，無下「因名羽人」句，作「駕蒼螭之車，從雲中而出，直詣王所」。

〔四〕「王」字據《御覽》九四八補。

〔五〕《御覽》九四八作「欲求恒生」，無「久視」二字。

〔六〕《御覽》九四八無「跪而」二字。

〔七〕《廣記》二七六「血」作「汗」。《御覽》九四八無此句。

〔八〕《御覽》九四八引此句下作「久之，乃昇於泉照之館，復見前所夢人於前曰：『本欲易王之心。』」無「卻膳」等句。

〔九〕《稗海》本、《廣記》二七六「有」下有「藥名曰」三字，《御覽》九四八此句下有「其細若灰」二句。

〔一〇〕《御覽》九四八引此下作「王因請其方。曰：『其用物也，有九明神芝，煎以蒼鷹之血，黑河鱗膽，煮以琨瑰之脂，貯以玉缶，緘以金繩，封以玉印，王得服之，後天而死。若溺於淫，嗜於欲，求者祇苦心焉。』語畢，化爲青鳧入天際。王求合藥，終不能成。黑河，北極也，其水濃黑不流，上有濃（《御覽》九四〇作「黑」）雲生焉。有黑鯤千尺，狀（據《御覽》九四〇補）如鯨，常飛遊往（「往」字據補）於南海。」

二十四年。塗脩國獻青鳳、丹鵲各一雌一雄〔一〕。孟夏之時，鳳、鵲皆脱易毛羽。聚鵲翅以爲扇，緝鳳羽以飾車蓋也。扇一名「遊飄」，二名「條翮」，三名「虧光」，四名「仄影」。時東甌獻二女〔二〕，一名延娟，二名延娛。使二人更摇此扇，侍於王側，輕風四散，泠然自涼〔三〕。此二人辯口麗辭，巧善歌笑，步塵上無跡，行日中無影。及昭王淪於漢水〔四〕，二女與王乘舟，夾擁王身，同溺於水。故江漢之人，到今思之，立祀於江湄。數十年間，人於江漢之上，猶見王與二女乘舟戲於水際。至暮春上巳之日，禊集祠間〔五〕。或以時鮮甘味，採蘭杜包裹，以沉水中。或結五色紗囊盛食，或用金鐵之器〔六〕，並沉水中，以驚蛟龍水蟲，使畏之不侵此食也。其水傍號曰招祇之祠。綴青鳳之毛爲二裘，一名燠質〔七〕，二名暄肌，服之可以却寒〔八〕。至厲王流於彘〔九〕，彘人得而奇之，分裂此裘，遍於彘土。罪入大辟者，抽裘一毫以贖其死，則價直萬金〔一○〕。

〔一〕《御覽》七六九「鵲」作「鵠」。《御覽》九一六作「鶴」，「雌」、「雄」二字互倒，下有「以潭皐之粟餧之，以溶溪之水飲之」二句。

〔二〕東甌，古地名，即今浙江省温州市一帶。

〔三〕原作「泠」，據《稗海》本改。泠然，清和貌，《莊子·逍遥遊》：「列子御風而行，泠然善也。」

〔四〕《史記·周本紀》：「昭王南巡狩不返，卒於江上。」《正義》引《帝王世紀》：「昭王德衰，南征，濟於漢。船人惡之，以膠船進王。王御船至中流，膠液船解，王及祭公俱没於水中而崩。」

〔五〕古人有修禊之俗。《史記·外戚世家》：「武帝祓霸上。」《集解》引徐廣曰：「三月上巳，臨水祓除，謂之禊。」按上巳謂陰曆三月上旬巳日，自魏以後，但用三月三日，不復用巳日。

〔六〕《廣記》二九一作「或以金鐵繫其上」。

〔七〕「煥」原誤作「煩」，據《御覽》九一五改。「煥質」與下「暄肌」，均使身體温暖之義。

〔八〕《御覽》九一五引此句作「常以禦寒」。下有「至厲王末，猶寶此物」二句。下「至厲王流於彘」之「至」作「及」。

〔九〕厲王名胡，夷王之子，暴虐無道，被人民驅逐，出奔於彘。今山西省霍縣東北有彘城，即其地。

〔一○〕《御覽》九一五引以上數句作「罪有陷大辟者，以青鳳毛贖罪免死，片毛則準千金」。

録曰：武王資聖智而剋伐，觀天命以行誅，不驅熊羆之師，不勞三戰之旅〔一〕，一戎衣而定王業〔二〕，憑神力而協符瑞〔三〕。至於成王，制禮崇樂，姬德方盛，營洛邑而居九鼎〔四〕，寢刑廟而萬國來賓〔五〕。雖大禹之隆夏績，帝乙之興殷道，未足方焉。故能繼后稷之先基，紹公劉之盛德〔六〕，文、武之跡不墜，故《大雅》稱爲「令德」〔七〕。播聲教於八荒之外，流仁惠於九圍之表，神智之所綏化，遐邇之所來服，靡不越岳航海，交賮於遼險之路〔八〕。瑰寶殊怪之物，充於王庭；靈禽神獸之類，遊集林藪〔九〕。詭麗殊用之物，鐫斲異於人功。方册未之或載，篆素或所不紀〔一〇〕。及乎王人風舉之使，直指踰於日月之陲，窮昏明之際，覘風星以望路，憑雲波而遠逝。所謂道通幽微，德被冥昧者也。成、康以降〔一一〕，世祺陵衰。昭王不能弘遠業，垂聲教，南遊荆楚，義乖巡狩，溺精靈於江漢，且極於幸由。水濱所以招問〔一二〕，《春秋》以爲深貶。嗟二姬之殉死，三良之貞節〔一三〕，精誠一至，視殞若生。格之正道，不如强諫。楚人憐之，失其死矣。

〔一〕《史記·五帝本紀》：「軒轅乃修德振兵，……教熊羆貔貅貙虎，以與炎帝戰於阪泉之野，三戰然後得其志。」

〔二〕《書·武成》："一戎衣，天下大定。"傳："衣，服也；一著戎服而滅紂。"《禮記·中庸》："壹戎衣而有天下。"注："戎，兵也。衣，讀如殷，聲之誤也。壹戎殷者，壹用兵伐殷也。"按二說不同，俱謂滅紂之速。

〔三〕武王伐紂時曾求助於神，《書·武成》云"惟爾有神，尚克相予"之語。《墨子·非攻下》："武王踐功，夢見三神曰：『予既沈漬殷紂於酒德矣，往攻之，予必使汝大堪之。』武王乃攻狂夫，反商之周，天賜武王黄鳥之旗。"其他諸神助周滅殷之神話尚多。

〔四〕《史記·周本紀》："成王在豐，使召公復營洛邑，如武王之意。周公復卜申視，卒營築，居九鼎焉。"

〔五〕寢，止息。"刑廟"疑當作"刑罰"，形近致誤。《史記·周本紀》："成、康之際，天下安寧，刑錯四十餘年不用。"

〔六〕后稷、公劉皆周之先王。

〔七〕《詩·大雅·假樂》："假樂君子，顯顯令德。"《序》以爲嘉成王之詩。

〔八〕"賮"或作"贐"，會見時相餽贈之禮物。此指外國以財貨進貢。

〔九〕林藪，指苑囿。

〔一〇〕"紀"原誤作"絶"，以意改正。

〔一一〕自此句以下，各本均另行頂格。毛校云："『成康』以下云云是《録》語，疑接『冥昧者也』之下，不應頂格。"按毛校是，今據改。

〔一二〕《左傳》僖公四年，召陵之盟，管仲責楚使云：「昭王南征而不復，寡人是問。」楚使對曰：「昭王之不復，君其問諸水濱。」

〔一三〕《詩·秦風·黃鳥》序云：「《黃鳥》，哀三良也。」按三良謂奄息、仲行、鍼虎。秦穆公卒，三良同殉。此謂二姬之殉昭王，猶三良之殉秦穆。

拾遺記卷三

周穆王

穆王即位三十二年〔一〕，巡行天下，馭黄金碧玉之車，傍氣乘風，起朝陽之岳，自明及晦，窮寓縣之表〔二〕。有書史十人，記其所行之地。又副以瑶華之輪十乘，隨王之後，以載其書也。王馭八龍之駿〔三〕：一名絶地，足不踐土；二名翻羽，行越飛禽；三名奔霄，夜行萬里；四名越影〔四〕，逐日而行；五名踰輝，毛色炳耀；六名超光，一形十影；七名騰霧，乘雲而奔；八名挾翼，身有肉翅。遞而駕焉，按轡徐行，以匝天地之域〔五〕。王神智遠謀，使迹轂遍於四海〔六〕，故絶異之物，不期而自服焉。

〔一〕穆王，昭王之子，名滿。在位五十五年崩，謚曰穆。

〔二〕寓，籀文「宇」字。宇縣猶言天下。《史記·秦始皇本紀》：「宇縣之中，承順聖意。」

〔三〕「八駿」之名，《穆天子傳》作：赤驥、盜驪、白義、踰輪、山子、渠黄、華騮、绿耳，與本書異。

〔四〕「越影」原作「超影」，《類説》引亦作超影，蓋涉下文「超光」而誤，據《紺珠集》、《廣記》四三五、《御覽》八九七改。

〔五〕匝，《廣記》四三五作「巡」。

〔六〕迹轂，《廣記》四三五作「轍跡」。按《左傳》昭公十二年：「昔穆王欲肆其心，周行天下，將皆必有車轍馬跡焉。」則作「轍跡」爲是。

録曰：夫因氣含生，罕不以形相别。至於比德方事，龍馬則同類焉。是以蔡墨觀其智〔一〕，忌衛相其才〔二〕，抑亦昭發於圖緯，而刊載於寶牒，章皇王之符瑞，叶河洛之禎祥〔三〕，故以丹青列其形，銅玉傳其象。至如騄耳、驊騮、赤驥、白驎之絶，黄渠、山子、踰輪之異〔四〕，不可得而比也。故能遥碣石而轢倒晷〔五〕，排閶闔而軼姑徐〔六〕，非夫歸風彌塵之迹〔七〕，超虚送日之步，安能若是哉！望絳宫而驤首，指瓊臺而一息，緊可得而齊影矣。至於《詩》、《書》所記，名色實多，騂駱麗乎坰野〔八〕，皎質耀乎空谷〔九〕，或表形騧紫〔一〇〕，被乎青玄，難可盡言矣。其有龍文、騕褭之倫〔一一〕，取其電逝而飇逸，驎、䮑、駃騠之儔〔一二〕，亦騰驤以稱駿，莫不待盛明而皆出，歷代之神寶矣〔一三〕。次有蒲梢、嚙膝、魚文、驪駒之類〔一四〕，或擅名於漢右，或珍生於冀北〔一五〕，備飾於涓正〔一六〕，填列於帝皁〔一七〕，進則充服於上襄〔一八〕，而駿驪於瑤輅〔一九〕，退則羈棄於下圉〔二〇〕，思馭於帝閑〔二一〕，俟吴班、秦公之見識〔二二〕，仰天門而彌遠，窺雲路而可難哉〔二三〕！使乎韓哀、孫陽之復執靶，豈傷吻弊策，伏匿而不進焉〔二四〕。自非神徹幽遐，體照冥遠，驅駕羣龍，窮觀天域，詳搜迥古，靡得儔焉。

〔一〕「蔡墨」原作「蔡曇」，據《左傳》改。《左傳》昭公二十九年：「魏獻子問於蔡墨曰：『吾聞之，蟲莫知於龍，以其不生得也；謂之知，信乎？』對曰：『人實不知，非龍實知。』」

〔二〕忌衛，未詳。按忌氏，周公忌父之後，以王父字爲氏，見《風俗通》。

〔三〕此指河圖洛書。《易・繫辭》：「河出圖，洛出書，聖人則之。」疏引《春秋緯》云：「河龍圖發，洛龜書感。」又《尚書中候握河紀》：「帝堯即政，龍馬銜甲，赤文緑色，自河而出。」注：「龍而形象馬，故云馬，甲所以藏圖，王者有仁德則龍馬見，其文赤色而緑地也。」按此皆龍馬負圖之神話，所謂「昭發於圖緯」、「章皇王之符瑞」者。

〔四〕此句疑脱「盗驪」，因八駿缺其一，且與上句字數不等。又「白驥」、「黄渠」名與《穆天子傳》不同。

〔五〕遥，疾行也，見《方言》。又疑此「遥」字當作「超」，蓋先訛爲「迢」，復訛爲「遥」也。碣石，古山名，《禹貢錐指》以爲在河北省樂亭縣西南灤河入海口之東。「倒晷」，疑「倒景」之誤，道家謂天上最高之處爲倒景。《漢書》注引如淳曰：「在日月之上，反從下照，故其景（影）倒。」

〔六〕排，推開。軼，跨過。閶闔，天門也。姑徐，當作「姑餘」，《淮南子・覽冥》：「軼鶤雞於姑餘。」注：「姑餘，山名，在吳。」按卽姑蘇山。

〔七〕歸風，《淮南子・説林》：「逮日歸風。」注：「言其疾也。」彌塵，「彌」通「弭」。《淮南子・道應》：「若此馬者，絶塵弭轍。」按「絶」與「弭」互文，弭亦有止、息之義，則弭塵卽絶塵，亦言其迅疾也。

〔八〕《詩・魯頌・駉》：「駉駉牡馬，在坰之野。」其中有「騂」、「駱」等馬名。舊注謂馬之赤色微黄者曰騂，白馬黑鬣曰駱。又「野外謂之林，林外謂之坰」，見《爾雅・釋地》。

〔九〕皎質，指白駒。《詩・小雅・白駒》：「皎皎白駒，在彼空谷。」

〔一〇〕騧，黄馬青喙。見《説文》。

〔一一〕龍文，駿馬名，《漢書・西域傳贊》：「蒲梢、龍文、魚目、汗血之馬，充於黄門。」騕褭，亦駿馬名，《文選》司馬相如《上林賦》：「羂騕褭。」注引張揖曰：「馬金喙赤色，一日行萬里者。」

〔一二〕驎，《玉篇》：「驎，馬黑唇。」《廣韻》：「驎，白馬黑脊。」二説不同。騂，或作「騮」，馬之赤身黑鬣者。駃騠，駿馬名，《史記・李斯傳》：「駿良駃騠，不實外厩。」

〔一三〕此句「歷」上疑脱「爲」字。

〔一四〕蒲梢，已見前注。嚙膝，《漢書・王褒傳》：「駕嚙厀。」注引孟康曰：「良馬低頭，口至厀，故曰嚙厀。」魚文，疑卽前引《西域傳贊》之魚目。驪駒，黑色駿馬名。

〔一五〕《左傳》昭公四年：「冀之北土，馬之所生。」

〔一六〕涓正，涓人、中涓之類，正者官長之稱。《漢書·曹參傳》注：「中涓，親近之臣，若謁者、舍人之類。涓，潔也，主居中掃潔也。」

〔一七〕皁，馬槽。《史記·鄒陽傳》集解引《漢書音義》：「皁，食牛馬器，以木作如槽。」又馬十二匹亦曰皁，《周禮·夏官·校人》：「三乘爲皁。」

〔一八〕《詩·鄭風·大叔于田》：「兩服上襄，兩驂雁行。」王引之《經義述聞》釋云：「上者前也，上襄猶言前駕，謂並駕於前，即下章之『兩服齊首』也；雁行謂在旁而差後，即下章之『兩驂如手』也。」按古代車制，獨輈在當中，兩服是在輈左右的兩馬，在兩服之外的左右兩馬名兩驂。

〔一九〕瑶輅，帝王之車曰輅，瑶謂飾以美玉。

〔二〇〕圉，養馬之人或養馬之所。

〔二一〕帝閑，每廐爲一閑。《周禮·夏官》：「校人掌王馬之政，……天子十有二閑，馬六種。」

〔二二〕吴班，未詳，蓋古之善相馬者。秦公，秦之先世如造父、非子，皆善養馬御馬，此或混稱之爲秦公。

〔二三〕「可難」當作「何難」，言何其難也。

〔二四〕韓哀即韓哀侯，善御。孫陽又名伯樂，善相馬。「弊策」原誤作「幣策」，據王褒《聖主得賢臣頌》文改。王《頌》云：「庸人之御駑馬，亦傷吻弊策而不進於行，……及至駕齧膝，驂乘旦，王良執靶，韓哀附輿，縱横馳騖，忽如影靡，……周流八極，萬里一息，何其遼哉，人馬相得也。」

三十六年，王東巡大騎之谷〔二〕，指春宵宫，集諸方士仙術之要，而螭、鵠、龍、蛇之類，奇種憑空而出。時已將夜，王設長生之燈以自照，一名恆輝。又列瑶膏之燭，遍於宫内。又有鳳腦之燈。又有冰荷者，出冰壑之中，取此花以覆燈七八尺，不欲使光明遠也。西王母乘翠鳳之輦而來，前導以文虎、文豹，後列雕麟、紫麏。曳丹玉之履，敷碧蒲之席，黄莞之薦，共玉帳高會。薦清澄琬琰之膏以爲酒[二]。又進洞淵紅蘤[三]，嵰州甜雪[四]，崐流素蓮，陰岐黑棗[五]，萬歲冰桃，千常碧藕，青花白橘。素蓮者，一房百子，凌冬而茂。黑棗者，其樹百尋，實長二尺，核細而柔，百年一熟。

[一]《御覽》八七〇引本書作「穆王東至大𡸫（按《御覽》十二亦作「𡸫」，並有注云：「音奇」）之谷，起春霄之宫，集諸方士，問佛道法。時已將夜，聞殷然雷聲，伏蟄皆動，俄而有流光照於宫内。王更設長生之燈，一名恆明；亦有鳳腦之燈，綴水蓮冰谷之花，上去燈七八尺，不欲使烟光遠照也。西王母來，乘翠鳳之輦，共王飲會」，文字與今本不同。

[二]琬琰，美玉名，以其膏爲酒，即所謂玉液瓊槳。

[三]蘤，古「花」字。

[四]《御覽》十二有「嵰州甜雪。嵰州去玉門三十萬里，地多寒雪，霜露著木石之上，皆融而甘，可以爲菓也」等句，疑是此節佚文。又《紺珠集》八：「周穆王時，西王母獻嵰州甜雪。」注：「嵰，丘儼反。」

〔五〕《御覽》九六五有「北極有岐峯之陰，多棗樹百尋，其枝莖皆空，其實長尺，核細而柔，百歲一實」等句，當是此節佚文。

扶桑東五萬里，有磅磄山〔一〕。上有桃樹百圍〔二〕，其花青黑，萬歲一實。鬱水在磅磄山東，其水小流〔三〕，在大陂之下，所謂「沉流」，亦名「重泉」。生碧藕，長千常，七尺爲常也。條陽山出神蓬，如蒿，長十丈。周初，國人獻之，周以爲宮柱，所謂「蒿宮」也〔四〕。中有白橘，花色翠而實白，大如瓜，香聞數里。奏環天之和樂，列以重霄之寶器〔五〕。器則有岑華鏤管，咈澤雕鍾〔六〕，員山靜瑟，浮瀛羽磬，撫節按歌，萬靈皆聚。環天者，鈞天也。和，廣也。出《穆天子傳》〔七〕。岑華，山名也，在西海上，有象竹，截爲管吹之，爲羣鳳之鳴〔八〕。咈澤出精銅，可爲鍾鐸。員山，其形員也，有大林，雖疾風震地，而林木不動，以其木爲瑟〔九〕，故曰「靜瑟」〔一〇〕。浮瀛，卽瀛洲也，上有青石，可爲磬，磬者長一丈〔一一〕，輕若鴻毛，因輕而鳴。西王母與穆王歡歌既畢，乃命駕昇雲而去。

〔一〕磅磄山，《文選》馬融《長笛賦》：「駢田磅磄。」注：「磅磄，廣大盤礡也。」此山蓋卽以此得名。

〔二〕《御覽》九六七引此數句作「螃螗山去扶桑五萬里，日所不及，其地寒，有桃樹千圍。」《類聚》八六同，脱「其」字，「有」訛作「則」。

〔三〕小流，小，少也。又疑「小」當作「不」，以形近而誤，詳上下文義，蓋沉而不流，故名「鬱泉」也。

〔四〕蒿宫，《大戴禮記·明堂位》：「周時德澤洽和，蒿茂大，以爲宫柱，名蒿宫也。」

〔五〕重霄，天之高處。孫綽《望海賦》：「翼遮半天，背負重霄。」

〔六〕「𥇍」又作「䀢」，音「費」或「拂」，目不明貌。

〔七〕按《穆天子傳》屢言「奏廣樂」，無以上所云云。鈞天廣樂，見《史記·趙世家》，乃趙簡子事，張衡《西京賦》又以爲秦繆公事；惟《列子·周穆王》有：「王實以爲清都紫微，鈞天廣樂，帝之所居」等語。

〔八〕以上數句，《御覽》九六三作「在西海之西，有箏竹，爲簫管吹之，若羣鳳之鳴」。

〔九〕「瑟」上原有「琴」字，據《御覽》五七六删。

〔一〇〕《御覽》五七六此句下有「黄帝使素女鼓庖羲氏之瑟，滿席悲不能已，後破爲七尺二寸，二十五弦」等句，疑係注語竄入者。

〔一一〕《御覽》五七六無「磬者」二字，下句「輕」上有「而」字。

録曰〔一〕：楚令尹子革有言曰：「昔穆王欲肆心周行，使天下皆有車轍馬跡〔二〕。」考以《竹書》蠹簡，求諸石室，不絶金繩，《山經》、《爾雅》，及乎《大傳》〔三〕，雖世歷悠遠，而記説叶同。名山大川，肆登躋之極，殊鄉異俗，莫不臆拜稽顙。東升巨人之臺，西宴王母之堂〔四〕，南渡黿鼉之梁〔五〕，北經積羽之地〔六〕，觴瑶池而賦詩〔七〕，期井泊而遊博〔八〕，勒石軒轅之丘〔九〕，絶跡玄圃之上〔一〇〕。自開闢以來，載籍所記，未有若斯神異者也。

〔一〕此《録》語原在下《魯僖公》節後，以其内容全係關於周穆王遊行天下之評贊，無一語及魯僖公，故移至此處。

〔二〕《左傳》昭公十二年，子革諫楚靈王語，已見前注。

〔三〕「竹書」、「山經」、「爾雅」、「大傳」皆書名。《竹書紀年》，凡六卷，晉太康二年，汲縣人不準盜發魏襄王墓所得，書中記周穆王西遊見西王母事，大約爲戰國時人所撰。《山海經》凡十八篇，舊傳禹、益所作，近人以爲戰國秦漢時人所纂，内容多係古代神話。注本以晉郭璞注爲最早，清郝懿行《山海經箋疏》爲最精。《爾雅》，漢人所編訓詁之書，凡十九篇，亦有郭璞注及郝懿行《爾雅義疏》。《尚書大傳》，舊題漢伏勝撰，鄭玄注，久已殘缺，清陳壽祺有輯本八卷。

〔四〕《穆天子傳》：「吉日甲子，天子賓于西王母，乃執白圭玄璧以見西王母，……西王母再拜受之。」按此《傳》西王母自稱「我惟帝（天帝）女」，而《山海經·西次三經》則謂西王母「其狀如人，豹尾虎齒，善嘯，蓬髮戴勝，是司天之厲及五殘」。後世多從《穆傳》，以西王母爲西方女神。

〔五〕《竹書紀年》：「穆王三十七年，大起九師，……駕黿鼉以爲梁，遂伐越。」

〔六〕《竹書紀年》：「（穆）王北征，行流沙千里，積羽千里。」

〔七〕《穆天子傳》：「天子觴西王母于瑶池之上，西王母爲天子謡曰……天子答之曰：『予歸東土，和治諸夏。萬民平均，吾願見汝。比及三年，將復而野。』」

〔八〕《穆天子傳》：「天子北入于邴，與井公博，三日而決。」

〔九〕《穆天子傳》：「吉日辛酉，天子升于昆侖之丘，以觀黄帝之宫，而封豐（此字據《山海經·西次三經》郭注補）隆之葬。」又《列子·周穆王》亦有此文，末句作「而封之以詔後世」，則所封者卽黄帝之宫也。

〔一〇〕「玄圃」亦作「懸圃」。《穆天子傳》：「天子北升于春山之上，以望四野，曰：『春山，是唯天下之高山也……春山之澤，清水出泉，温和無風，飛鳥百獸之所飲食，先王所謂懸圃。』」注引《淮南子》：「昆崙去地一萬一千里，上有層城九重，或上倍之，是爲閬風；或上倍之，是謂玄圃，以次相及。」

魯僖公

僖公十四年〔一〕，晉文公焚林以求介之推〔二〕。有白鴉遶煙而噪，或集之推之側，火不能焚。晉人嘉之，起一高臺，名曰思煙臺。種仁壽木，木似柏而枝長柔軟，其花堪食，故《吕氏春秋》云：「木之美者，有仁壽之華焉〔三〕。」卽此是也。或云戒所焚之山數百里居人不得設網羅，呼曰「仁烏」。俗亦謂烏白臆者爲慈烏，則其類也。

〔一〕魯僖公，莊公之子，名申。按《左傳》記晉文公求介之推事在僖公二十四年，此作「十四年」，誤。

〔二〕晉文公，名重耳，春秋五霸之一。介之推，《説郛》、《類説》五引作介子推，從重耳出亡凡十九年，重耳返國爲君，之推不言禄，禄亦不及，乃與母隱於綿山。其後文公求之，不出；復焚山以逼之，之推竟抱木而死。

〔三〕仁壽之華，《廣記》四六三作「壽木之華」，與《吕氏春秋·本味》同。高注：「壽木，崑崙山上木也；華，實也，食其實者不死，故曰『壽木』。」

周靈王

周靈王立二十一年〔一〕，孔子生於魯襄公之世〔二〕。夜有二蒼龍自天而下，來附徵在之房〔三〕，因夢而生夫子。有二神女，擎香露於空中而來，以沐浴徵在。天帝下奏鈞天之樂，列以顔氏之房。空中有聲，言天感生聖子，故降以和樂笙鏞之音，異於俗世也。又有五老列於徵在之庭，則五星之精也。夫子未生時，有麟吐玉書於闕里人家〔四〕，文云：「水精之子，係衰周而素王〔五〕。」故二龍繞室，五星降庭。徵在賢明，知爲神異，乃以繡紱繫麟角，信宿而麟去。相者云：「夫子係殷湯〔六〕，水德而素王〔七〕。」至敬王之末，魯定公二十四年，魯人鉏商田於大澤〔八〕，得麟，以示夫子〔九〕，繫角之紱，尚猶在焉。夫子知命之將終，乃抱麟解紱，涕泗滂沱。且麟出之時〔一〇〕，及解紱之歲，垂百年矣。

〔一〕周靈王(公元前五七一——前五四五)，簡王子，名泄心。靈王二十一年即魯襄公二十二年。

〔二〕《史記·孔子世家》：「魯襄公二十二年(公元前五五一年)而孔子生。」

〔三〕《禮記·檀弓》：「夫子之母名徵在。」按徵在爲魯顏氏女，嫁叔梁紇，生孔子。

〔四〕按蒼龍、神女、五老列庭、麟吐玉書等神話，蓋本伏侯《古今注》，見《古微書》卷八《春秋演孔圖》附論。鬪里，毛校及他本皆作「闕里」，地名，在山東省曲阜縣城中，孔子故里也。

〔五〕「係」原作「孫」，據毛校改。《類説》引作「系」，義同。按係，繼也，見《爾雅·釋詁》。《廣記》一三七作「水精子繼衰周爲素王」，脱「之」字。

〔六〕《説郛》本作「繼殷湯」。《稗海》本、《廣記》一三七，「殷湯」下有「之後」二字。按孔子先世爲宋人，宋爲殷後。

〔七〕《廣記》一三七「而」下有「爲」字。素王，謂有王者之道而無王者之位者。《莊子·天道》：「以此處下，玄聖素王之道也。」成玄英疏：「夫有其道而無其爵者，所謂玄聖素王，自貴者也，即老君、尼父是也。」

〔八〕《廣記》一三七作「畋」。按二字通用，皆狩獵之義。

〔九〕《史記·孔子世家》：「魯哀公十四年春，狩大野，叔孫氏車子鉏商獲獸，以爲不祥。仲尼視之曰：『麟也。』取之，曰：『河不出圖，雒不出書，吾已矣夫！』」據《史記》，魯哀公十四年獲麟，十六年四月己丑孔子卒。此謂定公二十四年，非。

〔一〇〕「且」疑「自」之誤。

録曰：詳觀前史，歷覽先誥，《援神》、《鉤命》之説〔一〕，六經緯候之志，研其大較，與今所記相符，語乎幽秘，彌深影響〔二〕。故述作書者，莫不憲章古策〔三〕，蓋以至聖之德列廣也〔四〕。是以尊德崇道，必欲盡其真極。崑華不足以匹其高，滄溟未得以方其廣，含生有識〔五〕，仰之如日月焉〔六〕。夫子生鍾周季，王政寖缺，歷大道之將崩，惜文雅之垂墜，乃搜舊章而定五禮〔七〕，採遺音而正六樂〔八〕，故以棟宇生民，舟航萬代者也〔九〕。所謂崇德廣業，其謂是乎！孟子云：「千年一聖，謂之連步〔一〇〕。」自絶筆以來〔一一〕，載歷年祀，難可稱算，故通人之言，有聖將及，後來諸疑，更發明其章也。

〔一〕援神、鉤命，指《孝經援神契》、《孝經鉤命決》，皆緯書。

〔二〕影響，影隨形，響應聲，形、聲實而影響虚，故此影響乃模糊恍惚、不易捉摸之義。

〔三〕憲章，效法、遵守。《禮記·中庸》：「仲尼祖述堯、舜，憲章文、武。」

〔四〕德列，「列」疑「烈」之壞字，德烈猶德業。

〔五〕「含」原誤作「舍」，據毛校改。含生有識，謂有生命有知識者，指人類言。

〔六〕《論語·子張》：「仲尼日月也，無得而踰焉。」

〔七〕五禮，謂吉、凶、賓、軍、嘉五種禮儀。見《周禮·地官·大司徒》注。

〔八〕六樂，指《雲門》、《大咸》、《大韶》、《大夏》、《大濩》、《大武》六種音樂，見《周禮·地官·保氏》注。

〔九〕以上二句，贊孔子定禮正樂之功，爲生民之棟宇，萬代之舟航。棟宇指房屋，謂覆庇也；舟航，所以利民用也。按此爲封建時代對孔子之評價。

〔一〇〕此語不見今《孟子》七篇中。按《孟子外書·性善辨》：「孟子曰：『舜生於姚墟，禹生於石紐，湯生於莆南，文王生於台疆，千年一聖，猶旦暮也。』」又《淮南子·修務》歷舉堯、舜、禹、文王等，云：「若此九賢者，千歲而一出，猶繼踵而生。」繼踵即連步也。疑此《録》兩用《孟子》、《淮南子》文，或蕭綺所見孟子書有此語。

〔一一〕絶筆，孔子作《春秋》，至「西狩獲麟」而止，後人謂之「絶筆」。

二十三年，起「昆昭」之臺，亦名「宣昭」。聚天下異木神工，得崿谷陰生之樹，其樹千尋，文理盤錯，以此一樹，而臺用足焉。大幹爲桁棟，小枝爲栭桷〔一〕。其木有龍蛇百獸之形。又篩水精以爲泥。臺高百丈，昇之以望雲色。時有萇弘〔二〕，能招致神異。王乃登臺，望雲氣蓊鬱，忽見二人乘雲而至，鬚髮皆黃，非謡俗之類也〔三〕。乘遊龍飛鳳之輦，駕以青螭。其衣皆縫緝毛羽也。王即迎之上席。時天下大旱，地裂木燃。一人先唱：「能爲雪霜〔四〕。」引氣一噴，則雲起雪飛，坐者皆凜然，宮中池井，堅冰可琢〔五〕。又設狐腋素裘、紫羆文褥，羆褥是西域所獻也，施於臺上，坐者皆溫。又有一人唱：「能使卽席爲炎。」乃以指彈席上，而暄風入室，裘褥皆棄於臺下。時有容成子諫曰〔六〕：「大王以天下爲家，而染異術，使變夏改寒，以誣百姓，文、武、周公之所不取也。」王乃疏萇弘而求正諫之士。時異方貢玉人、石鏡，此石色白如月，照面如雪，謂之「月鏡」〔七〕。有玉人，機戾自能轉動〔八〕。萇弘言於王曰：「聖德所招也。」故周人以萇弘幸媚而殺之，流血成石，或言成碧〔九〕，不見其尸矣。

〔一〕桁，梁上所施之橫木。棟，屋之中梁。栭，又名斗栱，方木似斗形，用以拱承屋棟。桷，方形之椽。

〔二〕萇弘，周時方士。《淮南子·氾論》：「萇弘，周室之執數者也，天地之氣，日月之行，風雨之變，律曆之術，無所不通。」又《史記·封禪書》：「周人之言方怪者，自萇弘。」按諸書記萇弘事頗相抵牾，其詳可參看高步瀛《文選李注義疏·蜀都賦疏》。

〔三〕謠俗，程榮本作「世俗」。按謠俗猶言風俗。《史記·貨殖傳》：「……皆中國人民所喜好，謠俗被服飲食奉生送死之具也。」

〔四〕雪霜，《御覽》十二作「霜雪」，下有「王乃請焉，於是」六字。

〔五〕「瑑」原作「喙」，據《稗海》、《逸史》、《小史》各本改。程榮本作「琢」。按「琢」、「瑑」古通用，作「喙」非。

〔六〕容成子，未詳。相傳容成爲黄帝史官，世稱容成公，始造律曆。又《列仙傳》亦有容成公，「自稱黄帝師，見於周穆王，善輔導之術」。此處又有容成子，蓋皆傳説中人物，輾轉附會，無可稽考。

〔七〕《廣記》四〇三「月鏡」條引此書，文字與今本多異，録供參證：「有侍臣萇弘，巧智如流，因而得侍長夜宴樂。或俳諧儛笑，有殊俗之伎，百戲駢列，鐘石並奏；亦獻異方珍寶，有如玉之人，如龍之錦，亦有如鏡之石，如石之鏡。此石色白如月，照面如雪，謂之『月鏡』。玉人皆有機捩，自能轉動，謂之『機妍』。萇弘言於王曰：『聖德所招也。』故周人以弘媚諂而卒殺之。」

〔八〕「戾」當作「捩」，機捩亦名關捩，即今所謂機關、機器。

〔九〕《莊子·外物》：「萇弘死於蜀，藏其血，三年而化爲碧。」碧，石之青美者。

有韓房者，自渠胥國來〔一〕，獻玉駱駝高五尺〔二〕，虎魄鳳凰高六尺〔三〕，火齊鏡廣三尺〔四〕，闇中視物如畫，向鏡語，則鏡中影應聲而答。韓房身長一丈，垂髮至膝，以丹砂畫左右手如日月盈缺之勢，可照百餘步。周人見之，如神明矣。靈王末年，亦不知所在。

〔一〕渠胥，疑即渠搜，古西戎國名，見《書·禹貢》。《漢書·地理志》作渠叟。隋時爲鏺汗國，《隋書·西域傳》：「鏺汗國都葱嶺之西五百餘里，古渠搜國也。」

〔二〕原作「玉駝高五丈」，據《廣記》二二九補「駱」字，改「尺」字。

〔三〕虎魄，即琥珀。

〔四〕《廣記》二二九「廣」作「高」，《類説》一引作「大二尺六寸」。火齊，寶石名。《文選》左思《吴都賦》：「火齊之寶。」劉淵林注引《異物志》：「火齊如雲母，重沓而可開，色黄赤似金，出日南。」

録曰：夫誘於可欲〔一〕，而正德虧矣，惑於聞見，志用遷矣，周靈之謂乎！爾乃受制於奢，玩神於亂，波蕩正教，爲之媮薄，淫湎因斯而滋焉。何則？溺此仙道，棄彼儒教，覿乎異俗，萬代之神絶者也。及其化流遐俗，風被邊隅，非正朔之所被服，四氣之所含養〔二〕，而使鬼物隨方而競至，奇精自遠而來臻，窮天區而盡地域，反五常而移四序〔三〕，惚怳形象之間，希夷明昧之際〔四〕，難可言也。窮幽極智，偉哉偉哉！凡事君盡禮，忠爲令德。有違則規諫以竭言，弗從則奉身以求退。故能剖身碎首〔五〕，莫顧其生，排户觸輪〔六〕，知死不去。如手足衛頭目〔七〕，舟楫濟巨川〔八〕，君臣之義，斯爲至矣。而弘違「有犯無隱」之誡〔九〕，行求媚以取容，身卒見於夷戮，可爲哀也。容成、萇弘不並語矣〔一〇〕。

〔一〕可欲，指聲、色、珍寶等動人歆羨之物。《老子》：「不見可欲，使民心不亂。」

〔二〕四氣，四時之氣。《禮記·樂記》：「動四氣之和。」又《春秋繁露》：「喜氣爲暖而當春，怒氣爲清而當秋，樂氣爲太陽而當夏，哀氣爲太陰而當冬，四氣者，天與人所同有也。」

〔三〕五常，五常之道，仁、義、禮、智、信也。見《論衡·問孔》。又指五行，《莊子·天運》：「天有六極五常。」成玄英疏：「五常，謂五行，金、木、水、火、土，人倫之常性也。」此處蓋兼用二義，謂「鬼物奇精」，違反五常之道，五行之性。

〔四〕惚怳，亦作「惚恍」或「恍惚」，謂形狀不可辨認。《老子》：「惚兮恍兮，其中有象；恍兮惚兮，其中有物。」又云：「視之不見，名曰夷；聽之不聞，名曰希；搏之不得，名曰微。」皆形容抽象之義。

〔五〕剖身，殷紂無道，比干强諫，紂曰：「吾聞聖人心有七竅」，剖比干，觀其心。見《史記·殷本紀》。碎首，《漢書·杜鄴傳》：「禽息憂國，碎首不恨。」按禽息爲秦繆公臣，薦百里奚，繆公未聽，禽息出，當門仆頭碎首而死，繆公痛之，乃用百里奚。見《論衡·儒增》。

〔六〕排户，《漢書·樊噲傳》：「高帝嘗病，惡見人，卧禁中，詔户者無得入羣臣，噲乃排闥直入。」王先謙補注：「《廣雅·釋詁》：『排，推也。』謂推門直入。」觸輪，《後漢書·申屠剛傳》：「光武嘗欲出游，剛以隴、蜀未平，不宜宴安逸豫，諫不見聽，遂以頭軔乘輿輪，帝遂爲止。」注：「軔，謂以頭枝車輪也。」按卽抵觸車輪，使不得行。

〔七〕《荀子·議兵》：「下之於上也，若手臂之扞頭目也。」又《漢書·刑法志》：「夫仁人在上，爲下所卬，猶子弟之衛父兄，若手足之扞頭目。」扞卽衛也。

〔八〕《書·説命》：「若濟巨川，用汝作舟楫。」按此殷高宗命傅説之詞。

〔九〕《禮記·檀弓》：「事君有犯而無隱。」按謂當犯顔諫諍，不當隱諱取容。

〔一〇〕此句原作「容成、萇弘並當矣」，與上文義不合，從程榮本、王謨本改。不並語，謂二人一忠一佞，不能相提並論。

師曠者〔一〕，或出於晉靈之世〔二〕，以主樂官，妙辨音律，撰兵書萬篇。時人莫知其原裔，出没難詳也。晉平公之時，以陰陽之學顯於當世。燻目爲瞽人〔三〕，以絶塞衆慮，專心於星算音律之中。考鍾吕以定四時，無毫釐之異。《春秋》不記師曠出何帝之時〔四〕。曠知命欲終，乃述《寶符》百卷。至戰國分争〔五〕，其書滅絶矣〔六〕。

〔一〕師曠，春秋晉國樂師，字子野，能辨音以知吉凶。

〔二〕《稗海》本、《廣記》二三〇「或」下有「云」字。

〔三〕《稗海》本、《廣記》二三〇作「乃燻目爲瞽」。

〔四〕《廣記》二三〇「出」下有「於」字。按《左傳》襄公十四年、十八年均曾記師曠事，此不當云「不記」。

〔五〕此句原作「晉戰國時」，據《稗海》本、《廣記》二三〇改。

〔六〕按《漢書·藝文志》兵陰陽家有《師曠》八篇，小説家有《師曠》六篇，俱不傳；無《寶符》百卷及「兵書萬篇」之目；且先秦人著書率簡約，無百卷萬篇者，此皆誇誕之説也。又舊傳師曠《禽經》一卷，亦僞託之書。

晉平公使師曠奏清徵，師曠曰：「清徵不如清角也。」公曰：「清角可得聞乎？」

師曠曰：「君德薄，不足聽之；聽之，將恐敗。」公曰：「寡人老矣，所好者音，願遂聽之！」師曠不得已而鼓，一奏之，有雲從西北方起；再奏之，大風至，大雨隨之，掣帷幕，破俎豆，墮廊瓦。坐者散走，平公恐懼，伏於廊室。晉國大旱，赤地三年。平公之身遂病〔一〕。

〔一〕此節今《拾遺記》各本均不載，《廣記》二〇三有之，與前節相連爲一，末注云「出《王子年拾遺記》」，當係佚文，今析爲二節，補載於此。又按此事迭見《韓非子·十過》、《史記·樂書》、《論衡·紀妖》中，文均較此爲詳。

老聃在周之末〔一〕，居反景日室之山，與世人絶跡。帷有黄髮老叟五人，或乘鴻鶴，或衣羽毛，耳出於頂，瞳子皆方〔二〕，面色玉潔，手握青筠之杖，與聃共談天地之數〔三〕。及聃退跡爲柱下史〔四〕，求天下服道之術〔五〕，四海名士〔六〕，莫不争至。五老即五方之精也。

〔一〕《史記·老莊申韓列傳》：「老子者，楚苦縣厲鄉曲仁里人也，姓李氏，名耳，字聃，周守藏室之史也。」按老子爲道家、道教之祖，故有關神話或仙話甚多，《史記正義》曾引《朱韜玉札》、《神仙傳》、《玄妙内篇》、《上元經》等以著其靈異，兹不録。

〔二〕《神仙傳》載李根兩目瞳子皆方。又引《仙經》云：「八百歲則瞳子方。」

〔三〕《書鈔》一三三「談」作「説」，「地」作「九」。按「九」蓋「地」之壞字。

〔四〕柱下史，官名。《史記·張蒼傳》：「張丞相蒼者，秦時爲御史，主柱下方書。」《索隱》：「周秦皆有柱下史，謂御史也。所掌及侍立，恆在殿柱之下，故老子爲周柱下史。」

〔五〕服，習也。服道卽習道。此句疑有誤字，俟考。

〔六〕名士，《禮記·月令》：「聘名士。」疏：「名士者，謂其德行貞絶，道術通明，王者不得臣，而隱居不在位者也。」

浮提之國，獻神通善書二人，乍老乍少，隱形則出影，聞聲則藏形。出肘間金壺四寸，上有五龍之檢〔一〕，封以青泥。壺中有黑汁如淳漆，灑地及石，皆成篆隸科斗之字〔二〕。記造化人倫之始，佐老子撰《道德經》垂十萬言〔三〕。寫以玉牒，編以金繩，貯以玉函。晝夜精勤，形勞神倦。及金壺汁盡，二人刳心瀝血，以代墨焉。遞鑽腦骨取髓，代爲膏燭。及髓血皆竭，探懷中玉管，中有丹藥之屑，以塗其身，骨乃如故。老子曰：「更除其繁紊，存五千言。」及至經成工畢，二人亦不知所往。

〔一〕檢，題署也，猶今之標簽。

〔二〕篆、隸、科斗，皆書體名。科斗書亦曰科斗文，《書序》：「得先人所藏古文虞、夏、商、周之書及《論語》、

《孝經》，皆科斗文字。」費氏注：「書有二十法，科斗書是其一法，以其小尾伏頭，似蝦蟇子，故謂之科斗。」

〔三〕《類説》五作「凡數萬言」。

録曰：莊周云：「德配天地，猶假至言〔一〕。」觀乎老氏，崇謙柔以爲要〔二〕，挹虛寂以歸真〔三〕，知大朴之既漓，發玄文以示世。孰能辨其虛無，究斯深寂？是以仲尼責其德〔四〕，叶以神靈，極譬一人，以爲龍矣〔五〕。師曠設數千問，卒其春秋之末。《抱朴子》謂爲「知音之聖」也〔六〕。雖容成之妙〔七〕，大撓之推曆〔八〕，夔、襄之理樂〔九〕，延州之聽〔一〇〕，故未之能過也。

〔一〕《莊子·田子方》：「孔子曰：『夫子德配天地，而猶假至言以修心，古之君子，孰能脱焉？』」

〔二〕《老子》屢言「柔弱勝剛强」，「勿驕」，「勿矜」，「勿伐」，皆謙柔之旨。《吕氏春秋·不二》亦云：「老耽貴柔。」

〔三〕《老子》云：「致虛極，守静篤。」又云：「有物混成，先天地生。寂兮寥兮，獨立而不改，周行而不殆。」其他言虛寂之旨者尚多。又《戰國策·齊策》顔斶對齊宣王言：「歸真反璞，則終身不辱。」亦老氏之旨。

〔四〕責，當係「賛」之誤字。

〔五〕「二人」之「二」，疑「其」之誤，其人指老子。《莊子・天運》：「孔子見老聃歸，三日不談。弟子問曰：『夫子見老聃，亦將何規哉？』孔子曰：『吾乃今於是乎見龍。龍合而成體，散而成章，乘雲氣而養乎陰陽。予口張而不能嗋，予又何規老聃哉！』」

〔六〕「師曠」二句疑有脱誤。知音之聖，見《抱朴子・辨問篇》。

〔七〕容成，黃帝史官。《世本》：「容成造曆。」

〔八〕大撓，黃帝臣，始作甲子，使干支相配以名日。

〔九〕夔，舜臣名，舜使典樂。襄，春秋魯樂官。二人皆精於音樂。

〔一〇〕春秋吴季札封於延陵，因號延陵季子；後復封於州來，亦曰延州來，嘗聘魯觀周樂，而知列國之治亂興衰。事詳《左傳》襄公二十九年。

師涓出於衛靈公之世〔一〕，能寫列代之樂，善造新曲以代古聲〔二〕，故有四時之樂，亦有奇麗寶器〔三〕。春有離鴻去雁應蘋之歌，夏有明晨焦泉朱華流金之調〔四〕，秋有商風白雲落葉吹蓬之曲〔五〕，冬有凝河流陰沉雲之操。以此四時之聲，奏於靈公。靈公情湎心惑，忘於政事。蘧伯玉趨階而諫曰〔六〕：「此雖以發揚氣律〔七〕，終爲沉湎淫曼之音，無合於風雅，非下臣宜薦於君也。」靈公乃去其聲而親政務，故衛人美其化焉。師涓悔其乖於《雅》《頌》，失爲臣之道，乃退而隱跡。

蘧伯玉焚其樂器於九達之衢〔八〕，恐後世傳造焉〔九〕。

〔一〕師涓，人名，衞靈公時樂官。古代掌樂之官曰師。

〔二〕以上兩句首「能」字、「善」字，據《稗海》本、《廣記》二〇三補。「古聲」原作「古樂」，亦據改。寫，仿效之意。顧炎武《日知録》卷三三云：「今人以書爲寫，蓋以此本傳於彼本，猶之以此器傳於彼器也。」能寫列代之樂，卽能演奏古樂。

〔三〕此句據《稗海》本補。寶器，指樂器。

〔四〕「朱」原作「之」，據《稗海》本、毛校、《紺珠集》改。

〔五〕白雲，《稗海》本作「白露」。

〔六〕蘧伯玉，名瑗，衞之賢大夫。

〔七〕氣律，古代以樂律定曆法，蓋曆以數始，數自律生，故以十二律定十二月。《漢書·律曆志》：「天地之風氣正，十二律定。」臣瓚注：「風氣正則十二月之氣各應其律，不失其序。」師涓奏「四時之樂」，故蘧伯玉謂其「發揚氣律」。

〔八〕樂器，《稗海》本亦作「寶器」。按寶器，通名；樂器，專名，以作「樂器」爲長，故不改使一律。

〔九〕《廣記》二〇三此下尚有「其歌曲湮滅，世代遼遠，唯記其篇目之大意也」三句。

録曰：夫體國以質直爲先〔一〕，導政以謙約爲本〔二〕。故三風十愆〔三〕，《商書》以之昭誓；無荒無怠，《唐風》貴其遵儉〔四〕。靈公違詩人之明諷，惟奢縱惑心，雖追悔於初失，能革情於後諫，日月之蝕，無損明焉〔五〕。伯玉志存規主，秉亮爲心〔六〕。師涓識進退之道，觀過知仁〔七〕。一君三臣，斯可稱美。

〔一〕體國，體，察也，行也，體國猶言治國。又舊有「公忠體國」之語，則就大臣忠於國事而言。

〔二〕導政，即行政。《論語·爲政》：「道（導）之以政。」謂以政策誘導人民也。

〔三〕愆，《逸史》本、毛校俱作「愆」。按字亦作「愆」，《書·伊訓》：「敢有恆舞於宮，酣歌於室，時（是）謂巫風；敢有殉於貨、色，恆於遊、畋，時謂淫風；敢有侮聖言，逆忠直，遠耆德，比頑童，時謂亂風。惟茲三風十愆，卿士有一於身，家必喪；邦君有一於身，國必亡。」

〔四〕《詩·唐風·蟋蟀》有「好樂無荒」語。小序云：「本其風俗，憂深思遠，儉而用禮，乃有堯之遺風焉。」

〔五〕此謂靈公能改過。《論語·子張》：「子貢曰：『君子之過也，如日月之食焉。過也，人皆見之；更也，人皆仰之。』」

〔六〕秉，持；亮，同「諒」，忠誠也。「秉亮爲心」即堅持忠誠之心。

〔七〕觀過知仁，謂人雖有過，但觀其所犯過錯之性質，對過錯之態度，亦可知其人之善惡。《論語·里仁》：「子曰：『人之過也，各於其黨，觀過斯知仁矣。』」

宋景公之世〔一〕，有善星文者，許以上大夫之位，處於層樓延閣之上，以望氣象。設以珍食，施以寶衣。其食則有渠滄之鳧，煎以桂髓；叢庭之鷃，蒸以蜜沫〔二〕；淇漳之醴，脯以青茄；九江珠穟，爨以蘭蘇；華清夏潔，灑以纖縞。華清，井水之澄華也〔三〕。饔人視時而叩鐘〔四〕，伺食以擊磬〔五〕，言每食而輒擊鐘磬也。懸四時之衣，春夏以金玉爲飾〔六〕，秋冬以翡翠爲温。燒異香於臺上〔七〕。忽有野人，被草負笈，扣門而進，曰：「聞國君愛陰陽之術，好象緯之祕〔八〕，請見！」景公乃延之崇堂。語則及未來之兆，次及已往之事，萬不失一。夜則觀星望氣，晝則執算披圖，不服寶衣，不甘奇食。景公謝曰：「今宋國喪亂〔九〕，微君何以輔之？」野人曰〔一〇〕：「德之不均，亂將及矣。修德以來人，則天應之祥，人美其化〔一一〕。」景公曰：「善〔一二〕」。遂賜姓曰子氏，名之曰韋〔一三〕，卽子韋也。

〔一〕《廣記》七六引此句上有「子韋宋景公之史當」八字。

〔二〕「蜜」原作「密」，據《稗海》本改。《廣記》七六作「承以蜜渠」。

〔三〕「水」字據《廣記》七六補，《廣記》此句係注語。井之澄華，卽井華水，每日清晨第一次所汲者，令人好顔色。見《本草》。

〔四〕饔人，卽厨師，主割烹，見《周禮・天官》。此處似指侍食之人。

〔五〕「磬」原作「盤」，據《廣記》七六改。下「言每食而輒擊鐘磬也」，《廣記》作小字雙行，亦係注語。

〔六〕「夏」下原無「以」字，據《廣記》七六補。

〔七〕《廣記》七六作「壇臺之上」。

〔八〕《廣記》七六作「聞君愛陰陽五行玄象經緯之祕」。

〔九〕「宋」字據《廣記》七六補。

〔一〇〕「野人」二字據《廣記》七六補。

〔一一〕美，《廣記》七六作「仰」。

〔一二〕《廣記》七六作「景公服其言」，下句無「遂」字。

〔一三〕《廣記》七六「韋」下有「也」字，無下句。

錄曰：宋子韋世司天部〔一〕，妙觀星緯，抑亦梓慎、裨竈之儔〔二〕。景公待之若神，禮以上列，服以絶世之衣，膳以殊方之味，雖復三清天厨之旨〔三〕，華蕤龍袞之服，及斯固陋矣〔四〕。《春秋》因生以賜姓〔五〕，亦緣事以顯名〔六〕，號司星氏〔七〕。至六國之末，著陰陽之書〔八〕。出班固《藝文志》。

〔一〕天部，疑當作天步。天空星象，運行不息，因謂之天步，即天文也。《後漢書·張衡傳》：「風后察三辰於上，跡禍福乎下，經緯曆數，然後天步有常。」

〔二〕梓慎，春秋魯大夫，觀星文而知宋、鄭之饑。裨竈，春秋鄭大夫，明天文占候之術，歲星客於玄枵，知周王及楚子將死。俱見《左傳》襄公二十八年。又《漢書・藝文志》云：「數術者，皆明堂羲和史卜之職也。……春秋時魯有梓慎，鄭有裨竈，晉有卜偃，宋有子韋。」

〔三〕此句原作「雖謂大禽之旨」，義不可通，從《廣記》七六改。

〔四〕《廣記》七六作「斯固爲陋矣」。按此句當作「方斯固爲陋矣」，「及」當爲「方」，形近而誤。方，比也，言雖天廚、龍衮與此衣食相比，猶爲陋劣也。句法與前《殷湯》節《録》之「方斯蔑矣」一例。

〔五〕《左傳》隱公八年：「天子建德，因生以賜姓，胙之土而命之氏。」

〔六〕名，《廣記》七六作「族」。按緣事顯族，如以官爲氏之司空、司徒、司馬等皆是。

〔七〕《廣記》七六作「乃號爲司星氏」。

〔八〕此句下小注，《廣記》七六作「其事出班固《藝文志》也」，正文單行。按《漢書・藝文志》陰陽家有《宋司星子韋》三篇，原注：「景公之史。」此書久佚，清馬國翰有輯本，在《玉函山房輯佚書》中。

越謀滅吴，蓄天下奇寶、美人、異味進於吴〔一〕。殺三牲以祈天地，殺龍蛇以祠川岳。矯以江南億萬户民，輸吴爲傭保〔二〕。越又有美女二人，一名夷光，二名脩明，即西施、鄭旦之別名。以貢於吴。吴處以椒華之房〔三〕，貫細珠爲簾幌，朝下以蔽景，夕捲以待月。二人當軒並坐，理鏡靚妝於珠幌之内。竊窺者莫不動心驚魄，謂之神人。吴王妖惑忘政〔四〕。及越兵入國〔五〕，乃抱二女以逃吴苑。越軍亂入，見二女在樹下，皆言神女，望而不敢侵。今吴城蛇門内有朽株，尚爲祠神女之處。初，越王入吴國〔六〕，有丹烏夾王而飛，故勾踐之霸也〔七〕，起望烏臺，言丹烏之異也〔八〕。

〔一〕《稗海》本、《廣記》二七二「進」上有「以」字。

〔二〕《稗海》本、《廣記》二七二無以上四句，而有「得陰峯之瑶，古皇之驥，湘沅之鱓」三句。又下句無「越」字。

〔三〕漢有椒房，「以椒和泥塗壁，取其温而芳也」。見《漢書·車千秋傳》注。此椒華之房，疑亦其類。

〔四〕《廣記》二七二無此句，而代之以「吴王夫差目之，若雙鸞之在輕霧，沚水之漾秋蕖，妖惑既深，怠於國政」等句。

〔五〕《廣記》一三五「國」上有「吴」字。

〔六〕「國」上原無「吴」字，據《廣記》一三五補。按《史記》載武王伐紂時有赤烏之祥，此殆襲用其故事，以示滅吴之兆。

〔七〕此句原作「故句踐入國」，與上原文「初越王入國」複，從《廣記》一三五改。《史記·越王句踐世家》載句踐平吴之後，「東諸侯畢賀，號稱霸王。」又後《録》中亦有「句踐乃霸」之語。

〔八〕異，《廣記》一三五作「瑞」。

范蠡相越〔一〕，日致千金。家童閑算術者萬人，收四海難得之貨，盈積於越都，以爲器。銅鐵之類，積如山阜〔二〕，或藏之井塹，謂之「寶井」。奇容麗色，溢於閨房，謂之「遊宫」。歷古以來，未之有也。

〔一〕范蠡字少伯，事詳《國語・越語》、《史記・越世家》及《吴越春秋》、《越絶書》等書，仕越爲上將軍，未嘗爲相。又《史記・貨殖列傳》稱蠡居積致富，三致千金，事在離越以後。

〔二〕原作「積如山之阜」，據《稗海》本删「之」字。

録曰：《易》尚謙益〔一〕，《書》著明謨〔二〕，人臣之體，以斯爲上。《傳》曰：「知無不爲，忠也〔三〕。」范蠡陳工術之本〔四〕，而勾踐乃霸，卒王百越，稱爲富强，斯其力矣。故能佯狂以晦跡，浮海以避世〔五〕，因三徙以别名〔六〕，功遂身退，斯其義也。至如「寶井」、「遊宫」，雖奢不惑。夫興亡之道，匪推之曆數，亦由才力而致也。觀越之滅吴，屈柔之禮盡焉，薦非世之絶姬，收歷代之神寶，斯皆跡殊而事同矣〔七〕。博識君子，驗斯言焉。

〔一〕《易・謙卦・彖辭》：「天道虧盈而益謙。」

〔二〕《書・大禹謨》：「滿招損，謙受益。」

〔三〕《左傳》僖公九年，荀息對晉獻公曰：「公家之利，知無不爲，忠也。」

〔四〕「工術」疑「攻術」之誤，謂攻戰之術也。《史記》載范蠡自謂長於「兵甲之事」，又《國語・越語》載范蠡與句踐論伐吴之謀議甚詳。

〔五〕《史記》載范蠡以爲句踐爲人，可與同患，難與處安，故功成身退，「乃裝其輕寶珠玉，自與其私徒屬乘舟浮海以行，終不返」。

〔六〕「徙」原作「從」，形近而誤。《史記·越世家》：「故范蠡三徙，成名於天下。」三徙別名，謂初在越，稱范蠡；繼適齊，稱鴟夷子皮；後止於陶，稱陶朱公。

〔七〕跡殊事同，謂句踐事吴，范蠡辭越，其跡雖殊，而皆以謙柔爲本。

拾遺記卷四

燕昭王

王即位二年〔一〕，廣延國來獻善舞者二人〔二〕：一名旋娟，一名提謨〔三〕，並玉質凝膚，體輕氣馥，綽約而窈窕，絶古無倫。或行無跡影，或積年不飢。昭王處以單綃華幄，飲以瓀珉之膏，飴以丹泉之粟。王登崇霞之臺，乃召二人來側，時香風欻起，二人徘徊翔轉〔四〕，殆不自支。王以纓縷拂之，二人皆舞。容冶妖麗，靡於鸞翔，而歌聲輕颺。乃使女伶代唱其曲，清響流韻，雖飄梁動木，未足嘉也〔五〕。其舞一名縈塵，言其體輕與塵相亂；次曰集羽，言其婉轉若羽毛之從風；末曰旋懷〔六〕，言其支體纏曼，若入懷袖也。乃設麟文之席，散荃蕪之香。香出波弋國，浸地則土石皆香，著朽木腐草，莫不鬱茂〔七〕，以熏枯骨，則肌肉皆生。以屑噴地〔八〕，厚四五寸，使二女舞其上，彌日無跡，體輕故也。時有白鸞孤翔，銜千莖穟〔九〕。穟於空中自生，花實落地，則生根葉。一歲百穫，一莖滿車，故曰「盈車嘉毯」。𪍵文者，錯雜寶以飾席也〔一〇〕，皆爲雲霞麟鳳之狀。昭王復以衣袖麾之，舞者皆止。昭王知其神異，處於崇霞之臺，設枕席以寢讌，遣侍人以衛之。王好神仙之術，故玄天之女〔一一〕，託形作此二人。昭王之末，莫知所在。或云遊於漢江，或伊洛之濱〔一二〕。

〔一〕燕昭王，姓姬名平，其父燕王噲寵信奸邪，燕國内亂，齊乘機攻破之。昭王即位後，招賢納士，與百姓同甘苦，二十八年始得伐齊復仇。二年正其勵精圖治之時，必無本節所記之事。

〔二〕《御覽》十二有「廣延之國，去燕七萬里，在扶桑東。其地寒，盛夏之日，冰厚至丈，常雨青雪。冰霜之色，皆如紺碧」數語，疑是此節佚文。

〔三〕《説郛》本作「提嫫」。

〔四〕以上三句原作「乃召二人，徘徊翔舞」，當有脱誤，據《稗海》本、《廣記》五六補改。

〔五〕飄梁動木，形容歌聲飄盪迴旋。《列子·湯問》：「昔韓娥東之齊，匱糧，過雍門，鬻歌假食。既去而餘音繞梁欐，三日不絶。」梁欐卽梁棟，木材之大者。

〔六〕「末」下原有「曲」字，按上文「其舞」云云，則「旋懷」亦舞非曲，據《稗海》本、《廣記》五六删。

〔七〕《廣記》五六作「蔚茂」。

〔八〕《廣記》五六作「鋪地」。

〔九〕穟，禾穗，凡植物花、實結聚在莖端者皆曰穟。
〔一〇〕此句《廣記》五六作「錯雜衆寶以爲席也」。
〔一一〕「故」字據《廣記》五六補。
〔一二〕《稗海》本、《廣記》五六此二句作「或遊於江漢，或在伊洛之濱」，下尚有「遍行天下，乍近乍遠也」二句。

四年，王居正寢，召其臣甘需曰：「寡人志於仙道，欲學長生久視之法〔一〕，可得遂乎？」需曰：「臣遊昆臺之山，見有垂髮之叟〔二〕，宛若少童，貌如冰雪，形如處子，血清骨勁，膚實腸輕，乃歷蓬、瀛而超碧海，經涉升降，遊往無窮，此爲上仙之人也。蓋能去滯慾而離嗜愛，洗神滅念，常遊於太極之門〔三〕。今大王以妖容惑目，美味爽口〔四〕，列女成羣，迷心動慮，所愛之容，恐不及玉，纖腰皓齒，患不如神；而欲却老雲遊，何異操圭爵以量滄海〔五〕，執毫釐而迴日月，其可得乎！」昭王乃徹色減味〔六〕，居乎正寢，賜甘需羽衣一襲，表其墟爲「明真里」也。

〔一〕《呂氏春秋·重己》：「莫不欲長生久視。」高注：「視，活也。」
〔二〕原作「垂白」，與下文所言不相應，據毛校改。
〔三〕太極，《易·繫辭》：「易有太極，是生兩儀。」疏：「太極，謂天地未分之前，元氣混而爲一，卽太初、太一也。」

〔四〕《老子》：「五味令人口爽。」《莊子·天地》：「五味濁口，使口厲爽。」按《廣雅·釋詁》：「爽，傷也。」

〔五〕圭爵，猶今言小酒杯。六粟爲一圭，十圭爲一撮。爵，飲酒器也。

〔六〕「徹」通「撤」，《詩·小雅·十月之交》「徹我牆屋」，《儀禮·士冠禮》「徹筵席」，字俱作「徹」。徹色，即撤去女色。

七年，沐胥之國來朝，則申毒國之一名也〔一〕。有道術人名尸羅。問其年，云：「百三十歲。」荷錫持缾〔二〕，云：「發其國五年乃至燕都。」善衒惑之術。於其指端出浮屠十層〔三〕，高三尺，及諸天神仙〔四〕，巧麗特絕。人皆長五六分，列幢蓋，鼓舞，繞塔而行，歌唱之音，如真人矣。尸羅噴水爲雰霧，暗數里間。俄而復吹爲疾風，雰霧皆止。又吹指上浮屠，漸入雲裏。又於左耳出青龍，右耳出白虎。始出之時〔五〕，纔一二寸，稍至八九尺。俄而風至雲起，卽以一手揮之，卽龍虎皆入耳中。又張口向日，則見人乘羽蓋，駕螭、鵠，直入於口内。復以手抑胸上，而聞懷袖之中，轟轟雷聲。更張口，則向見羽蓋、螭、鵠相隨從口中而出〔六〕。尸羅常坐日中，漸漸覺其形小，或化爲老叟，或爲嬰兒〔七〕，倏忽而死，香氣盈室，時有清風來吹之，更生如向之形。呪術衒惑，神怪無窮。

〔一〕沐胥，《類説》五、《紺珠集》八作「休胥」，《廣記》二八四作「沐骨」。按申毒國即印度，舊譯有身毒、天竺、信度等稱，皆一音之轉。俞樾云：「此（指本條所記）乃佛法入中國之始，申毒即身毒也，視《列子》所載周穆王時『化人』事尤爲明顯矣。」見所著《茶香室叢鈔》卷十三。

〔二〕荷，負。僧人所用錫杖，簡稱曰錫。

〔三〕浮屠，梵語，亦作浮圖、佛圖等，即塔也。

〔四〕「及」原作「乃」，從毛校改。

〔五〕「出」原作「入」，各本均誤，今以意改。

〔六〕「向」字據《廣記》二八四補。向見，謂原來所見。

〔七〕《廣記》二八四「或」下有「變」字。

八年，盧扶國來朝，渡河萬里方至〔一〕。云其國中山川無惡禽獸，水不揚波，風不折木〔二〕。人皆壽三百歲，結草爲衣，是謂卉服，至死不老，咸知孝讓。壽登百歲以上，相敬如至親之禮。死葬於野外，以香木靈草瘞掩其屍。閭里助送〔三〕，號泣之音，動於林谷，溪源爲之止流〔四〕，春木爲之改色。居喪水漿不入於口，至死者骨爲塵埃，然後乃食。昔大禹隨山導川，乃旌其地爲無老純孝之國〔五〕。

〔一〕《稗海》本、《廣記》四八〇「河」上有「玉」字。按玉河在今新疆省于闐縣。

〔二〕《廣記》四八〇「木」作「枝」。
〔三〕《稗海》本作「弔送」，下句「音」作「聲」。
〔四〕原作「河源爲之流止」，從《廣記》四八〇改。
〔五〕《稗海》本作「扶老」，毛校「國」下有「也」字。

録曰：夫含靈禀氣，取象二儀〔一〕；受命因生，包乎五德〔二〕。故守淳明以循身，資施以爲本〔三〕。義緣天屬〔四〕，生盡愛敬之容；體自心慈，死結追終之慕〔五〕。蓋處物之常情，有識之常道。是以忠諫一至，則會理以通幽，神義由心，則祇靈爲之昭感〔六〕。迹顯神著，表降羣祥，行道不違，遠邇旌德。美乎異國之人，隔絶王化，闕聞大道，語其國法，華戎有殊，觀其政教，頗令殊俗。禮在四夷，事存諸誥，孝讓之風，莫不尚也〔七〕。

〔一〕二儀，天地、陰陽。此句言人禀天地陰陽之靈氣而生。
〔二〕五德，指五常之德，仁、義、禮、智、信也。
〔三〕此句應與上句相對，疑「施」上脱「報」字，報施，謂報答父母之恩施也。
〔四〕天屬，天然之親屬，如父母與子女。《莊子·山木》「彼以利合，此以天屬」，謂以天性相連屬。又《晉書·石弘載記》「中山王雖爲皇太后所養，非陛下天屬」，謂非其親生。

〔五〕追終，即慎終追遠之義。《論語·學而》：「慎終追遠，民德歸厚矣。」朱注：「慎終者，喪盡其禮；追遠者，祭盡其誠。」

〔六〕「則」原作「洞」，據上下文義改。

〔七〕「莫」原作「萬」，形近而誤，今改。

九年，昭王思諸神異。有谷將子，學道之人也，言於王曰：「西王母將來遊，必語虛無之術。」不踰一年，王母果至〔一〕。與昭王遊於燧林之下，説炎帝鑽火之術〔二〕。取緑桂之膏，燃以照夜。忽有飛蛾銜火，狀如丹雀，來拂於桂膏之上。此蛾出於員丘之穴〔三〕。穴洞達九天，中有細珠如流沙，可穿而結，因用爲珮，此是神蛾之矢也〔四〕，蛾憑氣飲露，飛不集下，羣仙殺此蛾合丹藥。西王母與羣仙遊員丘之上，聚神蛾，以瓊筐盛之，使玉童負筐，以遊四極，來降燕庭，出此蛾以示昭王。王曰：「今乞此蛾以合九轉神丹〔五〕！」王母弗與。

〔一〕《廣記》二引《仙傳拾遺》謂燕昭王好神仙之道，仙人甘需臣事之，爲王述昆臺登真之事。王行之既久，谷將子乘虛而集，告於王曰：「西王母將降。」後一年，王母果至。而昭王狥於攻取，不能遵甘需澄靜之旨，王母亦不復至，甘需亦昇天而去。按參前「四年」節，則谷將子似即甘需於昆臺所見之仙人。

〔二〕《御覽》七八及《路史·發揮一》注引本書佚文有「遂明國不識四時晝夜，有火樹名遂木，屈盤萬頃」云云。遂木即燧木，廣達萬頃，當即此所謂燧林。鑽木取火，古代神話傳説多歸之燧人氏；但亦有歸之於伏羲或伯牛者，如《繹史》卷三引《河圖挺輔佐》云：「伏羲禪於伯牛，鑽木作火。」亦有歸之於黃帝者，如《御覽》七九引《管子》云：「黃帝鑽燧生火，以熟葷臊。」本書伏羲節曾謂其「變茹腥之食」，此又謂「炎帝鑽火」，蓋古代發明創造，本源於羣衆之勞動經驗，作書者任指一人以實之，謂爲「聖人」或帝王所作，遂多參錯也。

〔三〕員丘，《稗海》本作「圓丘」。按員、圓、圜古通用。

〔四〕「矢」同「屎」。《史記·廉頗傳》：「頃之，三遺矢矣。」程榮本作「火」，誤。

〔五〕九轉神丹亦名九轉金丹。《抱朴子·金丹》：「一轉之丹，服之三年得仙；二轉之丹，服之二年得仙；……九轉之丹，服之三日得仙。」按道家以藥煉金石爲丹，轉數多，歷時久，則藥力足，故以九轉爲貴。

昭王坐握日之臺參雲，上可捫日。時有黑鳥白頭〔一〕，集王之所，銜洞光之珠〔二〕，圓徑一尺。此珠色黑如漆，懸照於室內〔三〕，百神不能隱其精靈。此珠出陰泉之底。陰泉在寒山之北，員水之中，言水波常圓轉而流也。有黑蚌飛翔，來去於五岳之上。昔黃帝時，務成子遊寒山之嶺〔四〕，得黑蚌在高崖之上，故知黑蚌能飛矣。至燕昭王時，有國獻於昭王。王取瑤漳之水，洗其沙泥，乃嗟歎曰：「自懸日月以來，見黑蚌生珠已八九十遇〔五〕，此蚌千歲一生珠也。」珠漸輕細。昭王常懷此珠，當隆暑之月，體自輕涼，號曰「銷暑招涼之珠」也。

〔一〕《稗海》本、《廣記》四〇二作「白頸」。

〔二〕洞光，透明也。

〔三〕《廣記》四〇二作「而懸照於雲日」。

〔四〕務成子，原作「霧成子」，據《廣記》四〇二改。《荀子·大畧》：「舜學於務成昭」，《韓詩外傳》五稱，堯學於務成子附，昭與附蓋一人。《漢書·藝文志》小説家有《務成子》十一篇，班固自注云：「稱堯問，非古語。」則務成子乃神話傳説中之人物，故此又附會爲黄帝時人。

〔五〕《廣記》四〇二作「已八九千迴」。

秦始皇

始皇元年，騫霄國獻刻玉善畫工名裔〔一〕。使含丹青以漱地，即成魑魅及詭怪羣物之象；刻玉爲百獸之形，毛髮宛若真矣〔二〕。皆銘其臆前，記以日月。工人以指畫地〔三〕，長百丈，直如繩墨〔四〕。方寸之内，畫以四瀆五岳列國之圖。又畫爲龍鳳，騫翥若飛。皆不可點睛，或點之，必飛走也。始皇嗟曰：「刻畫之形，何得飛走。」使以淳漆各點兩玉虎一眼睛，旬日則失之，不知所在。山澤之人云：「見二白虎，各無一目，相隨而行，毛色相似〔五〕，異於常見者。」至明年，西方獻兩白虎，各無一目。始皇發檻視之，疑是先所失者，乃刺殺之，檢其胸前〔六〕，果是元年所刻玉虎。迄胡亥之滅，寶劍神物，隨時散亂也〔七〕。

〔一〕據《廣記》、《御覽》引本書文，「裔」上當有「烈」字，詳後。

〔二〕宛若，毛校作「宛然」。

〔三〕「工人」疑當作「其人」，指烈裔。

〔四〕《廣記》二八四無以上七字。

〔五〕《稗海》本作「毛色形相」。

〔六〕《稗海》本「胸」作「臆」。按胸、臆義同，而作「臆」與前「皆銘其臆前」相應，較長。

〔七〕按《廣記》、《御覽》所引，有與本文迥異者，移録於左，以供參證：

《廣記》二一〇「烈裔」條云：「秦有烈裔者，騫消國人，秦皇帝時，本國進之。口含丹墨，噀壁以成龍獸。以指歷如繩界之，轉手方圓，皆如規度，方寸內有五岳四瀆，列國備焉。善畫龍鳳，軒軒然如恐飛去。」

《御覽》七五二、八九一云：「始皇二年，騫消國獻善畫之工，名裂裔。裔刻白玉爲兩虎，削玉爲毛，有如真矣。不點兩目睛。始皇使餘工夜往點之爲睛，旦往，虎即飛去。明年南郡有獻白虎二頭，始皇使視之，乃是先刻玉者。始皇命去目睛，二虎不復能去。」

始皇好神仙之事〔一〕，有宛渠之民〔二〕，乘螺舟而至。舟形似螺，沉行海底，而水不浸入，一名「淪波舟」。其國人長十丈，編鳥獸之毛以蔽形〔三〕。始皇與之語及天地初開之時，了如親覩〔四〕。曰：「臣少時躡虛卻行，日遊萬里；及其老朽也，坐見天地之外事。臣國在咸池日沒之所九萬里〔五〕，以萬歲爲一日。俗多陰霧，遇其晴日，則天豁然雲裂，耿若江漢。則有玄龍黑鳳，翻翔而下。及夜，燃石以繼日光。此石出燃山，其土石皆自光澈，扣之則碎，狀如粟，一粒輝映一堂。昔炎帝始變生食，用此火也。國人今獻此石。或有投其石於溪澗中，則沸沫流於數十里，名其水爲焦淵。臣國去軒轅之丘十萬里，少典之子採首山之銅，鑄爲大鼎。臣先望其國有金火氣動，奔而往視之，三鼎已成〔六〕。又見冀州有異氣，應有聖人生，果有慶都生堯〔七〕。又見赤雲入於酆鎬，走而往視，果有丹雀瑞昌之符〔八〕。」始皇曰：「此神人也」，彌信仙術焉。

〔一〕《御覽》八九六此句下有「求天下異術」一句。

〔二〕《稗海》本「渠」下有「國」字。

〔三〕《書鈔》一三七所引與本文多異，此句下有「兩目如電，耳出於項間，顏如童稚」三句。

〔四〕《御覽》八六九「親覩」作「親見」。下有「始見(疑「皇」之誤)問曰：『聞子明於見遠，願聞其術』對曰」等句。

〔五〕《稗海》本「日没」作「日浴」。按作「浴」是，《淮南子·天文》：「日出於暘谷，浴於咸池。」《御覽》自此以下作「臣之國去咸池日没之所九萬里焉，日月之所不照，以萬歲爲夜，其晝則天豁然中開，闊數百丈，萬歲還合，則爲一日也。及其爲夜，琢『燃石』以代日光。此石出於燃山，其土石皆自光明，鑽斵皆火出，大如粟，則輝耀一室。昔炎帝時火食，國人獻此石也」。

〔六〕《史記·孝武本紀》：「黄帝作寶鼎三，象天地人也。」又云：「黄帝采首山銅，鑄鼎於荆山下。」《集解》引晉灼曰：「首山屬河東蒲坂。」按即雷首山，又稱首陽山，在今山西省永濟縣南。

〔七〕《史記·五帝本紀》：「帝嚳娶陳鋒氏女，生放勳。」《正義》引《帝王世紀》：「帝堯，陶唐氏祁姓也。母慶都，十四月生堯。」

〔八〕周文王名昌，《史記·周本紀》：「季立娶太任，皆賢婦人，生昌，有聖瑞。」《正義》引《尚書帝命驗》：「季秋之月，甲子，赤爵銜丹書入於酆，止於昌户。」又《三國志·魏書·管輅傳》注：「文王受命，丹鳥傳書。」

及始皇起雲明臺〔一〕，窮四方之珍木，搜天下之巧工。南得烟丘碧桂〔二〕，酈水燃沙，賁都朱泥，雲岡素竹；東得葱巒錦柏〔三〕，漂檖龍松〔四〕，寒河星柘，岏山雲梓〔五〕；西得漏海浮金，狼淵羽璧〔六〕，滌嶂霞桑，沉塘員籌；北得冥阜乾漆，陰坂文杞〔七〕，褰流黑魄，闇海香瓊，珍異是集。二人騰虛緣木〔八〕，揮斤斧於空中，子時起工，午時已畢。秦人謂之「子午臺」，亦言於子午之地〔九〕，各起一臺〔一〇〕，二説疑也。

〔一〕《御覽》七五二作「遊雲臺」。

〔二〕「桂」原作「樹」，乃通名而非專名，與下「柏」「松」「柘」「梓」等不類。《御覽》一七八作「碧桂」，今據改。

〔三〕《御覽》一七八作「綿柏」。

〔四〕《御覽》一七八作「縹檖龍杉」，《廣記》二二五亦作「龍杉」。

〔五〕原作「峗雲之梓」，與上下句法不一律，據《稗海》本、《廣記》二二五改。

〔六〕「璧」原作「壂」，據《稗海》本、《廣記》二二五改。

〔七〕原作「文梓」。按前有「雲梓」，此不當重「梓」字，據《御覽》一七八改。

〔八〕《廣記》二二五「二」上有「有」字，《御覽》一七八同，「人」下多「皆」字。

〔九〕《御覽》一七八「亦言」作「又云」，下有「二客」二字。

〔一〇〕前「子午」指時言，夜半十一時、十二時爲子時；晝間十一時、十二時爲午時，言臺成之速。此子午之地，則指方向言，南爲午，北爲子。

張儀、蘇秦二人〔一〕，同志好學，迭剪髮而鬻之，以相養。或傭力寫書，非聖人之言不讀。遇見《墳》《典》，行途無所題記，以墨書掌及股裏，夜還而寫之，析竹爲簡。二人每假食於路，剥樹皮編以爲書帙，以盛天下良書。嘗息大樹之下，假息而寐〔二〕。有一先生問：「二子何勤苦也？」儀、秦又問之：「子何國人？」答曰：「吾生於歸谷。」亦云鬼谷，鬼者歸也；又云，歸者，谷名也〔三〕。乃請其術〔四〕，教以干世出俗之辯，卽探胸内，得二卷説書〔五〕，言輔時之事。《古史考》云：「鬼谷子也，鬼、歸音相近也〔六〕。」

〔一〕張儀、蘇秦，戰國縱横家。秦主合縱，儀主連横。二人《史記》各有傳。

〔二〕假息而寐卽假寐。《詩·小雅·小弁》箋：「不脱冠衣而寐曰假寐。」

〔三〕自「亦云」以下至此，疑是注語。按《史記》蘇、張本傳，謂二人俱事鬼谷先生。《集解》引徐廣曰：「潁川陽城有鬼谷，蓋是其人所居，因爲號。」又引《風俗通義》曰：「鬼谷先生，六國時從横家。」鬼谷，或謂在今河南省登封縣東南，或謂在陝西省三原縣西，或謂在湖北省遠安縣東南之清溪。據《史記》，蘇秦，雒陽人；張儀，魏人。二人少年遊學，足跡當不甚遠，似以河南登封之鬼谷爲是。

〔四〕「請」原作「謂」，形近而誤，據《説郛》本改。

〔五〕説書，遊説之書。説，音税。按此「説書」，疑卽《鬼谷子》，《漢志》未著録，《隋志》列入縱横家，三卷。

〔六〕胡應麟以爲東漢人撮集蘇秦、張儀之書爲之，見《少室山房筆叢》。

〔六〕《古史考》，譙周撰，其書久佚，清孫星衍、章宗源各有輯本一卷。查無此處所引語。又「歸」下原無「音」字，據《説郛》本補。

秦王子嬰立〔一〕，凡百日，郎中趙高謀殺之〔二〕。子嬰寢於望夷之宮〔三〕，夜夢有人身長十丈，鬚鬢絶青〔四〕，納玉舄而乘丹車，駕朱馬而至宮門，云欲見秦王子嬰，閽者許進焉。子嬰乃與言。謂子嬰曰：「余是天使也，從沙丘來〔五〕。天下將亂，當有同姓者欲相誅暴〔六〕。」翌日乃起，子嬰則疑趙高，因高於咸陽獄，懸於井中，七日不死；更以鑊湯煮〔七〕，七日不沸，乃戮之。子嬰問獄吏曰：「高其神乎？」獄吏曰：「初因高之時，見高懷有一青丸，大如雀卵。」時方士説云：「趙高先世受韓終丹法〔八〕，冬月坐於堅冰〔九〕，夏日卧於爐上，不覺寒熱。」及高死，子嬰棄高屍於九達之路〔一〇〕。泣送者千家，或見一青雀從高屍中出〔一一〕，直飛入雲〔一二〕。九轉之驗〔一三〕，信於是乎！子嬰所夢，即始皇之靈；所著玉舄，則安期先生所遺也〔一四〕。鬼魅之理，萬世一時〔一五〕。

〔一〕秦始皇死後，子胡亥立爲帝，是爲秦二世。後趙高攬權，使其壻閻樂勒兵逼亥自殺，復立二世之兄子公子嬰爲秦王。

〔二〕按時趙高已爲丞相，不當云郎中趙高。

〔三〕《史記正義》引《括地志》：「秦望夷宫在雍州咸陽縣東南八里。」又《集解》引張晏曰：「臨涇水作之，以望北夷。」

〔四〕《廣記》七一作「鬚髮絶偉」。

〔五〕沙丘，古地名，在今河北省平鄉縣東北。秦始皇東巡，崩於沙丘平臺。

〔六〕「者」原作「名」，從毛校改。《史記·秦始皇本紀》稱其「名爲政，姓趙氏。」《淮南子·泰族》：「趙政晝決獄而夜理書。」故此處以「同姓者」影射趙高。又按，秦以趙爲氏，非姓也，姓氏之稱，太史公始混而爲一。見顧炎武《日知録》。

〔七〕《稗海》本作「更以湯鑊煮之」。

〔八〕韓終，又作韓衆，秦始皇時方士，嘗與侯公、石生共求仙人不死之藥，見《史記·秦始皇本紀》。一説，古仙人名。

〔九〕《廣記》七一「冬月」作「冬日」，又此句上有「受此丹者」一句。

〔一〇〕《稗海》本、《廣記》七一「九達」作「九逵」。按《爾雅·釋宫》：「九達謂之逵。」

〔一一〕《稗海》本、《廣記》七一「或」作「咸」。

〔一二〕原無「飛」字，據《稗海》本補。

〔一三〕九轉，指九轉神丹，即前「青丸」及「受韓終丹法」也。

〔一四〕安期先生，又稱安期生，秦瑯琊人，受學於河上丈人，賣藥海邊，時人皆呼「千歲公」。始皇東遊，與語三日夜，賜金帛數千萬，皆置之而去，留書並赤玉舄一重爲報。見《列仙傳》。

【一五】平步青《霞外攟屑》卷八：「《復堂日記》：清泉歐陽軒赤城《月到山房詩》有《趙高》一絶云：『當年舉世欲誅秦，那計爲名與殺身。先去扶蘇後胡亥，趙高功冠漢諸臣。』意已恢詭。後又云：『閲《古逸史》，載趙高爲趙之公子，抱忠義之性，自宫隱秦宫中，爲趙報仇。張良大索時，即避高家，故得免難。……。』所稱《古逸史》不知何書。庸按：《陔餘叢考》卷四十一《趙高志在報仇》條：『趙高之竊權覆國，備載《李斯傳》中，天下後世，固無不知其奸惡矣。然《史記索隱》謂高本趙諸公子，痛其國爲秦所滅，誓欲報仇，乃自宫以進，卒至殺秦子孫，而亡其天下。則高直以句踐事吴之心，爲張良報韓之舉。此又世論所未及者也。』(原注：《湖樓筆談》卷三：「考《蒙恬傳》，趙高昆弟數人，皆生隱宫，其母被刑戮，世世卑賤，則《索隱》謂高本趙公子，自宫以進者，亦未必然耳。」)……據甌北此條，則《古逸史》本之《索隱》，語稍潤色；而今本《史記索隱》無之。《四庫提要》於《索隱》三十卷云明代監本刪削，亦未舉及此。」按錢鍾書同志《管錐編》第一册《史記會注考證》第四則論此事，以爲「野語無稽而頗有理」，亦未見《古逸史》及《史記索隱戔言》(孫星衍曾以此書示人)。余曾遍檢北京圖書館書目，亦無之。附記於此，以俟再訪。

録曰：夫含靈挺質，罕不羨乎久視，祈以長生。苟乖才性，企之彌遠。何者？夫層宫峻宇肆其奢，綽約柔曼縱其惑，《九韶》、《六英》悦其耳〔一〕，喜怒刑賞示其威，精靈溺於常滯，志意疲於馳策，銷竭神慮，鵰刻天和。秦政自以功高三皇〔二〕，世踰五帝，取惑徐市〔三〕，身殞沙丘。燕昭能延禮羣神，百靈響集〔四〕。並欲棄機事以遊真極〔五〕，去塵垢而望雲飛，譬猶等溝澮於天河，齊朝菌於椿木〔六〕，超二儀於崑巒，升一匱而扳重漢〔七〕。何則望之與無階矣〔八〕。《抱朴子》曰：「學若牛毛，得如麟角〔九〕。」至如秦皇、燕昭之智，雖微鑒仙體，而未入玄真。蓋猶徧惑尚多，滯情未盡。至於神通玄化，説變萬端，故曰徐行雲垂之儔〔一〇〕，駕影乘霞之侶，可得齊肩比步焉與之棲息也。窮神絶異，隨方而來；衒絶殊形，越境而至。託神以盡變，因變以窮神，觸象難名，靈怪莫測。《淮南子》云：「含雷吐火之術，出於萬畢之家〔一一〕。」方黿羽於洪鑪，炎烟火於冰水，漏海螺船之屬，飛珠沉霞之類，千途萬品，書籍之所未詳，自神化以來，神奇莫與爲例，豈末代浮誣，所能窺仰，天齡促知之所效哉！今觀子年之記，蘇、張二人，異辭同迹，或以字音相類，或以土俗爲殊，驗諸墳史，豈惟秦、儀之見異者哉！

〔一〕九韶，虞舜樂名。六英，亦作「六瑩」，帝嚳樂。《列子·周穆王》：「奏《承雲》、《六瑩》、《九韶》、《晨露》以樂之。」

〔二〕「政」原作「正」，據程榮本改。按二字古通用，然秦始皇之名諸書多作「政」。

〔三〕徐市，秦時方士，「市」即「芾」字，與「黻」同。《史記·秦始皇本紀》：「齊人徐市等上書，言海中有三神山，名曰蓬萊、方丈、瀛洲，仙人居之，請得齋戒與童男女求之。於是遣徐市發童男女數千人，入海求仙人。」

〔四〕「響」通「嚮」，嚮集即來集。

〔五〕機事，機要之事也。《漢書·王莽傳》：「平晏領機事。」又謂機巧之事爲機事。《莊子·天地》：「有機械者必有機事，有機事者必有機心。」

〔六〕「木」原作「水」，據《逸史》本改。《莊子·逍遥遊》：「上古有大椿者，以八千歲爲春，以八千歲爲秋。」又曰：「朝菌不知晦朔。」按「朝菌」當作「朝秀」，蟲名，朝生暮死。

〔七〕「匱」同「簣」，盛土之筐。「扳」原作「坂」，形近而誤。扳，攀也。按上句與本句字數不等，亦不可通，當有脱誤。又按，以上四句皆喻不可能之事。

〔八〕此句疑當作「何可望之，與無階矣」。《論語·子張》：「夫子之不可及也，猶天之不可階而升也。」此句似用其意。

〔九〕《抱朴子·極言》：「爲者如牛毛，獲者如麟角。」按牛毛喻多，麟角喻少。

〔一〇〕此句「日」字疑衍，似尚有脱誤。

〔一一〕今《淮南子》中無此語。按《漢書·淮南王傳》稱所著書有《中篇》八卷，言神仙黄白之術。《藝文志》天文有《淮南雜子星》十九卷，《隋書·經籍志》有《淮南萬畢經》一卷，今俱不傳，清孫馮翼、茆津林等各有輯本。

拾遺記卷五

前漢上

漢太上皇微時，佩一刀〔一〕，長三尺，上有銘，其字難識〔二〕，疑是殷高宗伐鬼方之時所作也〔三〕。上皇遊酆沛山中〔四〕，寓居窮谷裏有人治鑄〔五〕。上皇息其傍，問曰：「此鑄何器？」工者笑而答曰：「爲天子鑄劍，慎勿泄言！」上皇謂爲戲言而無疑色〔六〕。工人曰：「今所鑄鐵鋼礪難成〔七〕，若得公腰間佩刀雜而冶之，卽成神器，可以剋定天下，星精爲輔佐，以殲三猾。木衰火盛〔八〕，此爲異兆也。」上皇曰：「余此物名爲匕首，其利難儔，水斷虬龍，陸斬虎兕，魑魅罔兩，莫能逢之；斫玉鐫金，其刃不卷。」工人曰：「若不得此匕首以和鑄，雖歐冶專精〔九〕，越砥斂鍔〔一〇〕，終爲鄙器。」上皇則解匕首投於鑪中〔一一〕。俄而烟焰衝天，日爲之晝晦。及乎劍成，殺三牲以釁祭之〔一二〕。鑄工問上皇何時得此匕首。上皇云：「秦昭襄王時〔一三〕，余行逢一野人，於陌上授余，云是殷時靈物，世世相傳，上有古字，記其年月。」及成劍，工人視之，其銘尚存，叶前疑也。工人卽持劍授上皇。上皇以賜高祖，高祖長佩於身，以殲三猾。及天下已定，吕后藏於寶庫〔一四〕。庫中守藏者見白氣如雲，出於户外，狀如龍蛇。吕后改庫名曰「靈金藏」。及諸吕擅權〔一五〕，白氣亦滅。及惠帝卽位，以此庫貯禁兵器，名曰「靈金内府」也。

〔一〕《稗海》本、《廣記》二二九「佩」上有「常」字，《御覽》八三三作「嘗」。

〔二〕《御覽》八三三「難」上有「雖」字。

〔三〕《易·既濟》：「高宗伐鬼方，三年克之。」按《後漢書·西羌傳》以鬼方爲西戎地，當在今青海境。

〔四〕《稗海》本、《廣記》二二九「山」下有「澤」字。

〔五〕《廣記》二二九無「寓居」二字，《御覽》八三三作「遇有人冶鑄」。按此句似當作「遇窮谷裏有人冶鑄」。原文「冶」上有「歐」字，據删。

〔六〕《稗海》本、《廣記》二二九「而無」作「了無」。

〔七〕《稗海》本作「今所鑄鐵鋼礪，製其器難成。」《御覽》八三三無「其」字。

〔八〕木衰，《廣記》二二九作「水衰」。按五行家言，周木德，秦水德，漢火德。木衰火盛，謂周衰而漢繼之以興也。參看後蕭《録》「漢叶火位」注。

〔九〕歐冶，春秋時人，善鑄劍，嘗爲越王鑄五劍，皆利器。

〔一〇〕《文選・聖主得賢臣頌》：「越砥斂其鍔。」注：「《説文》云：『鍔，劍刃也。』晉灼曰：『砥石出南昌，故曰越砥。』」

〔一一〕《稗海》本、《廣記》二三九、《御覽》八三三俱作「上皇卽解腰間匕首以投於鑪中」。

〔一二〕《説文通訓定聲》：「凡殺牲以血塗坼罅，如廟、竈、鐘、鼓、龜、策、寶器之屬，因遂薦牲以祭曰釁。」

〔一三〕秦昭襄王，名稷，始皇之曾祖。先後用魏冉、范雎、白起等爲將相，攻破諸侯之師，並取周鼎，爲秦統一打下基礎。

〔一四〕《廣記》二三九作「授呂后藏於寶庫之中」。下句無「庫中」二字。

〔一五〕漢高祖后呂雉，生惠帝；惠帝卒，立少帝。呂后臨朝稱制，又殺少帝，立恒山王義爲帝，分王諸呂。呂后卒，遺詔以呂産爲相國。諸呂欲爲亂，周勃、陳平誅之，迎立文帝。

録曰：夫精靈變化，其途非一；冥會之感，理故難常。至如墳讖所載，咸取驗於已往，歌謡俚説，皆求徵於未來，考圖披籍，往往而編列矣。觀乎工人之説，諒妖言之遠効焉。三尺之劍〔一〕，以應天地之數，故三爲陽數，亦應天地之德〔二〕。按《鉤命訣》曰：「蕭何爲昴星精，項羽、陳勝、胡亥爲三猾〔三〕。」周爲木德，漢叶火位〔四〕，此其徵也。

〔一〕《史記・高祖本紀》：「吾以布衣，提三尺劍取天下。」

〔二〕奇數爲陽，偶數爲陰，故三爲陽數。《易·繫辭》：「天一地二。」合而爲三，兼包陰陽，故曰應天地之德。

〔三〕《鉤命訣》爲《孝經緯》之一種，其書已佚，《古微書》有輯本。又按《淵鑑類函》引《拾遺記》以「項羽、陳勝、吴廣爲三猾」，不知所據何本。

〔四〕上句「周」原作「國」，當係「周」之壞字與「國」之簡體形近而誤，今改。《史記·秦始皇本紀》：「周曆已移，仁不代母。」《正義》：「始皇以爲周火德，秦代周從所不勝，爲水德之始也。按：周木德也，秦水德也。五行之運，水生木，木生火，火生土，土生金，金生水。所生者爲母，出者爲子。帝王之次，子代母。秦稱水是母代子，故言若有德之君相代，不母承其子。」按沈約《宋書·曆志》云：「五德更王，有二家之説：鄒衍以相勝立體，劉向以相生爲義。」主相勝之説者，謂周爲火德，秦爲水德，是水勝(克)火也；主相生之説者，謂周爲木德，漢爲火德，是木生火也；然周、漢之間尚有一秦，則又謂秦爲閏位，不當計數。凡此皆迷信誕妄之論，然通觀本書，實主後説，故順文爲釋。

孝惠帝二年，四方咸稱車書同文軌〔一〕，天下太平，干戈偃息。遠國殊鄉，重譯來貢。時有道士，姓韓名稚，則韓終之胤也，越海而來，云是東海神使〔二〕，聞聖德洽乎區宇，故悦服而來庭。時有東極，出扶桑之外〔三〕，亦有泥離之國來朝〔四〕。其人長四尺，兩角如繭，牙出於脣，自乳以來，有靈毛自蔽〔五〕，居於深穴，其壽不可測也。帝云：「方士韓稚解絶國人言〔六〕，令問人壽幾何，經見幾代之事。」答曰：「五運相承，迭生迭死〔七〕，如飛塵細雨，存殁不可論算。」問：「女媧以前可聞乎〔八〕？」對曰：「蛇身已上，八風均，四時序，不以威悦攬乎精運。」又問燧人以前〔九〕，答曰：「自鑽火變腥以來，父老而慈，子壽而孝。自軒皇以來，屑屑焉以相誅滅〔一〇〕，浮靡囂動〔一一〕，淫於禮，亂於樂，世德澆訛，淳風墜矣。」稚以答聞於帝〔一二〕。帝曰：「悠哉杳昧，非通神達理者，難可語乎斯道矣〔一三〕。」稚於斯而退，莫知其所之。帝使諸方士立仙壇於長安城北，名曰「祠韓館」。俗云：「司寒之神，祀於城陰。」按《春秋傳》曰：「以享司寒〔一四〕」，其音相亂也，定是「祠韓館」。至二年，詔宮女百人，文錦萬疋，樓船十艘，以送泥離之使，大赦天下。

〔一〕車同軌，書同文，謂文物制度統一。

〔二〕《稗海》本、《廣記》八一作「東海神君之使」。

〔三〕《廣記》八一作「時東極扶桑之外」。扶桑，神木名。《山海經·海外東經》：「湯谷上有扶桑，十日所浴。」郝懿行箋疏謂「扶」當爲「榑」，引《説文》云：「榑桑，神木，日所出也。」

〔四〕「亦」字據《稗海》本補。《廣記》八一作「亦來朝於漢」。

〔五〕《稗海》本作「自乳以下有垂毛自蔽」，《廣記》八一「乳」作「腰」。

〔六〕《廣記》八一「國」下無「人」字。按絶國謂絶遠之國，不與中國相通者。

〔七〕《廣記》八一「承」作「因」，「迭」作「遞」。按《素問・天元紀大論》：「五運相襲而皆治之，終朞之日，周而復始。」注：「五運者，甲、己歲爲土運，乙、庚歲爲金運，……五運之氣，遞相沿襲，而一歲皆爲之主治，終朞年之三百六十五日，周而復始。」此就人之生命言；若就朝代言，則指五德推遷，終而復始。

〔八〕女媧，古女神名，化生萬物者。《楚辭・天問》王逸注云：「傳言女媧人頭蛇身。」故下文「蛇身」卽指女媧也。

〔九〕燧人氏，傳説中上古帝王，始教人熟食之法。《韓非子・五蠹》：「有聖人作，鑽燧取火，以化腥臊，而民悦之，使主天下，號之曰燧人氏。」

〔一〇〕屑屑，形容動亂不安。《廣雅・釋訓》：「屑屑，不安也。」

〔一一〕動，《稗海》本、《廣記》八一作「薄」，毛校作「蕩」。

〔一二〕《稗海》本、《廣記》八一作「稚具以聞」。

〔一三〕「道」原作「遠」，據《稗海》本、《廣記》八一改。

〔一四〕《左傳》昭公四年：「黑牡、秬黍，以享司寒。」注：「司寒，玄冥，北方之神。」

漢武帝思懷往者李夫人，不可復得〔一〕。時始穿昆靈之池〔二〕，泛翔禽之舟。帝自造歌曲，使女伶歌之。時日已西傾，涼風激水，女伶歌聲甚遒〔三〕，因賦《落葉哀蟬》之曲曰：「羅袂兮無聲，玉墀兮塵生，虚房冷而寂寞，落葉依於重扃〔四〕。望彼美之女兮安得，感余心之未寧！」帝聞唱動心，悶悶不自支持，命龍膏之燈以照舟內，悲不自止。親侍者覺帝容色愁怨，乃進洪梁之酒，酌以文螺之卮〔五〕。卮出波祇之國。酒出洪梁之縣，此屬右扶風〔六〕，至哀帝廢此邑。南人受此釀法。今言「雲陽出美酒」，兩聲相亂矣〔七〕。帝飲三爵，色悅心歡，乃詔女伶出侍。帝息於延涼室，臥夢李夫人授帝蘅蕪之香。帝驚起，而香氣猶著衣枕，歷月不歇。帝彌思求，終不復見，涕泣洽席，遂改延涼室爲遺芳夢室。初，帝深嬖李夫人，死後常思夢之，或欲見夫人。帝貌顦顇，嬪御不寧〔八〕。詔李少君與之語曰〔九〕：「朕思李夫人，其可得見乎〔一〇〕？」少君曰：「可遙見，不可同於帷幄。」帝曰：「一見足矣，可致之。」少君曰〔一一〕：「暗海有潛英之石〔一二〕，其色青，輕如毛羽，寒盛則石溫，暑盛則石冷。刻之爲人像，神悟不異真人。使此石像往，則夫人至矣。此石人能傳譯人言語，有聲無氣，故知神異也。」帝曰：「此石像可得否？」少君曰：「願得樓船百艘，巨力千人，能浮水登木者〔一三〕，皆使明於道術，齎不死之藥。」乃至暗海，經十年而還。昔之去人，或升雲不歸，或託形假死，獲反者四五人。得此石，卽命工人依先圖刻作夫人形。刻成，置於輕紗幙裏，宛若生時。帝大悅，問少君曰：「可得近乎？」少君曰：「譬如中宵忽夢，而晝可得近觀乎？此石毒，宜遠望，不可逼也。勿輕萬乘之尊，惑此精魅之物！」帝乃從其諫〔一四〕。見夫人畢，少君乃使舂此石人爲丸，服之，不復思夢。乃築靈夢臺，歲時祀之。

〔一〕李夫人，李延年妹，妙麗善歌舞，極爲武帝所寵，早死，武帝作賦悼之，見《漢書·外戚傳》。

〔二〕穿，開鑿。昆靈池當卽昆明池。《漢書·武帝紀》：「元狩三年，發謫吏，穿昆明池。」

〔三〕遒，此謂歌聲緊健嘹亮。

〔四〕重扃，卽重門。按扃爲門扇上鐶鈕，此處以爲門之代稱。

〔五〕文螺之卮，彩色螺殼所製之酒器。

〔六〕漢時以京兆、左馮翊、右扶風爲三輔，共同治理京畿地方。右扶風舊治在今陝西省咸陽縣東。

〔七〕兩聲相亂，謂「洪梁」與「雲陽」聲音相近，因而傳訛。

〔八〕嬪御，左右妃妾。

〔九〕李少君，齊人，方士，以祠竈却老方見武帝，事詳《史記·封禪書》及《漢武故事》。又此處李少君，《廣記》七一及《御覽》八一六俱作董仲君。王士禛《居易録》云：「漢武帝李夫人事，《史·武紀》、《封禪書》作少翁，桓譚《新論》作李少君，《拾遺記》作董仲君」云云，似王所見《拾遺記》與今本不同。按董亦方士，見葛洪《神仙傳》。

〔一〇〕《廣記》七一、《御覽》八一六作「朕思李氏，其可得見乎」。本文原缺「見」字，據補。

〔一二〕「帝曰」至「少君曰」十二字，據《稗海》本、《廣記》七一補。

〔一三〕《稗海》本作「黑河之北，有暗海之都也，出潛英之石」三句。《廣記》七一同，「暗海」作「對野」。

〔一三〕以上三句中「百艘」字，「者」字，據《稗海》本、《廣記》七一補。

〔一四〕此段故事似卽從《漢書·外戚傳》脱化敷衍者，彼文云：「上思念李夫人不已，方士齊人少翁言能致其神。乃夜張燈燭，設帷帳，陳酒肉，而令上居他帳，遥望見好女如李夫人之貌，還幄坐而步。又不得就視，上愈益相思悲感……」

元封元年，浮忻國貢蘭金之泥〔一〕。此金出湯泉，盛夏之時，水常沸湧，有若湯火，飛鳥不能過。國人常見水邊有人冶此金爲器〔二〕。金狀混混若泥，如紫磨之色；百鑄，其色變白，有光如銀，卽「銀燭」是也〔三〕。常以此泥封諸函匣及諸宮門，鬼魅不敢干。當漢世，上將出征，及使絶國，多以此泥爲璽封。衛青、張騫、蘇武、傅介子之使〔四〕，皆受金泥之璽封也。武帝崩後，此泥乃絶焉。

〔一〕浮忻，《廣記》四八〇、《御覽》六〇六俱作「浮折」。

〔二〕《廣記》四八〇、《御覽》六〇六「國人」下俱有「行者」二字。

〔三〕《御覽》六〇六作「百鍊，其色變白如銀，名曰銀燭」。

〔四〕衛青、張騫、蘇武，俱漢武帝時人。青爲車騎將軍，後封大將軍，曾七伐匈奴。騫封博望侯，拜中郎將，出使烏孫，復分遣副使至大宛、康居、大夏，西域諸國，始通於漢。武以中郎將出使匈奴，被拘留，抗節不屈，十九年始得還漢。傅介子，漢昭帝時曾出使大宛，後征樓蘭，斬其王之頭以歸。

日南之南〔一〕，有淫泉之浦。言其水浸淫從地而出成淵〔二〕，故曰「淫泉」。或言此水甘軟〔三〕，男女飲之則淫。其水小處可濫觴褰涉〔四〕，大處可方舟沿泝〔五〕，隨流屈直。其水激石之聲，似人之歌笑，聞者令人淫動，故俗謂之「淫泉」。時有鳧雁，色如金，羣飛戲於沙瀨，羅者得之，乃真金鳧也。當秦破驪山之墳〔六〕，行野者見金鳧向南而飛，至淫泉。後寶鼎元年〔七〕，張善爲日南太守，郡民有得金鳧以獻。張善該博多通，考其年月，卽秦始皇墓之金鳧也。昔始皇爲塚，斂天下瓌異〔八〕，生殉工人，傾遠方奇寶於塚中，爲江海川瀆及列山岳之形。以沙棠沉檀爲舟楫，金銀爲鳧雁，以琉璃雜寶爲龜魚。又於海中作玉象鯨魚，銜火珠爲星，以代膏燭，光出墓中〔九〕，精靈之偉也。昔生埋工人於塚內，至被開時皆不死。工人於塚内琢石爲龍鳳仙人之像，及作碑文辭讚。漢初發此塚，驗諸史傳，皆無列仙龍鳳之製，則知生埋匠人之所作也。後人更寫此碑文，而辭多怨酷之言，乃謂爲「怨碑」。《史記》畧而不録〔一〇〕。

〔一〕日南，郡名，本秦象郡南部地，漢武帝平南越，析置日南郡。

〔二〕《稗海》本作「以成淵泉」，《廣記》二二五無「泉」字。

〔三〕水，《廣記》二二五作「泉」。

〔四〕濫觴，謂水淺小，只可浮溢一盞。《文選》郭璞《江賦》：「惟岷山之導江，初發源乎濫觴。」褰涉，謂摳衣而涉，《詩·鄭風·褰裳》：「褰裳涉溱。」

〔五〕方舟，《詩·邶風·谷風》：「方之舟之。」謂兩船相並而行。

〔六〕《廣記》二二五「當」作「昔」。秦始皇葬驪山，其墳後被人發掘。此句猶言「秦驪山之墳破」。

〔七〕寶鼎，三國吳主孫皓年號。

〔八〕瓌，毛校作「瑰」，按二字音義並同。瓌異，謂珍奇之物。

〔九〕墓中，《廣記》二二五作「塚間」。

〔一〇〕秦始皇墓葬事，見《史記·秦始皇本紀》及《漢書·楚元王傳》，而後者較詳。《漢書》載劉向上疏云：「秦始皇帝葬於驪山之阿，下錮三泉，上崇山墳，其高五十餘丈，周回五里有餘；石槨爲游館，人膏爲燈燭（《史記》作「以人魚膏爲燭」），水銀爲江海，黄金爲鳧雁。珍寶之藏，機械之變，棺槨之麗，宫館之盛，不可勝原。又多殺宫人，生薶工匠，計以萬數。天下苦其役而反之，驪山之作未成，而周章（陳勝起義軍將領）之師至其下矣。項籍燔其宫室營宇，往者咸見發掘（至其墓所者咸發掘之）。」按《史》、《漢》俱不載發墓後工人不死，及在内作怨碑事，故云「史記畧而不録」。史記，或指司馬遷書，或泛指史籍。

董偃常卧延清之室〔一〕，以畫石爲牀〔二〕，文如錦也〔三〕。石體甚輕，出郅支國。上設紫瑠璃帳，火齊屏風，列靈麻之燭〔四〕，以紫玉爲盤，如屈龍，皆用雜寶飾之。侍者於户外扇偃〔五〕。偃曰：「玉石豈須扇而後涼耶？」侍者乃却扇，以手摸，方知有屏風〔六〕。又以玉精爲盤〔七〕，貯冰於膝前。玉精與冰同其潔澈〔八〕。侍者謂冰之無盤，必〔九〕融濕席，乃合玉盤拂之，落階下，冰玉俱碎，偃以爲樂。此玉精千塗國所貢也。武帝以此賜偃。哀、平之世〔一〇〕，民家猶有此器，而多殘破。及王莽之世，不復知其所在。

〔一〕董偃，漢武帝弄臣。偃初與母以賣珠爲生，年十三，隨母入武帝姑館陶公主家。左右言其姣好，主因留第中，近幸之。偃因主見帝，大貴寵。郡國狗馬、蹴鞠、劍客，輻湊董氏。見《漢書·東方朔傳》。

〔二〕《御覽》八七〇「牀」作「榻」，下有「高三尺，廣六尺」二句。

〔三〕《稗海》本、《廣記》四〇三作「蓋石文如畫也」。

〔四〕《御覽》八七〇作「列金麻油燭」。

〔五〕《御覽》八七〇作「侍人唯見燈明，以言無礙，乃於屏風外扇之」三句。

〔六〕以上三句《廣記》四〇三作「侍者屏扇，以手摹之，方知有屏風也」。

〔七〕《廣記》四〇三「又」上有「偃」字。

〔八〕「冰」原作「水」，據《稗海》本改。

〔九〕必，《廣記》四〇三作「恐」。

〔一〇〕哀、平，漢哀帝、平帝，爲西漢最後二帝。平帝爲王莽所弑。

太初二年〔一〕，大月氏國貢雙頭雞〔二〕，四足一尾，鳴則俱鳴。武帝置於甘泉故館〔三〕，更以餘雞混之〔四〕，得其種類而不能鳴。諫者曰：「《詩》云：『牝雞無晨。』一云：『牝雞之晨，惟家之索〔五〕。』今雄類不鳴，非吉祥也。」帝乃送還西域，行至西關，雞反顧望漢宫而哀鳴。故謡言曰：「三七末世〔六〕，雞不鳴，犬不吠，宫中荆棘亂相係，當有九虎争爲帝。」至王莽篡位，將軍有九虎之號〔七〕。其後喪亂彌多，宫掖中生蒿棘，家無雞鳴犬吠。此雞未至月氏國〔八〕，乃飛於天漢〔九〕，聲似鵾雞〔一〇〕，翱翔雲裏。一名暄雞，昆、暄之音相類〔一一〕。

〔一〕太初，漢武帝年號。二年，即公元前一〇三年。

〔二〕大月氏，古西域國名。本名月氏，居敦煌、祁連間。漢時受匈奴侵畧。其族西走，過大宛，占嬀水以北地居之，都薄羅城，號大月氏。最强盛時，領土有今印度恒河流域、克什米爾、阿富汗及葱嶺東西之地。

〔三〕《廣記》二五九無「故」字，甘泉館即甘泉宫，在陝西省淳化縣甘泉山上。

〔四〕《廣記》二五九「混」作「媲」，於義爲長。按媲，配也，謂使之交配，故下云「得其種類」。

〔五〕按「牝雞」三句，皆《書・牧誓》語，不當曰「詩云」；三句相連，亦不當以「一云」斷開。（或係注語，混入正文）蔡沈《書經集傳》：「索，蕭索也。牝雞而晨，則陰陽反常，是爲妖孽，而家道索矣。」

〔六〕三七末世，《漢書・路温舒傳》：「温舒從祖父受曆數天文，以爲漢厄三七之間。」注引張晏曰：「三七二百一十歲也。自漢初至哀帝元年二百一年也，至平帝崩二百十一年。」

〔七〕《漢書・王莽傳》：「莽拜將軍九人，皆以虎爲號，號曰『九虎』。」

〔八〕「氏」原作「支」，改使前後一律。

〔九〕天漢，卽天河。《詩・小雅・大東》：「維天有漢。」

〔一〇〕鶤雞，鳥名，《楚辭・九辯》：「鶤雞啁哳而悲鳴。」洪興祖《補注》：「鶤雞似鶴，黄白色。」

〔一一〕「鶤雞」亦作「昆雞」，見《漢書・司馬相如傳》。昆、暉皆屬元韻，故云音相類。

天漢二年〔一〕，渠搜國之西，有祈淪之國。其俗淳和，人壽三百歲。有壽木之林，一樹千尋，日月爲之隱蔽。若經憩此木下，皆不死不病。或有泛海越山來會其國，歸懷其葉者，則終身不老。其國人綴草毛爲繩，結網爲衣，似今之羅紈也。至元狩六年〔二〕，渠搜國獻網衣一襲。帝焚於九達之道〔三〕，恐後人徵求，以物奢費。燒之，烟如金石之氣。

〔一〕天漢，漢武帝年號；二年，卽公元前九九年。

〔二〕元狩，漢武帝年號，六年爲公元前一一七年。按元狩在前，天漢在後，子年記事顚倒。又以文義察之，開首「天漢二年」四字與下不屬，似不當有。

〔三〕達，《稗海》本作「遠」。

太始二年〔一〕，西方有因霄之國，人皆善嘯，丈夫嘯聞百里，婦人嘯聞五十里，如笙竽之音，秋冬則聲清亮，春夏則聲沉下。人舌尖處倒向喉内，亦曰兩舌重沓，以爪徐刮之，則嘯聲逾遠。故《吕氏春秋》云「反舌殊鄉之國」〔二〕，卽此謂也。有至聖之君，則來服其化。

〔一〕太始，漢武帝年號，二年爲公元前九五年。

〔二〕《吕氏春秋·爲欲》：「蠻夷反舌，殊俗異習之國。」又《功名》：「蠻夷反舌，殊俗異習。」注：「南方有反舌國，舌本在前，末倒向喉。」

録曰：漢興，繼六國之遺弊〔一〕，天下思於聖德，是以黔黎嗟秦亡之晚，恨漢來之遲。高祖肇基帝業，恢張區宇。孝惠務寬刑辟，以成無爲之治，德侔三王，教通四海。至於武帝，世載愈光，省方巡岳〔二〕，標元崇號〔三〕，闡禮樂以恢風，廣文義以飾俗，改律曆而建封禪〔四〕，祀百神以招羣瑞；雖「欽明」茂於《唐書》，「文思」稱於《虞典》〔五〕，豈尚茲焉。觀乎周、孔之教，不貴虚無之學。武帝修黄老，治却老之方，求報無福之祀〔六〕。是以張敞切言〔七〕，使遠斥仙術，指以萇弘、楚襄懷、秦皇、徐福之事，故辛垣之徒，卒見夷戮〔八〕。夫仙者，尚沖静以忘形體，守寂寞而祛囂務。武帝好微行而尚剋伐，恢宫宇而廣苑囿，永乖長生久視之法，失玄一守道之要，悔少翁之先誅，惑欒大之詭説〔九〕。至如李夫人，緬心昵愛，專媚蘭闈〔一〇〕，思沉魂之更生，飭新宫以延佇，蓋猶嬖惑之寵過熾，累心之結未祛，欲竦身雲霓之表，與天地而齊畢，由係風晷，其可階乎〔一一〕？雖未及玄真，頗參神邃，是以幽明不能藏其殊妙，萬象無所隱其精靈。考諸仙部，驗以衆説，未有異於斯乎！夫五運遞興，數之常理，金、土之兆，魏、晉當焉〔一二〕。董偃起自販珠之徒，因庖宰而升寵，竊幸一時，富傾海宇，内蓄神異之珍，衒非世之寶；一朝絶愛，信盛衰之有兆乎！夫爲棺槨者，以防螻蟻之患，權斂骨之離〔一三〕，聖人使合其正禮，惡其踰費，疾其過薄。至如澹臺滅明之儉〔一四〕，盛姬、秦皇之奢〔一五〕，皆失於節用。嗟乎！形銷神滅，欻爲一棺之土，爲陵成谷，瓊珣美寶，奄爲燼塵，斯則費生加死，無益身名也。冥然長往，何憶曩時之盛？仲尼云：「不如速朽〔六〕。」斂手足形，聖人以斯昭誠，豈不尚哉！

〔一〕「繼」原作「維」，據毛校改。

〔二〕省方巡岳，謂視察四方，巡行川岳。《易·觀卦》：「先王以省方觀民設教。」

〔三〕謂紀元及建立年號。我國古時以新君卽位之年或次年爲元年，其後依數遞加，至出位時止，以後每易一君，改元一次，既不中途改元，亦不建立年號。至戰國時，魏惠王、秦惠文王始有改元之事。至漢武帝立，以建元爲年號，是爲有年號之始。自此改元者輒立年號，稱爲某某元年，甚至一帝有十數年號，如漢武帝卽有十一年號：建元、元光、元朔、元狩、元鼎、元封、太初、天漢、太始、征和、後元等。

〔四〕漢興以來，沿用秦之顓頊曆，至武帝始令司馬遷、公孫卿、壺遂等共訂新曆，以正月爲歲首，是爲太初曆。見《漢書·律曆志》。武帝又封泰山，禪泰山下趾東北肅然山，見《史記·封禪書》。

〔五〕《書·堯典》：「欽明文思安安。」欽，恭敬；明，通明；文，有文章；思，善思考；安安，無所勉强，言堯之德性之美，皆出於自然而非勉强。按《書》無《唐書》，《堯典》實《虞書》之首篇，此句則《堯典》之首句，蕭《録》以「欽明」、「文思」對舉成文，乃駢文造句之法。

〔六〕按《史記·孝文本紀》：「昔先王遠施不求其報，望祀不祈其福。」而武帝信神仙，求長生，行封禪，故謂其「求報無福之祀」。

〔七〕按張敞漢宣帝時始顯名，雖以切諫著稱，然在武帝時尚未出仕，此以爲諫武帝，誤。

〔八〕辛垣，當指新垣平。漢文帝時，趙人新垣平以望氣見，言「長安東北有神氣」；又使人持玉杯上書闕下獻之，而自預言於文帝曰：「闕下有寶玉氣來者。」其後被人告發，文帝因誅夷新垣平。事見《史記·孝文帝紀》及《封禪書》，非武帝時事。

〔九〕少翁，齊人，以鬼神方見武帝，拜文成將軍，賞賜甚多。後詐爲牛腹中書以欺武帝，被誅。武帝尋悔之，惜其方不盡用，適欒成侯進欒大，乃又尊信欒大，封爲五利將軍。見《史記·孝武本紀》及《封禪書》。

〔一〇〕蘭闈，《後漢書·皇后紀贊》：「班政蘭闈。」注：「蘭林，殿名，故言蘭闈。」據此，蘭闈指后妃寢殿；後世亦用以泛稱婦女所居。

〔一一〕「由」與「猶」通，晷，影也。係風晷，猶言係風捕影。《漢書·郊祀志》：「皆姦人惑衆，挾左道詐僞以欺罔世主，聽其言洋洋滿耳，若將可遇；求之盪盪如係風捕景，終不可得。」

〔一二〕五行家言，魏以土德王，晉以金德王。

〔一三〕程榮本作「爲斂骨之具」。

〔一四〕澹臺滅明，字子羽，孔子弟子。《博物志》：「子羽子溺死於江，弟子欲收葬之。子羽曰：『螻蟻何親，魚鼈何仇。』遂不收葬。」此謂其子死不葬，過儉而不中禮。

〔一五〕盛姬，周穆王寵姬。《穆天子傳》卷六記姬死後，穆王葬以皇后之禮，靡物不備云云，故此刺其奢。

〔一六〕《禮記·檀弓》：「昔者夫子居於宋，見桓司馬自爲石椁，三年而不成。夫子曰：『若是其靡也，死不如速朽之愈也。』」

拾遺記卷六

前漢下

昭帝始元元年〔一〕，穿淋池，廣千步。中植分枝荷，一莖四葉，狀如駢蓋，日照則葉低蔭根莖〔二〕，若葵之衛足〔三〕，名「低光荷」。實如玄珠，可以飾佩。花葉難萎〔四〕，芬馥之氣，徹十餘里〔五〕。食之令人口氣常香，益脈理病〔六〕。宮人貴之，每遊宴出入，必皆含嚼。或剪以爲衣，或折以蔽日，以爲戲弄。《楚辭》所謂「折芰荷以爲衣」〔七〕，意在斯也。亦有倒生菱〔八〕，莖如亂絲，一花千葉〔九〕，根浮水上，實沉泥中，名「紫菱」，食之不老〔一〇〕。帝時命水嬉，遊宴永日。土人進一巨槽〔一一〕，帝曰：「桂楫松舟，其猶重朴；況乎此槽，可得而乘也？」乃命以文梓爲船，木蘭爲桅〔一二〕，刻飛鸞翔鷁，飾於船首，隨風輕漾，畢景忘歸〔一三〕，乃至通夜。使宮人歌曰：「秋素景兮泛洪波，揮纖手兮折芰荷〔一四〕，涼風淒淒揚棹歌，雲光開曙月低河〔一五〕，萬歲爲樂豈云多！」帝乃大悦。起商臺於池上。及乎末歲，進諫者多，遂省薄遊幸，堙毁池臺，鸞舟荷芰〔一六〕，隨時廢滅。今臺無遺址，溝池已平〔一七〕。

〔一〕漢昭帝，武帝子，名弗陵。「始元」原作「元始」，按元始乃平帝年號，故改爲始元。昭帝始元元年即公元前八六年。

〔二〕《廣記》二三六無「莖」字。

〔三〕葵，即向日葵，其花向日傾垂，似衛足之狀。春秋齊鮑牽被刖，孔子曰：「鮑莊子之智不如葵，葵猶能衛其足。」見《左傳》成公十七年。

〔四〕難萎，程榮本作「葳萎」。按《詩·小雅·隰桑》：「隰桑有阿，其葉有難。」傳：「阿然，美貌；難然，盛貌。」陳奐傳疏：「阿難，連綿字，《萇楚》曰猗儺，《那》曰猗那，聲義皆同也。」此「難萎」疑亦連綿字，美盛之貌。又，解作不易枯萎亦可。

〔五〕《御覽》九九九引本書云：「漢昭帝遊柳池，有芙蓉紫色，大如斗，花葉柔甘可食，芬氣聞十里之内，蓮實如珠。」《類聚》八二同，「花葉柔甘」作「花素葉甘」，「十里」誤合爲「車」字。按芙蓉爲荷之别名，疑即此節文而字句不同。

〔六〕《稗海》本、《廣記》二三六作「益人肌理」。

〔七〕《楚辭·離騷》：「製芰荷以爲衣兮，集芙蓉以爲裳。」

〔八〕亦有，《廣記》二三六作「又有」。

〔九〕千，《廣記》二三六作「十」。

〔一〇〕《稗海》本「泥中」以下作「泥如紫色，謂之紫泥菱，食之令人不老」。

〔一一〕「巨槽」原作「豆槽」，從《廣記》二三六改。又「土人」，《廣記》作「工人」。

〔一二〕「栜」原作「拖」，從《稗海》本、毛校改。《廣記》二三六作「柂」。

〔一三〕畢景，日影已盡，謂日暮也。

〔一四〕《廣記》二三六作「使宫人爲歌，歌曰：『商秋素景泛洪波，誰云好手折芰荷……』」蓋後人妄改。

〔一五〕「河」原作「何」，從毛校、《廣記》二三六改。河，指天河。

〔一六〕荷芰，毛校作「菱芰」。

〔一七〕按漢昭帝《淋池歌》，《三輔黄圖》亦載之。宋長白《柳亭詩話》卷十四辨此事云：「昭帝初立，年僅十齡，況在諒闇之際，不宜有此。或卽靈帝裸遊館所云『青荷晝掩葉夜舒』之事，而子年分而爲二也。然其詞特佳。」又沈德潛《古詩源》卷二選此詩，卽據本書，云：「『月低河』句，已開六朝風氣。」附識於此。

元鳳二年〔一〕，於淋池之南起桂臺，以望遠氣〔二〕。東引太液之水。有一連理樹，上枝跨於渠水，下枝隔岸而南，生與上枝同一株。帝常以季秋之月，泛蘅蘭雲鷁之舟〔三〕，窮晷係夜〔四〕，鈎於臺下，以香金爲鈎，縿絲爲綸〔五〕，丹鯉爲餌，鈎得白蛟，長三丈，若大蛇，無鱗甲〔六〕。帝曰：「非祥也。」命太官爲鮓〔七〕，肉紫骨青，味甚香美，班賜羣臣。帝思其美，漁者不能復得，知爲神異之物。

〔一〕此條原在「宣帝地節元年」條後。按元鳳爲昭帝第二個年號，二年即公元前七九年，其時在前，且「於淋池之南起桂臺」事，當緊接上文「穿淋池」事之後。又此既標「元鳳二年」，下「含塗國」條亦不當再重「二年」字樣。凡此均足証其顯爲錯簡，故今移置於此。

〔二〕《御覽》八六二無「氣」字。

〔三〕《御覽》八六二作「銜瀾雲鷁」，八三四作「銜瀾靈鷁」。按《漢書·司馬相如傳》：「浮文鷁。」注：「鷁，水鳥也，畫其象於船頭。」因稱船爲鷁，或曰鷁首。

〔四〕《稗海》本作「達夜」，《御覽》八三四作「繼夜」。按此本作「係夜」是，《爾雅·釋詁》：「係，繼也。」作「繼」作「達」，皆後人妄改。

〔五〕「緗」字見《玉篇》，云「色莊切」，但未釋其義。疑緗，蓋色白如霜之絲線也。此字《御覽》八六二作「霜」，《廣記》四二五作「縮」，皆後人妄改。又此句《御覽》二四作「縮絨絲爲綸」；下句「丹」上有「以」字。

〔六〕《廣記》四二五作「若龍而無鱗甲」；下句「祥」作「龍」，《御覽》二四亦作「龍」。又《御覽》、《廣記》俱以此爲武帝時事，亦非。

〔七〕太官，官名，秦、漢有大官令、丞，掌膳食之事。鮓，如醃魚、糟魚之類。

宣帝地節元年〔一〕，樂浪之東〔二〕，有背明之國，來貢其方物。言其鄉在扶桑之東〔三〕，見日出於西方。其國昏昏常暗，宜種百穀，名曰「融澤」，方三千里。五穀皆良，食之後天而死。有浹日之稻，種之十旬而熟；有翻形稻，言食者死而更生，天而有壽〔四〕；有明清稻，食者延年也；清腸稻，食一粒歷年不飢。有摇枝粟，其枝長而弱，無風常摇，食之益髓；有鳳冠粟，似鳳鳥之冠，食者多力；有遊龍粟，葉屈曲似遊龍也〔五〕；有瓊膏粟，白如銀，食此二粟，令人骨輕〔六〕。有繞明豆，其莖弱，自相縈纏；有挾劍豆，其莢形似人挾劍，横斜而生；有傾離豆，言其豆見日，葉垂覆地，食者不老不疾。有延精麥，延壽益氣；有昆和麥，調暢六府〔七〕；有輕心麥，食者體輕；有醇和麥，爲麴以釀酒，一醉累月，食之淩冬可袒；有含露麥，穟中有露，味甘如飴。有紫沉麻，其實不浮；有雲冰麻，實冷而有光，宜爲油澤；有通明麻，食者夜行不持燭，是苣藤也〔八〕，食之延壽，後天而老〔九〕。其北有草，名虹草，枝長一丈，葉如車輪，根大如轂，花似朝虹之色。昔齊桓公伐山戎〔一〇〕，國人獻其種，乃植於庭，云霸者之瑞也。有宵明草〔一一〕，夜視如列燭，晝則無光，自消滅也。有紫菊，謂之日精，一莖一蔓，延及數畝，味甘，食者至死不飢渴。有焦茅，高五丈，燃之成灰，以水灌之，復成茅也，謂之靈茅。有黄渠草，映日如火，其堅韌若金〔一二〕，食者焚身不熱；有夢草，葉如蒲，莖如著，採之以占吉凶，萬不遺一；又有聞遐草，服者耳聰，香如桂〔一三〕，莖如蘭。其國獻之，多不生實〔一四〕，葉多萎黄，詔並除焉。

〔一〕漢宣帝名詢，武帝曾孫，在位二十五年，改元七次，地節爲其第二個年號，元年即公元前六九年。

〔二〕樂浪，郡名，漢武帝滅朝鮮，置樂浪郡。

〔三〕《御覽》八四〇作「言其鄉在東極之東」。

〔四〕翻，反覆也。翻形即返形，故食翻形稻可以「死而更生，夭而有壽」。「有」與「又」通用。

〔五〕《稗海》本、《廣記》四一二「葉」上有「枝」字。

〔六〕《御覽》八四〇引本書尚有「雲渠粟，叢生，葉似扶蕖，食之益顏色，粟莖赤黄，皆長二丈，千株叢生」。當是本節佚文。

〔七〕六府，《廣記》四一二作「六腑」。按「府」、「腑」古通用。

〔八〕苣藤即胡麻，俗名芝麻，係油料植物。

〔九〕《御覽》八四一引本書云：「有飛明麻，葉黑，實如玉，風吹之如塵，亦名明塵麻。」又云：「東極之東，有紫麻，粒如粟，色紫，迮爲油，則汁如清水，食之目視鬼魅。又有倒葉麻，葉如倒巨（？），色紅紫，亦名紅冰麻，言水麻乃有實，食之顏色白潔。」當是本節佚文。

〔一〇〕山戎，匈奴族之古名。唐、虞以前稱山戎，至漢始稱匈奴，見《史記·五帝本紀》索隱。

〔一一〕宵明草，《廣記》四〇八、《御覽》八七〇均作「銷明草」。《御覽》云：「融臯西有銷明之草，叢生千葉，陰覆地，夜視之如列燭，晝則滅矣。」《廣記》云：「銷明草，夜視如列星，晝則光自銷滅也。」

〔一二〕《廣記》四〇八作「實甚堅」，疑此句「其」下脫「實」字。

〔一三〕《廣記》四〇八作「葉如桂」。

〔一四〕《廣記》四〇八作「其國獻根，植之多不生實」。

二年，含塗國貢其珍怪。其使云：「去王都七萬里〔一〕。鳥獸皆能言語。雞犬死者，埋之不朽。經歷數世，其家人遊於山阿海濱，地中聞雞犬鳴吠，主乃掘取，還家養之，毛羽雖秃落更生，久乃悅澤〔二〕。」

〔一〕《御覽》九一八此句下作「人善服鳥獸，雞犬皆使能言」。

〔二〕悅澤，光澤美潤也。《易林》：「鳧得水没，喜笑自啄，毛羽悅澤。」

張掖郡有郅族之盛，因以名也。郅奇字君珍，居喪盡禮。所居去墓百里，每夜行，常有飛鳥銜火夾之，登山濟水，號泣不息，未嘗以險難爲憂，雖夜如晝之明也。以淚灑石則成痕，著朽木枯草，必皆重茂。以淚浸地卽醎，俗謂之「醎鄉」。至昭帝嘉其孝異，表銘其邑曰「孝感鄉」，四時祭祀，立廟焉〔一〕。

〔一〕此亦昭帝時事，應敍在前；因下緊連蕭《録》，且爲其論贊重點（全書例多如此），姑仍舊次。

録曰：夫心迹所至，無幽不徹，理著於微，冥昧自顯。玄曦迴魯陽之戈〔二〕，嚴霜感匹夫之歎〔二〕，在於凡倫，尚昭神迹。況求之精爽〔三〕，以會蒸蒸之心〔四〕，木石爲之玄感，鳥獸爲之馴集。偉元哀號，春花以之改葉〔五〕；叔通晨興，朝流欻生橫石〔六〕；辛繕表跡於棲鸞〔七〕，衛農示德於夢虎〔八〕，郅氏之行，類斯道焉。按漢昭帝時，有黄鵠下太液池〔九〕；今云淋池，蓋一水二名也〔一〇〕。宣帝之世，有嘉穀玄稷之祥，亦不説今之所生，豈由神農、后稷播厥之功〔一一〕，抑亦王子所稱，非近俗所食。詮其名，華而不實。及乎飛走之類，神木怪草，見奇而説，萬世之瑰偉也。

〔一〕《淮南子·覽冥》："魯陽公與韓搆難，戰酣，日暮，援戈而撝之，日爲之反三舍。"按"撝"同"揮"，三舍，九十里也。

〔二〕《御覽》十四引《淮南子》："鄒衍事燕惠王盡忠，左右譖之王，王繫之獄，仰天哭，夏五月，天爲之下霜。"按今本《淮南子》佚此文。

〔三〕精爽，猶神明。《左傳》昭公七年："用物精多則魂魄强，是以有精爽至於神明。"疏："精亦神也，爽亦明也，精是神之未著，爽是明之未昭。"

〔四〕蒸蒸，同"烝烝"，孝也。《書·堯典》："克諧以孝，烝烝乂，不格姦。"又《後漢書·袁紹傳》："伏惟將軍，至孝蒸蒸。"

〔五〕「偉元」原作「元偉」，今改。偉元，晉王裒字。裒性至孝，父爲司馬昭所殺，終身不西向坐，示不臣晉，「廬於墓側，旦夕常至墓所拜跪，攀柏悲號，涕淚著樹，樹爲之枯」。

〔六〕蕭廣濟《孝子傳》（黄奭輯本）：「隗通字君相，母好飲江水，嘗乘舟楫致之，漂浚（没？）艱辛。忽有横石特起，直麴（趣）江脊，後取水，無復勞劇。」按《水經》若水注有孝子石，卽記其事，隗通作隗叔通。

〔七〕蕭廣濟《孝子傳》：「辛繕字幼文，母喪，精廬旁有大鳥，頭高五尺，雞首鷰頷（領），魚尾蛇頸，備五色而青，棲於門樹。」按此大鳥蓋卽此文所謂鸑也。

〔八〕「衛農」亦作「衡農」，《搜神記》卷十一：「衡農字剽卿，東平人也，少孤，事繼母至孝。常宿於他舍，值雷風，頻夢虎嚙其足。農呼妻相出於庭，叩頭三下。屋忽然而壞，壓死者三十餘人，唯農夫妻獲免。」按《御覽》一八一引皇甫謐《列女傳》作「衛農」，與本書同；又八四二引《列女後傳》作「東平衡農」，與《搜神記》同。考衡爲東平著姓，似以作衡農爲是。

〔九〕《漢書·昭帝紀》：「始元元年春二月，黄鵠下建章宫太液池中。」師古注：「太液池者，言其津潤所及廣也。」

〔一〇〕太液池，在今陝西省長安縣西北，武帝在池南作建章宫，又在池中建漸臺。淋池則昭帝時所鑿，東引太液池之水而成。

〔一一〕后稷，周之始祖。《書·舜典》：「汝后稷播時百穀。」「播厥」卽「播厥百穀」之省，如「貽厥子孫」、「詒厥孫謀」，單言「貽厥」之類。古人往往割裂成句爲文，六朝人此風更甚。

漢成帝好微行〔一〕，於太液池旁起宵遊宮，以漆爲柱，鋪黑綈之幕，器服乘輿，皆尚黑色。既悦於暗行，憎燈燭之照。宮中美御，皆服皂衣，自班婕妤以下，咸帶玄綬，衣珮雖加錦繡〔二〕，更以木蘭紗綃罩之。至宵遊宮，乃秉燭〔三〕。宴幸既罷，静鼓自舞，而步不揚塵。好夕出遊。造飛行殿，方一丈，如今之輦，選羽林之士，負之以趨〔四〕。帝於輦上〔五〕，覺其行快疾，聞其中若風雷之聲，言其行疾也〔六〕，名曰「雲雷宮」。所幸之宫〔七〕，咸以氈綈藉地，惡車轍馬跡之喧〔八〕。雖惑於微行昵宴，在民無勞無怨〔九〕。每乘輿返駕，以愛幸之姬寶衣珍食，捨於道傍，國人之窮老者皆歌「萬歲」。是以鴻嘉、永始之間，國富家豐，兵戈長戢。故劉向、谷永指言切諫〔一〇〕。於是焚宵遊宮及飛行殿，罷宴逸之樂。所謂從繩則正，如轉圜焉〔一一〕。

〔一〕漢成帝，名驁，元帝長子，在位二十六年（前三二年—前七年），改元七：建始、河平、陽朔、鴻嘉、永始、元延、綏和。《漢書·成帝紀》：「上始爲微行出。」張晏注曰：「於後門出，……不復警蹕，若微賤之所爲，故曰微行。」

〔二〕原作「簪珮雖如錦繡」，據《廣記》二三六改。又明鈔本《廣記》「衣珮」作「翳被」。下句「木蘭」誤作「本蘭」，據程榮本改。

〔三〕《廣記》二三六作「方秉炬燭」。

〔四〕《御覽》一七五「羽」上有「期門」二字，「以趨」作「而趨」。按期門，官名，漢武帝建元中置，掌執兵扈從。羽林，禁軍名，武帝時置建章營騎，後更名羽林。

〔五〕《廣記》二三六「上」下有「坐」字。

〔六〕《廣記》二三六引以上三句作「但覺耳中若聞風雷之聲，以其疾也」。

〔七〕《廣記》二三六作「所行之處」。

〔八〕《廣記》二三六「喧」下有「也」字。

〔九〕《稗海》本、《廣記》二三六作「民無勞怨」。按《成帝紀》屢言「刑罰不中，衆冤失職，趨闕告訴者不絶」，又言「數遭水旱疾疫之災，黎民婁(屢)困於飢寒」及「一人有辜，舉宗拘繫，農民失業，怨恨者衆」。而本文言「民無勞怨」，是虚辭也。

〔一〇〕劉向、谷永，《漢書》皆有傳。二人諫成帝事，分見本傳中。劉向自以身爲宗室，多以外戚擅權爲言；谷永則以成帝「數爲微行，多近幸小臣」，故稟承太后意旨，因天變而切諫。

〔一一〕《廣記》二三六「則正」作「則直」。按《荀子·勸學》：「木受繩則直。」《漢書·梅福傳》：「昔高祖納善若不及，從諫如轉圜。」注：「轉圜，言其順也。」

帝常以三秋閑日，與飛燕戲於太液池〔一〕，以沙棠木爲舟〔二〕，貴其不沉没也。以雲母飾於鷁首，一名「雲舟」。又刻大桐木爲虬龍，雕飾如真〔三〕，以夾雲舟而行。以紫桂爲柂枻。及觀雲棹水，玩擷菱蕖，帝每憂輕蕩，以驚飛燕，令佽飛之士，以金鏁纜雲舟於波上〔四〕。每輕風時至，飛燕殆欲隨風入水〔五〕。帝以翠纓結飛燕之裙〔六〕，遊倦乃返。飛燕後漸見疏〔七〕，常怨曰：「妾微賤，何復得預纓裙之遊〔八〕？」今太液池尚有避風臺〔九〕，卽飛燕結裙之處。

〔一〕趙飛燕，漢成帝后，善歌舞，與其妹合德，俱爲成帝所寵。《飛燕外傳》記其事甚詳。

〔二〕《廣記》二三六「棠」下無「木」字。《山海經·西山經》：「昆侖之丘，有木焉，其狀如棠，黄華赤實，其味如李而無核，名曰『沙棠』，可以禦水，食之令人不溺。」

〔三〕《稗海》本、《御覽》七六九「真」下有「像」字。

〔四〕《稗海》本、《廣記》二三六無「於波上」三字，「舟」下有「使佽飛於水底引之」一句。

〔五〕《稗海》本、《廣記》二三六此句作「飛燕殆以風飄飖，隨風入水」。

〔六〕《稗海》、《廣記》二三六「裙」作「裾」，下同。

〔七〕「遊倦乃返，飛燕後漸見疏」二句，據《稗海》本、《廣記》二三六補。

〔八〕《廣記》二三六作「何時復預纓裾之遊」，下尚有「漾雲舟於波上耶？帝爲之憮然」二句。

〔九〕避風臺事亦見《飛燕外傳》，言飛燕身輕不勝風，成帝爲築七寶避風臺。

録曰：夫言端扆拱嘿者〔一〕，人君之尊也。是故興居有節，進止有度，出則太師奏登車之禮，入則少師薦升堂之儀，列旌門以周衛〔三〕，修清宫以宴息〔三〕。成帝輕南面之位，微遊嫟幸，好惑神仙之事，谷永因而抗諫。《書》不云乎：「弗矜細行，終累大德〔四〕。」斯之謂矣。

〔一〕扆，扆座，帝位也；端扆謂在帝位端坐。拱嘿，謂拱手嘿然不言。

〔二〕旌門，《周禮·天官·掌舍》：「爲帷宫，設旌門。」注：「謂王行晝止，有所展肆若食息，張帷爲宫，則樹旌以表門。」

〔三〕清宫，皇帝出行時所居静室。《漢書·文帝紀》注引應劭云：「舊典，天子行幸所至，必遣静室，令先按行，清静殿中，以虞非常。」按《漢書》注，「清」乃動詞；此文則形容詞，清静之義。

〔四〕二句《書·旅獒》文。「弗」原作「不」。按矜卽矜惜，顧惜；細行謂小節。

哀帝尚淫奢〔一〕，多進諂佞。幸愛之臣，競以妝飾妖麗，巧言取容。董賢以霧綃單衣〔二〕，飄若蟬翼。帝入宴息之房，命筵卿易輕衣小袖〔三〕，不用奢帶脩裙，故使宛轉便易也。宫人皆效其斷袖。又曰，割袖恐驚其眠〔四〕。

〔一〕哀帝，元帝庶孫，名欣，喜男色，尊寵董賢一家，賜財物值至四十三萬萬。

〔二〕董賢，字聖卿，美麗善媚，爲哀帝所寵，行卧不離，封高安侯。哀帝死，爲王莽所劾，罷歸自殺。

〔三〕筵卿，《稗海》本作「賢卿」，並非；毛校作「聖卿」，近是。但前既直書董賢名，未叙明其字，此不應忽稱其字，當從程榮本作「命賢更易輕衣小袖」。

〔四〕《漢書·佞幸傳》：「賢寵愛日甚，……貴震朝廷，常與上卧起。嘗晝寢，偏藉上袖，上欲起，賢未覺，不欲動賢，乃斷袖而起，其恩愛至此。」

後漢

明帝陰貴人夢食瓜甚美〔一〕。帝使求諸方國〔二〕。時燉煌獻異瓜種〔三〕，恒山獻巨桃核〔四〕。瓜名「穹隆」，長三尺，而形屈曲，味美如飴。父老云：「昔道士從蓬萊山得此瓜，云是崆峒靈瓜，四劫一實，西王母遺於此地〔五〕，世代遐絶，其實頗在〔六〕。」又説：「巨桃霜下結花，隆暑方熟，亦云仙人所食。」帝使植於霜林園。園皆植寒菓〔七〕，積冰之節，百菓方盛，俗謂之「相陵」，與霜林之聲訛也。后曰：「王母之桃，王公之瓜，可得而食，吾萬歲矣，安可植乎？」后崩，内侍者見鏡奩中有瓜、桃之核，視之涕零〔八〕，疑非其類耳。

〔一〕明帝，東漢光武帝劉秀第四子，名莊。陰貴人，名麗華，光武帝后，初封貴人，生明帝。此句當作「明帝母陰貴人」。

〔二〕方國，四方諸侯之國。《詩·大雅·大明》：「厥德不回，以受方國。」箋：「方國，四方來附者。」

〔三〕燉煌，漢郡名，即今甘肅省敦煌縣。「敦」一作「焞」，俗作「燉」。《類說》五引作「焞煌」。

〔四〕《廣記》四一一「恆山」作「常山」。按常山獻桃事亦見《西京雜記》。

〔五〕《稗海》本作「東王公、西王母遺核於此地」。《廣記》四一一作「東王公、西王母遺種於地。」按下文「后曰：王母之桃，王公之瓜」云云，此處當據補「東王公」及「核」或「種」字。

〔六〕在，《稗海》本、《廣記》四一一作「存」。

〔七〕《稗海》本「園」上有「此」字。毛校「菓」均作「果」。

〔八〕按《後漢書·陰皇后紀》叙明帝謁原陵後，「伏御牀，視太后鏡奩中物，感動悲涕，令易脂澤裝具。左右皆泣，莫能仰視」云云，疑此節所記或本當時傳說。

章帝永寧元年〔一〕，條支國來貢異瑞〔二〕。有鳥名鳷鵲〔三〕，形高七尺，解人語。其國太平，則鳷鵲羣翔。昔漢武帝時，四夷賓服，有獻馴鵲，若有喜樂事，則鼓翼翔鳴。按莊周云「雕陵之鵲」〔四〕，蓋其類也。《淮南子》云：「鵲知人喜〔五〕。」今之所記，大小雖殊，遠近爲異，故畧舉焉。

〔一〕章帝，明帝第五子，名炟。按章帝在位十三年，改元三次：建初、元和、章和。無永寧年號。永寧乃安帝年號，子年誤記。

〔二〕條支，亦作「條枝」，古國名，領有今叙利亞及幼發拉底河以東之地。

〔三〕鳷鵲，鳥名，屬鳴禽類。

〔四〕《莊子·山木》：「莊周遊乎雕陵之樊，覩一異鵲，自南方來者，翼廣七尺，目大運寸，感周之顙，而進於栗林。」

〔五〕《淮南子·氾論》：「乾鵠知來而不知往。」注：「乾鵠，鵲也，人將有來事憂喜之徵則鳴，此知來也。」按此子年所本，是《淮南》注語，非本文。又按世以鵲噪爲喜兆，《開元天寶遺事》：「時人之家，聞鵲聲皆以爲喜兆，故謂靈鵲報喜。」觀此《記》，則知晉以來已有此俗説。

安帝好微行〔一〕，於郊垌或露宿，起帷宫，皆用錦罽文繡。至永初三年〔二〕，國用不足，令吏民入錢者得爲官。有瑯琊王溥，卽王吉之後〔三〕。吉先爲昌邑中尉。溥奕世衰凌〔四〕，及安帝時，家貧不得仕，乃挾竹簡插筆，於洛陽市傭書。美於形貌〔五〕，又多文辭。來僦其書者，丈夫贈其衣冠，婦人遺其珠玉，一日之中，衣寶盈車而歸。積粟于廩〔六〕，九族宗親，莫不仰其衣食，洛陽稱爲善筆而得富。溥先時家貧，穿井得鐵印，銘曰：「傭力得富，錢至億庾，一土三田，軍門主簿〔七〕。」後以一億錢輸官，得中壘校尉。三田一土，「壘」字也；中壘校尉掌北軍壘門，故曰軍門主簿〔八〕。積善降福，神明報焉〔九〕。

〔一〕安帝，名祜，章帝孫，在位十九年，改元五：永初、元初、永寧、建光、延光。

〔二〕「三年」原作「二年」，據《廣記》一三七改。按《後漢書·安帝紀》，永初三年，「三公以國用不足，令吏人入錢穀得爲關内侯、虎賁羽林郎、五大夫、府官吏、緹騎、營士各有差」。

〔三〕王吉字子陽，爲昌邑王中尉。後王以荒淫廢，吉以常諫王得減死，髡爲城旦，宣帝召爲博士，諫大夫。見《漢書》本傳。

〔四〕「溥」字據《廣記》一三七補。奕世，累世也。

〔五〕《廣記》一三七作「爲人美形貌」。

〔六〕千廪，《廣記》一三七作「十廪」，毛校作「千廪」。

〔七〕《廣記》一三七，銘文作「傭力得富至億庾，一土三田軍門主」七言二句。

〔八〕《廣記》一三七「簿」作「也」。

〔九〕神明，《稗海》本作「明神」。

靈帝初平三年〔一〕，遊於西園，起裸遊館千間，采緑苔而被階，引渠水以繞砌，周流澄澈。乘船以遊漾〔二〕，使宮人乘之，選玉色輕體者〔三〕，以執篙檝，摇漾於渠中。其水清澄，以盛暑之時，使舟覆没，視宮人玉色〔四〕。又奏《招商》之歌，以來涼氣也。歌曰：「涼風起兮日照渠，青荷晝偃葉夜舒，惟日不足樂有餘，清絲流管歌玉鳧，千年萬歲喜難踰〔五〕。」渠中植蓮，大如蓋，長一丈，南國所獻；其葉夜舒晝卷，一莖有四蓮叢生，名曰「夜舒荷」；亦云月出則舒也〔六〕，故曰「望舒荷」。帝盛夏避暑於裸遊館，長夜飲宴。帝嗟曰：「使萬歲如此，則上仙也。」宫人年二七已上，三六以下，皆靚妝，解其上衣，惟著内服，或共裸浴。西域所獻茵墀香〔七〕，煮以爲湯，宫人以之浴浣畢〔八〕，使以餘汁入渠，名曰「流香渠」。又使内豎爲驢鳴。於館北又作雞鳴堂〔九〕，多畜雞，每醉迷於天曉〔一〇〕，内侍競作雞鳴，以亂真聲也。乃以炬燭投於殿前，帝乃驚悟。及董卓破京師，散其美人，焚其宫館〔一一〕。至魏咸熙中〔一二〕，先所投燭處，夕夕有光如星。後人以爲神光，於此地立小屋，名曰「餘光祠」，以祈福。至魏明末，稍掃除矣。

〔一〕靈帝，章帝玄孫，名宏，繼桓帝立，在位二十二年，改元四：建寧、熹平、光和、中平。按初平乃獻帝年號，此當作「中平」。

〔二〕乘船，《稗海》本作「乘小舟」。

〔三〕「者」字據《稗海》本、《廣記》二三六補。

〔四〕「色」下原有「者」字，據《廣記》二三六删。

〔五〕踰，《廣記》二三六作「渝」，義較長。

〔六〕《稗海》本「則」下有「葉」字。

〔七〕《説郛》本「香」下有「草」字。

〔八〕「畢」字據《稗海》本補。《廣記》二三六「浴浣」作「沐浴」，下作「浴畢，餘汁入渠」。

〔九〕《廣記》二三六作「又欲内監爲雞鳴，於館北起雞明堂」，文理較順。然《後漢書·靈帝紀》及《五行志》並載：「靈帝於宫中西園駕四白驢，躬自操轡，驅馳周旋，以爲大樂。」則此淫昏之主，好聽驢鳴，使内豎效之，亦事理之所有。

〔一〇〕《稗海》本、《廣記》二三六「醉」下並有「樂」字。

〔一一〕《廣記》二三六「散」作「收」，「宫」作「堂」，較長。堂謂「雞鳴堂」，館謂「裸遊館」也。

〔一二〕咸熙，魏元帝（曹奂）年號，魏至此而亡。觀本書卷七魏文帝迎薛靈芸節，亦有「咸熙元年」云云，蓋子年誤以咸熙爲魏文帝年號，故本節末又有「至魏明末」之語也。

錄曰：明、章兩主，丕承前業，風被四海，威行八區，殊邊異服〔一〕，祥瑞輻湊。安、靈二帝，同爲敗德。夫悦目快心，罕不淪乎情慾，自非遠鑒興亡，孰能移隔下俗。傭才緣心〔二〕，緬乎嗜慾，塞諫任邪，没情於淫靡。至如列代亡主，莫不憑威猛以喪家國，肆奢麗以覆宗祀，詢考先墳，往往而載，僉求歷古，所記非一。以販爵鬻官，乖分職之本〔三〕，露宿郊居，違省方之義〔四〕。成、安二帝，載世雖遠，而亂政攸同。驗之史牒，訊諸前記，迷情狗馬〔五〕，愛好龍鶴〔六〕，非明王之所聞示於後也。内窮淫酷，外盡禽荒〔七〕，取悦耳目，流貶萬世。是以牝妖告禍，漢靈以巷伯傾宗〔八〕。酒池裸逐之醜〔九〕，鳴雞長夜之惑，事由商乙〔一〇〕，遠仿燕丹〔一一〕，異代一時，可爲悲矣。

〔一〕異服，異方邊遠之地。《周禮·夏官·職方氏》：「王畿其外方五百里曰侯服，又其外方五百里曰甸服。」

〔二〕「傭」同「庸」，傭才即庸才。

〔三〕分職，謂設官分職，各司其事。

〔四〕省方，《易·觀卦》：「先王以省方觀民設教。」注：「天子巡省四方，觀視民俗而設其教也。」

〔五〕狗馬，謂玩好之物，《史記·殷本紀》載紂「益收狗馬奇物，充仞宮室」。

〔六〕夏帝孔甲命劉累爲之豢龍，見《史記·夏本紀》。葉公好龍，見《新序·雜事》。又「衛懿公好鶴，鶴有乘軒者」，見《左傳》閔公二年。

〔七〕淫酷、禽荒，謂溺於女色、田獵而怠忽政務也。《書·五子之歌》：「内作色荒，外作禽荒。」

〔八〕巷伯，《左傳》襄公九年：「令司宮巷伯儆宫。」注：「巷伯，寺人，掌宫内之事。」按靈帝寵任宦官，殺戮大臣，遂成東漢衰亡之局，是以巷伯而傾覆宗祀也。

〔九〕《史記·殷本紀》：「帝紂……以酒爲池，縣肉爲林，使男女倮相逐其間，爲長夜之飲。」

〔一〇〕由，與猶通。商乙當作商辛，即紂也。此句承上「酒池裸逐之醜」言，謂靈帝荒淫與紂相類。

〔一一〕《燕丹子》記燕丹從秦歸，「夜到關，關門未開，丹爲雞鳴，衆雞皆鳴，遂得逃歸」。此句承上「鳴雞長夜之惑」言，謂靈帝使内侍爲雞鳴，仿自燕丹也。

獻帝伏皇后〔一〕，聰惠仁明〔二〕，有聞於内則。及乘輿爲李傕所敗〔三〕，晝夜逃走，宫人奔竄，萬無一生。至河，無舟楫，后乃負帝以濟河，河流迅急，惟覺脚下如有乘踐，則神物之助焉。兵戈逼岸，后乃以身擁遏於帝。帝傷趾，后以綉拭血，刮玉釵以覆於瘡，應手則愈。以淚湔帝衣及面，潔静如浣。軍人嘆伏〔四〕：雖亂猶有明智婦人。精誠之至，幽祇之所感矣。

〔一〕伏后，名壽，瑯邪東武人，事詳《後漢書·皇后紀》。

〔二〕《稗海》本、毛校「惠」作「慧」，按二字古通用。

〔三〕「傕」亦作「傕」。李傕，董卓部將。卓死，傕與郭汜等合兵圍長安。「（獻）帝尋而東歸，李傕、郭汜等追敗乘輿於曹陽，帝乃潛夜渡河走，六宫皆步行出營。（伏）后手持縑數匹，董承使符節令孫徽以刃脅奪之，殺傍侍者，血濺后衣。」見《後漢書·皇后紀》，爲本節所本。

〔四〕軍，原誤作「車」，從毛校改。

録曰：夫丹石可磨，而不可奪其堅色；蘭桂可折，而不可掩其貞芳。伏后履純明之姿〔一〕，懷忠亮之質，臨危授命〔二〕，壯夫未能加焉，知死不吝，馮媛之儔也〔三〕。求之千古，亦所罕聞。漢興〔四〕，至於哀、平、元、成，尚以宫室，崇苑囿，而西京始有弘侈，東都繼其繁奢，既違采椽不斲之製〔五〕，尤異靈沼遵儉之風〔六〕。考之皇圖，求之志録，千家萬户之書〔七〕，臺衛城隍之廣，自重門構宇以來，未有若斯之費溢也。孝哀廣四時之房，靈帝脩裸遊之館，妖惑爲之則神怨，工巧爲之則人虐〔八〕，夷國淪家，可爲慟矣！及夫靈瑞、嘉禽、艷卉、殊木，生非其壤，詭色詭音，不稟正朔之地，無涉圖書所記，或緣德業以來儀，由時俗以具質〔九〕，咸得而備詳矣。歷覽羣經，披求方册，未若斯之宏麗矣。

〔一〕伏后，原誤作「伏皇」，據程榮本改。

〔二〕授命，原誤作「受命」，今改。《論語・憲問》：「見利思義，見危授命。」朱注：「授命，言不愛其生，持以與人也。」

〔三〕馮媛，馮奉世女，漢元帝時，入宫爲婕妤。帝幸虎圈，有熊佚出圈，欲上殿，媛直前當熊而立。帝問：「人情驚懼，何故前當熊？」對曰：「猛獸得人而止，妾恐熊至御坐，故以身當之。」見《漢書・外戚傳》。

〔四〕各本「漢興」以下均另行頂格，今按此當係蕭綺《録》語，故從毛校接於「罕聞」之下。

〔五〕「既」原作「即」，形近致誤，今改。《漢書・司馬遷傳》：「堯、舜採椽不斲。」注：「採，柞木也。」按「採」與「采」同，《史記・太史公自序》作「采椽不刮」。

〔六〕《孟子・梁惠王》：「文王以民力爲臺爲沼，而民歡樂之，謂其臺曰『靈臺』，謂其沼曰『靈沼』。」按《詩・

大雅·靈臺》有「經始勿亟」語，説者謂「文王心恐煩民」，又有「不日成之」語，則其儉可知。

〔七〕此句與下「臺榭城隍之廣」對偶，當亦指宫室之侈盛而言，按《史記·孝武帝紀》：「作建章宫，度爲千門萬户。」疑即用其語，句中當有訛誤。

〔八〕《史記·秦本紀》載，戎王使由余於秦，秦繆公示以宫室、積聚。由余曰：「使鬼爲之，則勞神矣；使人爲之，亦苦民矣。」此「神怨」、「人虐」二句即用其語意。

〔九〕具質，疑當作「貢質」，形近而誤。

郭況，光武皇后之弟也〔一〕，累金數億，家僮四百餘人，以黄金爲器〔二〕，工冶之聲，震於都鄙。時人謂：「郭氏之室，不雨而雷。」言其鑄鍛之聲盛也。庭中起高閣長廡〔三〕，置衡石於其上，以稱量珠玉也。閣下有藏金窟，列武士以衛之。錯雜寶以飾臺榭，懸明珠於四垂，晝視之如星，夜望之如月。里語曰：「洛陽多錢郭氏室，夜日晝星富無匹〔四〕。」其寵者皆以玉器盛食，故東京謂郭家爲「瓊厨金穴〔五〕」。況小心畏慎，雖居富勢，閉門優遊，未曾干世事，爲一時之智也。

〔一〕《後漢書·皇后紀》：「光武郭皇后，諱聖通，真定槀人也。爲郡著姓。父昌……娶真定恭王女，號郭主，生后及子況。」

〔二〕《廣記》二三六作「家僮四百人，以金爲器皿」。

〔三〕《廣記》二三六無「長廡」二字，下句「置」作「厝」；《御覽》四七二亦作「厝」。

〔四〕按「夜日晝星」與上文「夜望之如月」不相應，必有一誤。《稗海》本上句作「夜望之如日」，程榮本下句作「夜月晝星」，當改從一本。

〔五〕《後漢書·皇后紀》：「況遷大鴻臚，帝數幸其第，會公卿諸侯親家飲燕，賞賜金錢縑帛，豐盛莫比。京師號況家爲『金穴』。」

録曰：夫后族之盛，專挾内主之威，皆以黨嬖强盛，肆囂於天下，妖幸侵政，擅椒房之親。在昔魏冉〔一〕，富傾嬴國；漢世王鳳，同拜五侯〔二〕。館第僭於京都，嬙姬麗於宫掖，瑰賂南金〔三〕，彌玩於王府，緹繡雕文，被飾於土木，高廓洞門，極夏屋之盛〔四〕，文馬朱軒，窮車服之靡，自古擅驕，未有如斯之例。雖三歸移於管室〔五〕，八佾陳於季庭〔六〕，方之爲劣矣。郭況内憑姻寵，外專聲厲〔七〕，遠採山丹之穴，積陶朱、程鄭之産〔八〕，未足稱其盛歟？曾不恃其戚里〔九〕，矜其財勢，秉温恭之正，守道持盈〔一〇〕，而自競慎，是可謂知幾其神乎〔一一〕！

〔一〕魏冉，戰國秦昭王母宣太后弟，昭王立，四登相位，封穰侯，「以太后故，私家富重於王室」。後被罷職，「使歸陶，因使縣官給車牛以徙，千乘有餘。到關，關閱其寶器，寶器珍怪多於王室」。見《史記·穰侯列傳》及《范雎列傳》。

〔二〕王鳳，漢東平陵人，字孝卿，元帝王皇后弟，成帝時官大司馬大將軍領尚書事。《漢書·元后傳》：「河平二年，上悉封舅譚爲平阿侯，商成都侯，……五人同日封，故世謂之『五侯』。」按此五侯皆鳳弟。

〔三〕瑰賂，謂寶貨。南金，《詩·魯頌·泮水》：「大賂南金。」按南謂荆、揚二州，此二州出金，故名南金。

〔四〕「高廓洞門」與「文馬朱軒」對偶，疑「廓」爲「廊」之誤字。夏屋，大屋也，見《詩·秦風·權輿》疏引王肅説。

〔五〕管室，謂管仲之室。《論語·八佾》：「管氏有三歸。」按三歸，或謂娶三姓女，或謂賞之以三歸之地，或謂三歸乃臺名。按後説見《説苑·善説》，較確。

〔六〕《論語·八佾》：「孔子謂季氏，八佾舞於庭，是可忍也，孰不可忍也！」朱注：「季氏，魯大夫季孫氏也。佾，舞列也，天子八，諸侯六，大夫四，……季氏以大夫而僭用天子之樂。」

〔七〕「聲厲」，當作「聲利」，謂名利也。

〔八〕陶朱公，范蠡之化名。《史記·貨殖列傳》稱其「十九年之中，三致千金。……子孫修業而息之，遂至巨萬。故言富者皆稱陶朱公」。程鄭以冶鑄致富，亦見《貨殖列傳》。

〔九〕戚里，外戚所居之地，《漢書·石奮傳》：「高祖召其姊爲美人，以奮爲中涓受書謁，徙其家長安中戚里。」師古注：「於上有姻戚者皆居之，故名其里爲戚里。」

〔一〇〕持盈，謂保守成業。《國語·越語》：「夫國家之事，有持盈，有定傾，有節事。」注：「持，守也；盈，滿也。」按「守道持盈」，謂居富盛之勢，能以道自守，不自驕滿，以保持其地位也。

〔一一〕「是」原作「足」，形近而誤。

劉向於成帝之末，校書天祿閣〔一〕，專精覃思〔二〕。夜有老人，着黄衣，植青藜杖，登閣而進〔三〕，見向暗中獨坐誦書。老父乃吹杖端，烟然〔四〕，因以見向，説開闢已前〔五〕。向因受《洪範五行》之文〔六〕，恐辭説繁廣忘之，乃裂裳及紳，以記其言。至曙而去，向請問姓名。云：「我是太一之精〔七〕，天帝聞金卯之子有博學者〔八〕，下而觀焉。」乃出懷中竹牒〔九〕，有天文地圖之書，「余畧授子焉」。至向子歆，從向受其術，向亦不悟此人焉。

〔一〕《廣記》一六一作「劉向於成哀之際」。按劉向歷仕宣、元、成三朝，成帝即位之初，「詔向領校中《五經》祕書」，見《漢書》本傳。此言「在成帝之末」及《廣記》所引皆非。《三輔黄圖》：「天祿閣，藏典籍之所，蕭何所造。」

〔二〕《漢書》向傳：「向爲人簡易無威儀，廉靖樂道，不交接世俗，專積思於經術，晝誦書傳，夜觀星宿，或不寐達旦。」

〔三〕登，《稗海》本、《廣記》一六一俱作「扣」，毛校作「叩」。

〔四〕烟然，《稗海》本、《廣記》一六一作「爛然火明」，下「見向」作「照向」。

〔五〕《稗海》本、《廣記》一六一「前」下有「事」字。

〔六〕原作「五行洪範之文」，據《廣記》一六一改。按向傳：「向見《尚書·洪範》，箕子爲武王陳五行陰陽休咎之應。向乃集合上古以來歷春秋、六國至秦、漢符瑞災異之記，推迹行事，連傳禍福，著其占驗，比類相從，各有條目，凡十一篇，號曰《洪範五行傳論》，奏之。」

〔七〕太一，《廣記》一六一作「太乙」。按太一，星名，亦名太乙。《星經》：「太一星在天一南半度，天帝神，主十六神。」

〔八〕金卯，隱「劉」字。《漢書・王莽傳》：「夫『劉』之爲字，卯金刀也。」金卯之子，指劉向。

〔九〕竹牒，《類説》五作「玉牒」。

賈逵年五歲〔一〕，明惠過人〔二〕。其姊韓瑤之婦，嫁瑤無嗣而歸居焉〔三〕，亦以貞明見稱。聞鄰中讀書，旦夕抱逵隔籬而聽之。逵静聽不言，姊以爲喜。至年十歲，乃暗誦六經。姊謂逵曰：「吾家貧困，未嘗有教者入門，汝安知天下有《三墳》、《五典》而誦無遺句耶？」逵曰：「憶昔姊抱逵於籬間聽鄰家讀書，今萬不遺一。」乃剥庭中桑皮以爲牒，或題於扉屏，且誦且記。期年，經文通遍〔四〕。於閭里每有觀者，稱云振古無倫。門徒來學，不遠萬里，或襁負子孫，舍於門側，皆口授經文，贈獻者積粟盈倉〔五〕。或云：「賈逵非力耕所得，誦經舌倦〔六〕，世所謂舌耕也。」

〔一〕《後漢書・賈逵傳》稱：逵字景伯，扶風平陵人。其父徽曾從劉歆、塗惲、謝曼卿受《左氏春秋》、《古文尚書》及《毛詩》之學，著有《左氏條例》二十一篇。逵悉傳父業，弱冠能誦《左氏傳》及《五經》本文。自爲兒童，常在太學。本節謂逵姊抱之於籬間聽鄰家讀書，事或有之；至謂全憑聽記，没其家學，則與史傳不合。

〔二〕《稗海》本、毛校「惠」俱作「慧」。

〔三〕《稗海》本無「居焉」二字。

〔四〕《廣記》一六一作「經史遍通」。按逵傳不言逵治史，此句蓋當作「經文遍通」。

〔五〕《廣記》一六二「粟」作「廩」。

〔六〕「舌倦」原作「口倦」，從毛校改。

何休木訥多智〔一〕，《三墳》、《五典》，陰陽算術，河洛讖緯，及遠年古諺，歷代圖籍，莫不咸誦也。門徒有問者，則爲注記，而口不能説。作《左氏膏肓》、《公羊廢疾》、《穀梁墨守》〔二〕，謂之「三闕」。言理幽微，非知機藏往〔三〕，不可通焉。及鄭康成鋒起而攻之，求學者不遠千里〔四〕，贏糧而至〔五〕，如細流之赴巨海。京師謂康成爲「經神」，何休爲「學海」。

〔一〕何休字邵公，爲人質朴訥口，而雅有心思，精研《六經》，世儒無及者。見《後漢書·儒林列傳·何休傳》。

〔二〕《何休傳》稱：「休善曆算，與其師博士羊弼，追述李育意（按李育亦公羊家），曾作《難左氏義》四十一事）以難二傳，作《公羊墨守》、《左氏膏肓》、《穀梁廢疾》。」注云：「言《公羊》之義不可攻，如墨翟之守城也。」此作《公羊廢疾》、《穀梁墨守》，誤。

〔三〕藏，蓄也；藏往，謂多識前言往行。

〔四〕《後漢書·鄭玄傳》：「鄭玄字康成，北海高密人也。……玄自游學，十餘年乃歸鄉里。家貧，客耕東萊，學徒相隨已數百千人。……時任城何休好《公羊》學，遂著《公羊墨守》、《左氏膏肓》、《穀梁廢疾》；玄乃發《墨守》，鍼《膏肓》，起《廢疾》。休見而歎曰：『康成入吾室，操吾矛，以伐我乎！』」

〔五〕「羸」原作「嬴」，形近而誤。《莊子·胠篋》：「羸糧而趣之。」羸，担負也，裹也。

任末年十四時〔一〕，學無常師，負笈不遠險阻。每言：「人而不學，則何以成？」或依林木之下，編茅爲菴，削荆爲筆，剋樹汁爲墨。夜則映星望月，暗則縷麻蒿以自照〔二〕。觀書有合意者，題其衣裳，以記其事。門徒悦其勤學，更以静衣易之〔三〕。非聖人之言不視。臨終誡曰：「夫人好學，雖死若存；不學者雖存，謂之行尸走肉耳！」河洛秘奥，非正典籍所載，皆注記於柱壁及園林樹木，慕好學者，來輒寫之。時人謂任氏爲「經苑」。

〔一〕任末字叔本，《後漢書·儒林傳》有傳。

〔二〕程榮本「縷」作「縛」。

〔三〕《稗海》本、毛校「静」作「淨」。按「静」亦有潔義，如《詩・大雅・既醉》：「籩豆静嘉。」

曹曾，魯人也〔一〕。本名平，慕曾參之行，改名爲曾。家財巨億，事親盡禮，日用三牲之養，一味不虧於是。不先親而食新味也〔二〕。爲客於人家，得新味則含懷而歸。不畜雞犬，言喧囂驚動於親老。時亢旱，井池皆竭。母思甘清之水，曾跪而操瓶，則甘泉自涌，清美於常。學徒有貧者，皆給食。天下名書，上古以來，文篆訛落者，曾皆刊正，垂萬餘卷。及國難既夷，收天下遺書於曾家〔三〕，連車繼軌，輸於王府。諸弟子於門外立祠，謂曰曹師祠。及世亂，家家焚廬，曾慮先文湮没，乃積石爲倉以藏書，故謂曹氏爲「書倉」。

〔一〕曹曾，《後漢書・儒林傳・歐陽歙傳》：「濟陰曹曾字伯山，從歙受《尚書》，門徒三千人，位至諫議大夫。」

〔二〕原作「不食」，據文義删「不」字。

〔三〕國難既夷，指光武平定海内。《後漢書・儒林列傳》：「昔王莽、更始之際，天下散亂，禮樂分崩，典文殘落。及光武中興，愛好經術，未及下車，而先訪儒雅，採求闕文，補綴漏逸。」並記當時獻書京師者，有范升、陳元等，未及曹曾，此可補其缺漏。

錄曰：觀乎劉向顯學於漢成時，才包三古，藝該九聖〔一〕，懸日月以來〔二〕，其類少矣。逮乎後漢，賈、何、任、曹之學〔一〕，並爲聖神，通生民到今，蓋斯而已。若顔淵之殆庶幾〔二〕；闕美、張霸〔四〕，何足顯大儒哉！至如五君之徒，孔門之外未有也，方之入室〔五〕，彼有慚焉。賈氏之姊，所謂知識婦人鑒乎聖也。

〔一〕三古，《漢書·藝文志》：「世歷三古。」注：「伏羲上古，文王中古，孔子下古。」又《禮記·禮運》疏：「伏羲爲上古，神農爲中古，五帝爲下古。」按三古依所處時代先後而言，皆泛謂古代也。九聖，未詳；九爲多數，蓋泛指古代聖人。

〔二〕「賈」下原無「何」字，今補。此《録》通贊劉向、賈逵、何休、任末、曹曾，故下文云「五君之徒」也。

〔三〕《易·繫辭》：「子曰：『顔氏之子，其殆庶幾乎！有不善未嘗不知，知之未嘗復行也。』」按顔氏之子即指顔淵。

〔四〕闕美，無考。張霸，字伯饒，蜀成都人，七歲通《春秋》，後習《嚴氏公羊春秋》，遂博覽《五經》。《後漢書》卷三十六有傳。

〔五〕《論語·先進》：「由也升堂矣，未入於室也。」按入室喻學問入於精奥。

拾遺記卷七

魏

文帝所愛美人〔一〕，姓薛名靈芸，常山人也〔二〕。父名鄴，爲酇鄉亭長〔三〕，母陳氏，隨鄴舍於亭傍。居生窮賤，至夜，每聚鄰婦夜績，以麻蒿自照。靈芸年至十五〔四〕，容貌絶世，鄰中少年夜來竊窺〔五〕，終不得見。咸熙元年〔六〕，谷習出守常山郡，聞亭長有美女而家甚貧。時文帝選良家子女，以入六宮。習以千金寶賂聘之，既得，乃以獻文帝。靈芸聞別父母，歔欷累日，淚下霑衣。至升車就路之時，以玉唾壺承淚，壺則紅色〔七〕。既發常山，及至京師，壺中淚凝如血。帝以文車十乘迎之，車皆鏤金爲輪輞，丹畫其轂，軛前有雜寶爲龍鳳，銜百子鈴，鏘鏘和鳴，響於林野。駕青色駢蹄之牛〔八〕，日行三百里。此牛尸屠國所獻，足如馬蹄也。道側燒石葉之香，此石重疊，狀如雲母，其光氣辟惡厲之疾。此香腹題國所進也。靈芸未至京師數十里，膏燭之光，相續不滅，車徒咽路〔九〕，塵起蔽於星月，時人謂爲「塵宵」。又築土爲臺，基高三十丈，列燭於臺下，名曰「燭臺」，遠望如列星之墜地〔一〇〕。又於大道之傍，一里一銅表〔一〕，高五尺，以誌里數。故行者歌曰：「青槐夾道多塵埃，龍樓鳳闕望崔嵬。清風細雨雜香來，土上出金火照臺。」此七字是妖辭也。爲銅表誌里數於道側，是土上出金之義。以燭置臺下，則火在土下之義。漢火德王，魏土德王，火伏而土興，土上出金，是魏滅而晉興也。靈芸未至京師十里，帝乘雕玉之輦，以望車徒之盛，嗟曰：「昔者言『朝爲行雲，暮爲行雨』〔二〕，今非雲非雨，非朝非暮。」改靈芸之名曰夜來，入宮後居寵愛。外國獻火珠龍鸞之釵。帝曰：「明珠翡翠尚不能勝，況乎龍鸞之重！」乃止不進。夜來妙於鍼工〔三〕，雖處於深帷之內〔四〕，不用燈燭之光，裁製立成〔五〕。非夜來縫製，帝則不服。宮中號爲「鍼神」也。

〔一〕魏文帝，曹操長子，名丕，建國稱魏，都洛陽。

〔二〕常山，郡名，舊治在今河北省正定縣南。

〔三〕古時十里一亭，亭有長，主追捕盜賊。

〔四〕《御覽》三八一作「年十七」。

〔五〕《廣記》二七二作「閭中少年多以夜時來窺」。

〔六〕咸熙爲魏元帝曹奐年號，元年爲公元二六四年。文帝卒於公元二二六年，此以咸熙爲文帝年號，誤。

〔七〕《稗海》本作「壺卽紅色」。《廣記》二七二作「壺中卽如紅色」。《御覽》三八一及七〇三無「中」字。

〔八〕原無「駢蹄」二字，據《稗海》本、《廣記》二七二補。

〔九〕車徒，車輛及人卒；咽路，填塞道路。

〔一〇〕《御覽》一七八「地」作「也」。

〔一一〕《稗海》本、《廣記》二七二「里」下有「致」字，按如此則當作「置」或「植」，音近而誤。

〔一二〕宋玉《高唐賦》敍楚懷王遊於高唐，夢見巫山神女云：「妾在巫山之陽，高丘之阻，旦爲朝雲，暮爲行雨，朝朝暮暮，陽臺之下。」

〔一三〕毛校作「針功」，《御覽》八三〇作「針巧」。

〔一四〕《稗海》本、《廣記》二七二「帷」下有「重幄」二字；《御覽》八三〇作「重幕」。

〔一五〕《御覽》八三〇作「裁衣製作立成」。

録曰：五常之運〔一〕，迭相生死，起伏因循，顯於言端。童謡信於春秋〔二〕，讖辭煩於漢末〔三〕，或著明先典，或託見圖記。僉詳《河》、《洛》，應運不同。唐堯以炎正禪虞，大漢以火德授魏〔四〕，世歷沿襲，得其宜矣。夫升名藉璧〔五〕，因事而來。既而柔曼之質見進，亦以裁縫之妙要寵，媚斯婉約，榮非世載，取或一朝，去彼疑賤，延此華軒。

〔一〕「五常」原作「五帝」，形近致誤，今改。五常即五行也。

〔二〕《左傳》僖公五年，晉獻公伐虢，圍其都上陽，問卜偃何時能克之。卜偃對曰：「童謡云：『丙之辰，龍尾伏辰，均服振振，取虢之旂。……』其九月十月之交乎！」後果於冬十二月滅虢。按周十二月爲夏之十月，此所謂「童謡信於春秋」也。

〔三〕《書·洪範》疏：「緯候之書，不知誰作，通人討覈，謂起哀、平。」按緯候即讖記之類也。清徐養原有《緯候不起於哀平辨》（見嚴杰《經義叢鈔》），謂「自古有之」；然實盛於西漢之末，故劉師培云：「哀、平之間，讖學日熾，而王莽、公孫述之徒，亦稱引符命，惑世誣民。」見所撰《國學發微》。

〔四〕「授」原作「受」，今改。《三國志·魏書·文帝紀》注引《獻帝傳》載蘇林、董巴上表曰：「魏之氏族，出自顓頊，與舜同祖，見于《春秋》世家。舜以土德承堯之火，今魏亦以土德承漢之火，於行運，會于堯、舜授受之次。」按古帝王嬗代，本有五行相勝、相生二説，子年主後説，與蘇林、董巴等之論相同，故下文謂「世歷沿襲，得其宜矣」。

〔五〕此《録》自「升名藉璧」以下，義不連屬；《録》末亦無收束，當有脱文。

魏明帝起凌雲臺〔一〕，躬自掘土，羣臣皆負畚鍤〔二〕，天陰凍寒，死者相枕。洛、鄴諸鼎，皆夜震自移。又聞宮中地下，有怨嘆之聲。高堂隆等上表諫曰：「王者宜靜以養民，今嗟嘆之聲，形於人鬼，顧省薄奢費，以敦儉樸。」帝猶不止，廣求瑰異，珍賂是聚，飭臺榭累年而畢。諫者尤多，帝乃去煩歸儉，死者收而葬之〔三〕。人神致感，衆祥皆應。太山下有連理文石〔四〕，高十二丈，狀如柏樹〔五〕，其文彪發〔六〕，似人雕鏤，自下及上皆合，而中開廣六尺，望若眞樹也。父老云：「當秦末，二石相去百餘步，蕪没無有蹊徑。及魏帝之始，稍覺相近，如雙闕〔七〕。」土石陰類〔八〕，魏爲土德，斯爲靈徵。苑囿及民家草樹，皆生連理。有合歡草，狀如蓍，一株百莖，晝則衆條扶疏，夜則合爲一莖，萬不遺一，謂之「神草」。沛國有黃麟見於戊己之地〔九〕，皆土德之嘉瑞。乃修戊己之壇，黃星炳夜。又起昴畢之臺〔一〇〕，祭祀此星，魏之分野，歲時修祀焉〔一一〕。

〔一〕魏明帝，文帝子，名叡，在位十三年（公元二二七年——二三九年）。《河南通志》：「凌雲臺在河南府城寧陽門外，魏文帝築，高十三丈，登之可見孟津。」按河南府即今河南省洛陽市。又「凌雲」，《三國志》作「陵雲」。

〔二〕《三國志·魏書·高堂隆傳》：「（明）帝愈增崇宫殿，彫飾觀閣，鑿太行之石英，采穀城之文石，起景陽山於芳林之園，建昭陽殿於太極之北，鑄作黃龍鳳皇奇偉之獸，飾金墉、陵雲臺、陵霄闕。百役繁興，作者萬數，公卿以下至於學生，莫不展力，帝乃躬自掘土以率之。」

〔三〕按明帝大興土木，諫者除高堂隆外，尚有高柔、辛毗、楊阜、張茂等。茂事見《明帝紀》注引《魏畧》，餘人各有傳。又據史言，明帝對諸臣諫諍，特優容之而已，未嘗悔改；此「去煩歸儉」云云，乃飾詞也。

〔四〕《廣記》一三五「有」作「出」。

〔五〕《御覽》五二「柏樹」作「枯樹」。

〔六〕《廣記》一三五、《御覽》五二「文」下俱有「色」字。

〔七〕《廣記》一三五「闕」下有「形」字。按説者亦以此爲魏當代漢之應，《明帝紀》注引《獻帝傳》載李雲上事曰：「許昌氣見於當塗高，當塗高者當昌於許。當塗高者，魏也；象魏者兩觀闕是也。當道而高者魏，魏當代漢。」

〔八〕「石」原誤作「王」，據《御覽》五二改。石即指前「連理文石」。

〔九〕沛國，故治在今江蘇省沛縣東。《獻帝傳》載太史丞許芝條奏於魏王曰：「《易傳》曰：『聖人受命而王，黄龍以戊己日見。』七月四日戊寅，黄龍見，此帝王受命之符瑞最著明者也。……又曰：『聖人以德親比天下，仁恩洽普，厥應麒麟以戊己日至，厥應聖人受命。』……」按此漢、魏易代之際，羣臣傅會讖緯向曹操勸進之辭，詳見《文帝紀》注，非明帝時事。

〔一〇〕「昴畢」原誤作「昂畢」，據《稗海》本、《廣記》一三五及毛校改。按《爾雅·釋天》：「大梁，昴也。」又前引許芝條奏云：「夫得歲星者道始興。昔武王伐殷，歲在鶉火，有周之分野也；高祖入秦，五星聚東井，有漢之分野也。今兹歲星在大梁，有魏之分野也。而天之瑞應，並集來臻。」同時蘇林、許巴亦上表曰「天有十二次以爲分野，王公之國，各有所屬，周在鶉火，魏在大梁」云云。此皆勸進之諛辭，迷信之邪説也。

〔二〕《廣記》一三五引以上數句作「又起畢昴臺祭之，言魏之分野，歲時皆修祀焉」。

任城王彰〔一〕，武帝之子也，少而剛毅，學陰陽緯候之術，誦《六經》〔二〕、《洪範》之書數千言。武帝謀伐吳、蜀，問彰取便利行師之決。王善左右射，學擊劍〔三〕，百步中髭髮〔四〕。時樂浪獻虎，文如錦斑，以鐵爲檻，梟殷之徒，莫敢輕視〔五〕。彰曳虎尾以繞臂〔六〕，虎弭耳無聲。莫不服其神勇。時南越獻白象子在帝前，彰手頓其鼻，象伏不動。文帝鑄萬斤鍾〔七〕，置崇華殿，欲徙之，力士百人不能動〔八〕，彰乃負之而趨。四方聞其神勇，皆寢兵自固。帝曰：「以王之雄武，吞併巴蜀〔九〕，如鴟銜腐鼠耳〔一〇〕！」彰薨，如漢東平王葬禮〔一一〕。及喪出，空中聞數百人泣聲〔一二〕。送者皆言，昔亂軍相傷殺者，皆無棺槨，王之仁惠，收其朽骨〔一三〕，死者歡於地下〔一四〕，精靈知感，故人美王之德。國史撰《任城王舊事》三卷，晉初藏於秘閣。

〔一〕曹彰，魏武帝曹操子，黄初中封任城王。《三國志・魏書》彰傳稱其「少善射御，膂力過人，手格猛獸，不避險阻」。

〔二〕《廣記》一九一作「六韜」。
〔三〕《稗海》本作「好擊劍」，義較長。
〔四〕《廣記》一九一作「百步中於懸髮」。
〔五〕《稗海》本「梟股」作「驍勇」；又「視」上有「輕」字，義較長，兹據補。
〔六〕「臂」原作「背」，據《廣記》一九一改。
〔七〕《稗海》本「萬斤」作「萬鈞」，下句「殿」下有「前」字。
〔八〕《稗海》本「不能動」作「引之不動」。
〔九〕《廣記》一九一作「吴蜀」。
〔一〇〕鵄，鷂鷹。鵄銜腐鼠，言得之甚易。《莊子·秋水》有「鵄得腐鼠」之語。
〔一一〕《三國志·魏書》言曹彰葬時，「賜鑾輅龍旂，虎賁百人，如漢東平王故事」。按東平王劉蒼，漢光武帝第八子，明帝、章帝皆尊寵之。死後葬禮甚隆，見《後漢書》本傳。
〔一二〕《稗海》本、《廣記》一六一作「聞空中」，一九一與本書同。
〔一三〕「收」原作「取」，據《廣記》一六一、一九一改。
〔一四〕「下」字據《稗海》本、《廣記》一六一補。

建安三年，胥徒國獻沉明石雞〔一〕，色如丹，大如燕，常在地中，應時而鳴，聲能遠徹。其國聞鳴〔二〕，乃殺牲以祀之，當鳴處掘地，則得此雞。若天下太平，翔飛頡頏，以爲嘉瑞，亦謂「寶雞」〔三〕。其國無雞〔四〕，聽地中候晷刻。道家云：「昔仙人桐君採石〔五〕，入穴數里，得丹石雞，舂碎爲藥，服之者令人有聲氣，後天而死。」昔漢武帝寶鼎元年〔六〕，西方貢珍怪，有虎魄燕〔七〕，置之静室，自於室中鳴翔〔八〕，蓋此類也。《洛書》云：「皇圖之寶〔九〕，土德之徵，大魏之嘉瑞。」

〔一〕《廣記》四六一「胥徒」作「胥圖」，無「國」字。
〔二〕《稗海》本、《廣記》四六一「聞」下有「其」字。
〔三〕「謂」原作「爲」，據《稗海》本、《廣記》四六一及毛校改。
〔四〕「雞」下原有「犬」字，據《廣記》四六一删。又下句《廣記》作「人聽地中以候晷刻」。
〔五〕桐君，古仙人，嘗採藥求道，止於桐廬東山隈桐樹下。或問其姓，則指桐示之，世人因稱爲桐君。知醫方藥餌，著有《藥性》及《採藥歌》。或以爲黄帝時人，與巫咸同處方餌。見《嚴州府志》。
〔六〕「寶鼎」當作「元鼎」，《漢書·武帝紀》：「元鼎四年六月，得寶鼎后土祠旁，作《寶鼎之歌》。」此文蓋因此致誤。寶鼎乃三國吴主孫晧年號。
〔七〕程榮本「虎魄」作「琥珀」。
〔八〕《稗海》本此句作「自然鳴翔」。
〔九〕《廣記》四六一作「胥圖之寶」。

明帝卽位二年，起靈禽之園，遠方國所獻異鳥殊獸〔一〕，皆畜此園也。昆明國貢嗽金鳥。國人云〔二〕：「其地去燃洲九千里，出此鳥，形如雀而色黄，羽毛柔密，常翱翔海上，羅者得之，以爲至祥〔三〕。聞大魏之德，被於荒遠，故越山航海，來獻大國。」帝得此鳥，畜於靈禽之園，飴以真珠，飲以龜腦。鳥常吐金屑如粟，鑄之可以爲器。昔漢武帝時，有人獻神雀，蓋此類也。此鳥畏霜雪，乃起小屋處之〔四〕，名曰「辟寒臺」，皆用水精爲户牖，使内外通光〔五〕。宫人争以鳥吐之金用飾釵珮，謂之「辟寒金」。故宫人相嘲曰：「不服辟寒金，那得帝王心〔六〕？」於是媚惑者，亂争此寶金爲身飾，及行卧皆懷挾以要寵幸也。魏氏喪滅〔七〕，池臺鞠爲煨燼〔八〕，嗽金之鳥，亦自翱翔矣〔九〕。

〔一〕《御覽》一七八「方」上無「遠」字。「殊獸」原作「珠獸」，據《稗海》本及毛校改；程榮本作「珍獸」。

〔二〕「人」上原無「國」字，據《廣記》四六三、《御覽》一七八補。國人，謂昆明國使者。

〔三〕《御覽》一七八「祥」作「瑞」。

〔四〕《廣記》四六三作「乃起小室以處之」。

〔五〕《稗海》本、《廣記》四六三此下有「而常隔於風雨塵霧」句，《御覽》一七八作「而風露恒隔」。

〔六〕《稗海》本此下尚有「不服辟寒鈿，那得帝王憐」二句，《廣記》四六三亦有此二句，「帝王」作「君王」。

〔七〕《廣記》四六三、《御覽》一七八「氏」並作「代」。

〔八〕《御覽》一七八「池」上有「珍寶」二字，《廣記》四六三作「珍寶池臺，鞠爲茂草」。

〔九〕程榮本無「矣」字，《御覽》一七八作「亦自高翔也」。

咸熙二年〔一〕，宫中夜有異獸〔二〕，白色光潔，繞宫而行。閹宦見之〔三〕，以聞於帝。帝曰：「宫闈幽密，若有異獸，皆非祥也。」使宦者伺之，果見一白虎子，遍房而走。候者以戈投之，即中左目。比往取視，惟見血在地，不復見虎。搜檢宫内及諸池井，不見有物。次檢寶庫中，得一玉虎頭枕，眼有傷，血痕尚濕。帝該古博聞，云：「漢誅梁冀〔四〕，得一玉虎頭枕，云單池國所獻，檢其頷下，有篆書字〔五〕，云是帝辛之枕，嘗與妲己同枕之〔六〕，是殷時遺寶也。」又按《五帝本紀》云〔七〕，帝辛殷代之末。至咸熙多歷年所，代代相傳。凡珍寶久則生精靈，必神物憑之也。

〔一〕咸熙，魏元帝曹奂年號，元年十二月晉代魏，二年爲公元二六五年，亦即晉武帝泰始元年，封曹奂爲陳留王。此文疑有誤。

〔二〕「有」字據《説郛》本補。

〔三〕「宦」原作「官」，據《説郛》本、程榮本改。

〔四〕梁冀，東漢順帝梁皇后兄，封大將軍，凶暴自恣，據位二十餘年，百僚側目。後桓帝與中常侍單超等謀，勒兵收冀，冀自殺。

〔五〕《説郛》本無「字」字。

〔六〕帝辛卽殷紂；妲己，紂寵妃，助紂爲虐。周武王滅紂，皆斬之。

〔七〕按《史記·五帝本紀》無紂事，當作《殷本紀》。

魏禪晉之歲，北闕下有白光如鳥雀之狀，時飛翔來去。有司聞奏帝所〔一〕。羅之，得一白燕，以爲神物，於是以金爲樊，置於宮中。旬日不知所在。論者云：「金德之瑞〔二〕。昔師曠時，有白燕來巢〔三〕。」檢《瑞應圖》〔四〕，果如所論。白色叶於金德，師曠晉時人也，古今之義相符焉〔五〕。

〔一〕《稗海》本「所」作「使」，則當連下句爲文，作「帝使羅之」。《廣記》四六一作「有司卽聞奏，帝使羅者張之」。

〔二〕《廣記》一三五作「論者以晉金德之瑞」。

〔三〕白燕來巢，無考。《初學記》十六引《瑞應圖》：「師曠鼓琴，通於神明，而白鵠翔集。」疑卽指此事。

〔四〕《隋書·經籍志》五行家載《瑞應圖》三卷，《瑞圖贊》二卷，無撰人；而注云：「梁有孫柔之《瑞應圖記》、孫氏《瑞應圖贊》各三卷，亡。」按孫著爲子年所不及見。葉德輝輯有《瑞應圖記》一卷，在《觀古堂所著書》中。

〔五〕《廣記》一三五上二句作「師曠事晉，古今之議相符矣」。

薛夏〔一〕，天水人也，博學絶倫。母孕夏時，夢人遺之一篋衣云：「夫人必産賢明之子也〔二〕，爲帝王之所崇。」母記所夢之日。及生夏，年及弱冠〔三〕，才辯過人。魏文帝與之講論，終日不息〔四〕，應對如流，無有疑滯。帝曰：「昔公孫龍稱爲辯捷，而迂誕誣妄〔五〕；今子所説，非聖人之言不談，子游、子夏之儔〔六〕，不能過也。若仲尼在魏，復爲入室焉〔七〕。」帝手制書與夏，題云「入室生」。位至秘書丞。居生甚貧，帝解御衣以賜之，果符元所夢〔八〕。名冠當時，爲一代高士。

〔一〕薛夏字宣聲，事詳《三國志·魏書·王肅傳》（附《王朗傳》後）注引《魏畧》。
〔二〕《稗海》本無「也」字，下句「王」下無「之」字。
〔三〕原作「及生夏之年以弱冠」，據《廣記》二七六改。
〔四〕《廣記》二七六「息」字下多「辭華旨暢」一句。
〔五〕公孫龍，戰國趙人，字子秉，爲堅白同異之辯。《漢書·藝文志》著録《公孫龍子》十四篇，今存六篇。
〔六〕子游姓言名偃，子夏姓卜名商，俱孔子弟子，以文學著稱。
〔七〕入室，喻學問入於精奥之境。此言若孔子復生，薛夏當爲其入室弟子，與游、夏同列。
〔八〕《稗海》本、《廣記》二七六「元」作「先」。

田疇〔一〕，北平人也。劉虞爲公孫瓚所害〔二〕，疇追慕無已，往虞墓設雞酒之禮，慟哭之音，動於林野，翔鳥爲之悽鳴，走獸爲之吟伏。疇卧於草間〔三〕，忽有人通云：「劉幽州來，欲與田子泰言平生之事。」疇神悟遠識，知是劉虞之魂，既近而拜，疇泣不自支〔四〕，因相與進雞酒。疇醉，虞曰：「公孫瓚求子甚急〔五〕，宜竄伏以避害！」疇拜曰：「聞君臣之義，生則盡禮，今見君之靈，願得同歸九地〔六〕，死且不朽，安可逃乎！」虞曰：「子萬古之貞士也，深慎爾儀！」奄然不見，疇亦醉醒。

〔一〕田疇，字子泰，無終（今河北省薊縣）人，爲劉虞從事，奉使至長安，既還而虞已爲公孫瓚所殺，乃「謁祭虞墓，陳發章表，哭泣而去」。見《三國志·魏書》本傳。

〔二〕劉虞，字伯安，郯（今山東省郯城縣）人。曾先後爲幽州刺史及幽州牧，討公孫瓚，兵敗被執，斬於薊市。《後漢書》有傳。公孫瓚，字伯珪，令支（今河北省遷安縣）人。漢獻帝時，以鎮壓黄巾有功，封薊侯，後爲袁紹所敗，自殺。《後漢書》及《三國志·魏書》均有傳。

〔三〕原作「田間」，據《廣記》三一七改。

〔四〕《廣記》三一七「支」作「止」。

〔五〕《廣記》三一七「求」上有「購」字。

〔六〕《稗海》本「九地」作「九原」，《廣記》三一七作「九泉」。

曹洪，武帝從弟，家盈產業〔一〕，駿馬成羣。武帝討董卓，夜行失馬，洪以其所乘馬上帝〔二〕。其馬號曰「白鵠」〔三〕。此馬走時，惟覺耳中風聲，足似不踐地。至汴水，洪不能渡，帝引洪上馬共濟〔四〕，行數百里，瞬息而至。馬足毛不濕〔五〕。時人謂爲乘風而行〔六〕，亦一代神駿也。諺曰：「憑空虛躍，曹家白鵠。」

〔一〕曹洪，字子廉，《三國志·魏書》本傳稱洪家富而性吝嗇。又注引《魏畧》亦載曹操嘗謂譙令曰：「我家貲那得如子廉耶！」

〔二〕程榮本「上」作「讓」。

〔三〕《廣記》四三五、《御覽》八九七「鵠」並作「鶴」。

〔四〕按洪傳云：「遂步從到汴水，水深不得渡，洪循水得船，與太祖（曹操）俱濟，還奔譙。」無共乘一馬事。

〔五〕《稗海》本「馬」上有「下視」二字。

〔六〕程榮本「謂」下無「爲」字。

錄曰：王者廓萬宇以爲邦家，因海嶽以爲城池，固是安民養德，垂拱而治焉〔一〕。去乎遊歷之費，導於敦教之道，無崇宮室，有薄林園。采椽不斲，大唐如斯昭儉〔二〕；卑宮菲食，伯禹以之戒奢。迄乎三代之王〔三〕，失斯道矣。傷財弊力，以驕麗相誇，瓊室之侈，璧臺之富〔四〕，窮神工之奇妙，人力勤苦。至於春秋，王室凌廢，城者作謳〔五〕，疲於勤勞。晉築祈禠之宮，爲功動於民怨〔六〕，宋興澤門之役，勞者以爲深嗟〔七〕。姑蘇積費於前〔八〕，阿房奮竭於後〔九〕，自以業固河山，名超萬世，覆滅宗祀，由斯哀哀。竊觀明帝，踐中區之沃盛，威靈所懾，比强列代，禎祥神寶，史不絕書，殊方珍貢，府無虛月，鼎據三方，稱雄四海。而聖教微於堯、禹，歷代劣於姬、漢，東鯁閩、吳，西病邛蜀，師旅歲興，財力日費，不能遵養黎元，遠瞻前朴，宮室窮麗，池榭肆其宏廣，終取夷滅，數其然哉！任城淵謀神勇〔一〇〕，智周祥藝〔一一〕，雖來舟、蓬蒙劍射之好，不能加也〔一二〕。田疇事死如生，守以直節，精誠之至，通於神明。曹洪忠烈爲心，愛親憂國。此穆滿之駿，方之「白鵠」，可謂齊足者也〔一三〕。

〔一〕垂拱，謂帝王垂衣拱手，無爲而治也。《書·武成》：「惇信明義，崇德報功，垂拱而天下治。」

〔二〕大唐，程榮作「陶唐」。

〔三〕「乎」原作「今」，從毛校改。

〔四〕《文選》張衡《東京賦》：「夏癸之瑤臺，殷辛之瓊室。」注引《汲冢古文》：「夏桀作傾宮、瑤臺，殫百姓之財；殷紂作瓊室，立玉門也。」

〔五〕《左傳》宣公二年：「宋城，華元爲植，巡功。城者謳曰……」城者，築城之人；謳，徒歌也。

〔六〕祈褫，當作「虒祁」。《左傳》昭公八年，晉平公築虒祁之宫，師曠曰：「今宫室崇侈，民力彫盡，怨讟並作，莫保其性。」

〔七〕《左傳》襄公十七年：「宋皇國父爲大宰，爲平公築臺，妨於農收，……築者謳曰：『澤門之晳，實興我役。』」注：「澤門，宋東城南門也。」

〔八〕《史記·吴太伯世家》集解引《越絶書》曰：「闔廬起姑蘇臺，三年聚材，五年乃成，高見三百里。」按臺在江蘇省吴縣西南姑蘇山上。

〔九〕《史記·秦始皇本紀》：始皇「乃營作朝宫渭南上林苑中。先作前殿阿房，東西五百步，南北五十丈，上可以坐萬人，下可以建五丈旗。……」按阿房宫未成，時人就其已建成之前殿名之。當時發隱宫（受宫刑者）、徒刑者七十餘萬人，分建阿房宫及驪山墓。其後始皇死，葬驪山墓。二世復繼續修建阿房宫。其舊址在今陝西長安縣西北。

〔一〇〕「任城」原誤「任成」，今改。任城，謂曹彰也。

〔一一〕毛校「祥」作「詳」。按二字古通用，《左傳》成公十六年：「德刑詳，禮義信。」疏：「詳者祥也，古字同耳。」詳藝謂明悉各種技藝。又祥藝，或指其「學陰陽緯候之術」。

〔一二〕「來舟」當作「來丹」，《列子·湯問》載來丹用寶劍爲父報仇事；惟來丹體弱，以擬曹彰，似嫌未切。蓬蒙亦作逢蒙，古之善射者。《孟子·離婁》：「逢蒙學射於羿，盡羿之道，思天下惟羿爲愈己，於是殺羿。」

〔一三〕齊足，並駕齊驅。曹丕《典論·論文》：「仰齊足而並馳。」

拾遺記卷八

吴

孫堅母姙堅之時〔一〕，夢腸出繞腰，有一童女負之繞吴閶門外，又授以芳茅一莖。童女語曰：「此善祥也，必生才雄之子。今賜母以土，王於翼、軫之地〔二〕，鼎足於天下。百年中應於異寶授於人也〔三〕。」語畢而覺，日起筮之。筮者曰：「所夢童女負母繞閶門，是太白之精，感化來夢。」夫帝王之興，必有神跡自表，白氣者，金色。及吴滅而踐晉祚〔四〕，夢之徵焉。

〔一〕孫堅字文臺，吴郡富春（今浙江富陽縣）人，孫策、孫權之父。《三國志·吴書》有傳。

〔二〕翼、軫，二星名，《史記正義論例》：「楚地，翼、軫之分野。今之南郡、江夏、零陵、桂陽……」按以上諸地，三國時皆屬吴。

〔三〕「應於」之「於」疑「以」之誤，以異寶授人，謂吴亡於晉。按吴自孫權稱帝至孫晧被滅，凡五十九年；孫堅死時三十七歲，追尊爲武烈皇帝；自堅生至吴亡，通計之約百年。

〔四〕「踐晉祚」當作「晉踐祚」。「祚」又當作「阼」，踐阼謂登帝位。

録曰：按《吴書》云：「孫堅母懷堅之時，夢腸出繞閶門〔一〕。」與王之説爲異。夫西方金位，以叶晉德，興亡之兆，後而効焉。蓋表吴亡而授晉也。夫六夢八徵，著明《周易》〔二〕，授蘭懷日〔三〕，事類而非。及吴氏之興年，嘉禾之號〔四〕，芳茅之徵信矣。至晉太康元年，孫皓送六金璽云：「時無玉工，故以金爲印璽〔五〕。」夫孫氏擅割江東，包卷百越，吞席漢陽，威愓中夏，富强之業，三雄比盛。時有未賓而兵戈歲起，每梗心於邛蜀，憤慨於燕魏，四方未夷，有事征伐，因之以師旅，遵之以儉素，去其遊侈之費〔六〕，塞兹雕靡之塗，不欲使四方民勞，非無玉工也。固能輕彼池山，賤斯棘實〔七〕，漢鄙盈車之肩〔八〕，燕棄璞於衡廡〔九〕，沉河底谷〔一〇〕，義昭攸古〔一一〕，務崇儉約，豈非高歟！及乎吴亡時，以六代金璽歸晉〔一二〕，堅母之夢驗矣。

〔一〕《三國志·吴書·孫破虜討逆傳》注引《吴書》曰：「堅世仕吴，……及母懷姙堅，夢腸出繞吴昌門，寤而懼之，以告鄰母。鄰母曰：『安知非吉徵也。』堅生，容貌不凡，性闊達，好奇節。」

〔二〕六夢，《周禮·春官·占夢》：「以日月星辰占六夢之吉凶：一曰正夢，二曰噩夢，三曰思夢，四曰寤夢，五曰喜夢，六曰懼夢。」又《列子·周穆王》：「覺有八徵，夢有六候。奚謂八徵？一曰故，二曰爲，三曰得，四曰喪，五曰哀，六曰樂，七曰生，八曰死。」所言「六候」與《周禮·占夢》同。此言「著明周易」，非，今《周易》無此文。

〔三〕授蘭，春秋鄭文公妾燕姞夢天使與己蘭曰：「余而祖也，以是爲而子，以蘭有國香，人服媚之如是。」既而生穆公，名之曰蘭。見《左傳》宣公三年。懷日，《漢武故事》云：「漢景皇帝王皇后納太子宮，得幸，有娠，夢日入其懷。」後生武帝。

〔四〕嘉禾，孫權稱帝以後的第三個年號（公元二三二——二三八）。

〔五〕太康，晉武帝年號。孫晧於太康元年（公元二八〇年）降晉。《孫破虜討逆傳》注引《江表傳》云：「太康之初，孫晧送金璽六枚。」又引虞喜《志林》云：「天子六璽者，文曰：皇帝之璽，皇帝行璽，皇帝信璽，天子之璽，天子行璽，天子信璽，此六璽所封事異，故文字不同。……吴時無能刻玉，故天子以金爲璽。」

〔六〕「其」原作「以」，據毛校改。

〔七〕棘實，「實」疑當作「寶」，形近而誤。棘寶，蓋指垂棘之璧言。《左傳》僖公二年：「晉荀息請以屈産之乘與垂棘之璧，假道於虞以伐虢。」

〔八〕屑，蓋指玉屑。《史記·孝武本紀》索隱引《三輔故事》曰：「建章宮承露盤高三十丈，大七圍，以銅爲之。上有仙人掌承露，和玉屑飲之。」鄙盈車之屑，未詳。楊慎《丹鉛録》自序引葛稚川語，有「或謂余曰：吾恐玉屑盈車，不如全璧」云云，亦不詳所出。

〔九〕燕棄璞於衡廡，未詳。《尹文子》：「魏田父有耕於野者，得玉徑尺，不知其玉也……歸，置於廡下，其玉明照一室，大怖，遽而棄之於遠野。」不知是否此事。

〔一〇〕沉河底谷，班固《東都賦》：「捐金於山，沉珠於淵。」注引《莊子》曰：「捐金於山，藏珠於淵。」不利貨財，不尚富貴也。按底，通抵，棄擲也，亦即捐義。

〔一一〕當作「悠古」，遠古也。

〔一二〕「六代」原作「六伐」，從程榮本改。按吳自孫堅、孫策、孫權、孫亮、孫休至孫晧，通計六代。然吳自孫權始稱帝，又前文言「孫晧送六金璽」，此處「代」字疑衍。

吳主趙夫人〔一〕，丞相達之妹〔二〕。善畫，巧妙無雙，能於指間以綵絲織雲霞龍蛇之錦〔三〕，大則盈尺，小則方寸，宮中謂之「機絕」。孫權常嘆魏、蜀未夷，軍旅之隙，思得善畫者使圖山川地勢軍陣之像。達乃進其妹。權使寫九州方嶽之勢〔四〕。夫人曰：「丹青之色，甚易歇滅，不可久寶；妾能刺繡，作列國方帛之上〔五〕，寫以五嶽河海城邑行陣之形。」既成，乃進於吳主，時人謂之「針絕」。雖棘刺木猴〔六〕，雲梯飛鳶〔七〕，無過此麗也。權居昭陽宮，倦暑，乃褰紫綃之帷，夫人曰：「此不足貴也。」權使夫人指其意思焉。答曰：「妾欲窮慮盡思，能使下綃帷而清風自入，視外無有蔽礙，列侍者飄然自涼，若馭風而行也〔八〕。」權稱善。夫人乃拼髮〔九〕，以神膠續之。神膠出鬱夷國，接弓弩之斷弦，百斷百續也。乃織爲羅縠，累月而成，裁爲幔〔一〇〕，内外視之，飄飄如烟氣輕動，而房内自涼。時權常在軍旅，每以此幔自隨，以爲征幙〔一一〕，舒之則廣縱一丈〔一二〕，卷之則可納於枕中，時人謂之「絲絶」。故吴有「三絶」，四海無儔其妙。後有貪寵求媚者，言夫人幻耀於人主，因而致退黜。雖見疑墜，猶存録其巧工。吴亡〔一三〕，不知所在。

〔一〕吴主，指孫權。

〔二〕《廣記》二二五，此句作「趙達之妹也」。趙達，河南人，善推算之術。「孫權行師征伐，每令達有所推步，皆如其言。權問其法，達終不語，由此見薄，禄位不至」。見《三國志·吴書》本傳。按達未嘗爲丞相，孫權夫人中亦無趙姓者，此條殆傳聞之誤。

〔三〕《廣記》二二五作「織爲雲龍虬鳳之錦」。

〔四〕《廣記》二二五「方嶽」上多「江湖」二字。方嶽，卽下所言「五嶽」，五嶽居五方，故稱方嶽。

〔五〕《稗海》本「國」下有「於」字。《廣記》二二五句作「列萬國於方帛之上」。

〔六〕木猴，當作「母猴」。《韓非子·外儲説》：「燕王徵巧術人，衛人請以棘刺之端爲母猴。」

〔七〕公輸子造雲梯，見《墨子·公輸》。「鵄」，《廣記》二二五作「鳶」。按鵄、鳶二字同。《韓非子·外儲説》：「墨子爲木鳶，三年而成，蜚一日而敗。」

〔八〕《稗海》本「馭」作「御」。按二字同。《莊子》：「列子御風而行，泠然善也。」

〔九〕《類説》五作「仍（乃？）一髮析爲數縷」。

〔一〇〕《稗海》本、《廣記》二二五、《御覽》八一六「裁」下俱有「之」字。

〔一一〕征幙，行軍時所用帳幕。

〔一二〕《稗海》本、《廣記》二二五、「一丈」並作「數丈」，較長。

〔一三〕《稗海》本、《廣記》二二五俱作「及吳亡」。

吳主潘夫人〔一〕，父坐法，夫人輸入織室，容態少儔，爲江東絶色。同幽者百餘人，謂夫人爲神女，敬而遠之。有司聞於吳主，使圖其容貌。夫人憂慼不食，減瘦改形。工人寫其真狀以進，吳主見而喜悦〔二〕，以虎魄如意撫按即折〔三〕，嗟曰：「此神女也，愁貌尚能惑人，況在歡樂！」乃命雕輪就織室，納於後宮，果以姿色見寵〔四〕。每以夫人遊昭宣之臺，志意幸愜〔五〕，既盡酣醉，唾於玉壺中，使侍婢瀉於臺下，得火齊指環，即掛石榴枝上，因其處起臺，名曰環榴臺。時有諫者云：「今吳、蜀爭雄，『還劉』之名，將爲妖矣！」權乃翻其名曰榴環臺〔六〕。又與夫人遊釣臺，得大魚。王大喜〔七〕，夫人曰：「昔聞泣魚〔八〕，今乃爲喜，有喜必憂，以爲深戒！」至於末年，漸相譖毁，稍見離退〔九〕。時人謂「夫人知幾其神」。吳主於是罷宴，夫人果見棄逐〔九〕。釣臺基今尚存焉〔一〇〕。

〔一〕《三國志·吴書·妃嬪傳》："吴主權潘夫人，會稽句章人也。父爲吏，坐法死。夫人與姊俱輸織室，權見而異之，召充後宫。"按，織室，宫中主織之所。

〔二〕《御覽》一七八作"吴主見圖而嘉之"。

〔三〕《御覽》三八一作"撫案"，下無"即折"二字。

〔四〕《御覽》一七八作"獲寵"。

〔五〕《御覽》一七八作"恣意幸適"。

〔六〕原作"榴還臺"，"還"字蓋涉上"還劉"而誤，從《稗海》本、程榮本改。《御覽》一七八作"權乃翻其名爲榴還臺也"。

〔七〕毛校"王"作"主"，按以前後文例之，當作"吴主"。

〔八〕戰國魏王有倖臣曰龍陽君，見寵於王。王與龍陽君共船而釣，龍陽君得十餘魚而泣下。王問故，對曰："臣始得魚甚喜，後得又益大，直欲棄前所得矣。今臣得拂枕席，而四海之内，美人甚多，聞臣得幸，必褰裳而趨王，臣亦猶臣前所得之魚也，臣亦將棄矣，安能無涕乎！"見《戰國策·魏策》。此"泣魚"即用其事，喻色衰愛弛也。

〔九〕按《妃嬪傳》載潘夫人因生孫亮，被立爲后；又稱其"性險妬容媚，自始至卒，譖害袁夫人等甚衆"。最後因積怨被諸宫人縊死。

〔一〇〕釣臺古蹟甚多，其在吴地者，有韓信釣臺，遺址在今江蘇省淮安縣北；嚴子陵釣臺，在今浙江省桐廬縣西富春山上。又《晉書·陶侃傳》載侃曾整陣於釣臺，此釣臺不知以何人得名，當在今湖北省武昌市西北江濱。

録曰：趙、潘二夫人，妍明伎藝，婉孌通神，抑亦漢遊洛妃之儔〔一〕，荆巫雲雨之類〔二〕，而能避妖幸之嬖，睹進退之機。夫盈則有虧，道有崇替，居盛必衰，理固明矣。語乎榮悴，譬諸草木，華落張弛，勢之必然。巧言萋斐〔三〕，前王之所信惑，是以申、褒見列於前周〔四〕，班、趙載詳於往漢〔五〕。異代同聞，可爲嘆也！

〔一〕漢遊，《詩·周南·漢廣》：「漢有游女，不可求思。」齊、魯、韓三家均以游女爲漢水女神。洛妃，洛水女神，曹植《洛神賦》：「河洛之神，名曰虙妃。」

〔二〕荆，楚之本號；巫，巫山。宋玉《高唐賦序》述楚王遊高唐，夢神女薦枕，臨去致辭，有「妾在巫山之陽，高丘之阻，旦爲朝雲，暮爲行雨」之語。按此「荆巫雲雨」即指巫山神女，合上句觀之，謂趙、潘二夫人美如漢水、洛水、巫山之神女也。

〔三〕《詩·小雅·巷伯》：「萋兮斐兮，成是貝錦，彼譖人者，亦已太甚。」按萋斐，文章錯綜之貌，以喻讒人羅織人之罪狀，如織錦之巧。

〔四〕申、褒，指申后、褒姒。周幽王寵褒姒，廢申后，見《史記·周本紀》。

〔五〕班、趙，指班婕妤、趙飛燕。班賢才通辯，雅善詩歌，爲漢成帝所愛幸；後趙飛燕得寵，貴傾後宮，班婕妤被譖自危，乃退侍太后於長信宫。見《漢書·外戚傳》。

黄龍元年〔一〕，始都武昌。時越巂之南〔二〕，獻背明鳥，形如鶴〔三〕，止不向明，巢常對北〔四〕，多肉少毛，聲音百變〔五〕，聞鐘磬笙竽之聲，則奮翅摇頭。時人以爲吉祥〔六〕。是歲遷都建業〔七〕，殊方多貢珍奇。吴人語訛，呼背明爲背亡鳥〔八〕。國中以爲大妖，不及百年，當有喪亂背叛滅亡之事〔九〕，散逸奔逃，墟無煙火。果如斯言。後此鳥不知所在。

〔一〕黄龍，吴主孫權第二個年號，元年爲公元二二九年。

〔二〕越巂，漢郡名，故治在今四川省西昌縣東南。

〔三〕《廣記》一三九「鶴」下有「狀」字。

〔四〕毛校云：「『常』，鈔本作『不』，蓋鳥向内而棲，故巢不對北乃不向明也；若改爲『常』，便失物理。」按巢常向北，不見陽光，故爲背明，且巢亦可用作動詞，與「止」同義，毛説似失之拘。

〔五〕聲音，《廣記》一三九作「其聲」。

〔六〕「吉祥」原作「吉神」，據《稗海》本改，《廣記》一三九作「吉瑞」。

〔七〕建業，原爲秦、漢秣陵縣地，孫權移都秣陵，改名建業，即今江蘇省南京市。

〔八〕按「明」古音讀如「茫」，與「亡」相近，故呼「背明」爲「背亡」也。

〔九〕《廣記》一三九作「流亡」。

張承之母孫氏〔一〕，懷承之時，乘輕舟遊於江浦之際。忽有白蛇長三尺，騰入舟中。母祝曰〔二〕：「若爲吉祥，勿毒噬我！」縈而將還，置諸房内，一宿視之，不復見蛇，嗟而惜之。鄰中相謂曰：「昨見張家有一白鶴聳翮入雲〔三〕。」以告承母，母使筮之。筮者曰：「此吉祥也。蛇、鶴延年之物；從室入雲，自下升高之象也。昔吳王闔閭葬其妹〔四〕，殉以美女、珍寶、異劍，窮江南之富。未及十年，雕雲覆於溪谷，美女遊於塚上，白鵠翔於林中，白虎嘯於山側〔五〕，皆昔時之精靈，今出於世，當使子孫位超臣極〔六〕，擅名江表。若生子，可以名曰白鵠。」及承生，位至丞相、輔吳將軍〔七〕，年踰九十〔八〕，蛇、鵠之祥也。

〔一〕張承，字仲嗣，張昭之子，附見《三國志·吳書·張昭傳》。

〔二〕《廣記》一三七、《御覽》七六九「祝」俱作「咒」。按二字通用。

〔三〕《廣記》一三七「鶴」作「鵠」，按古書鵠、鶴二字多混，如「鵠望」亦作「鶴望」，「鵠立」亦作「鶴立」之類，但據下文「蛇、鶴延年之物」，則本節字皆當作「鶴」。

〔四〕闔閭葬妹，蓋葬女之訛。《吳越春秋》卷四記闔閭痛女滕玉自殺，「葬於國西閶門外，鑿積土，文石爲椁，題湊爲中，金鼎、玉杯、銀樽、珠襦之寶，皆以送女。乃舞白鶴，俱入羨門，因發機以掩之」。又以寶劍磐郢爲殉。與本節所記殉葬之物多合。

〔五〕按闔閭死，亦葬於閶門外，葬後三日，有白虎居其上，故號曰虎丘。見《越絶書》。此「白虎嘯於山側」，蓋附會其事。

〔六〕《廣記》一三七作「當使子孫位極人臣」。

〔七〕《廣記》一三七「及承生」作「後承生昭」。《廣記》四五六此數句又作「若生子可以爲名，及生承，名曰鶴，承生昭，位至丞相」。按承乃昭之長子，昭、承俱未嘗爲丞相，輔吴將軍乃昭之官爵，而承則爲奮威將軍，封都鄉侯。子年疏於史事，往往摭拾傳聞；《廣記》妄改原文，以父爲子，尤謬。

〔八〕據《吴書》，昭年八十一卒，承年六十七卒，俱未及九十。

録曰：國之將亡，其兆先見。《傳》曰：「明神見之，觀其德也〔一〕。」及歸命面縛來降〔二〕，斯爲効矣。蛇、鵲者，蟲禽之最靈，張氏以爲嘉瑞。《吴越春秋》、百家雜説云，吴王闔閭，崇飾厚葬，生埋美人，多藏寶物。數百年後，靈鵠翔於林壑〔三〕，神虎嘯於山丘，湛盧之劍，飛入於楚〔四〕。收魂聚怪〔五〕，富麗以極，而詭異失中，不如速朽。昔宋桓、盛姬〔六〕，前史譏其驕惑，嬴博楊孫〔七〕，君子貴其合禮。觀夫遠古，指詳中代〔八〕，求諸事跡，儉泰相懸。至如末世，漸相誇矯，生滋淫湎，死則同殉，委積珍寶，埃塵滅身，乖於同穴〔九〕，可謂歎歟！

〔一〕程榮本「見之」作「降之」。《左傳》莊公三十二年，内史過對惠王曰：「國之將興，明神降之，監其德也；將亡，神又降之，觀其惡也。」語亦見《國語·周語》。

〔二〕孫晧降晉，晉封之爲歸命侯。《左傳》僖公六年：「許男面縛銜璧。」注：「縛手於後，唯見其面。」古代亡國之君投降時，其儀如此。亦有面縛輿櫬，以示當死者。《吴書》載王濬「受晧之降，解縛焚櫬」是也。

〔三〕「靈」下原無「鵠」字，今據上文「蛇鵠者」句補。

〔四〕湛盧，寶劍名，《越絶書·外傳·記寶劍》：「闔閭無道，子女死殺生以送之。湛盧之劍，去之如水，行秦過楚，楚王卧而寤，得吴王湛盧之劍。」

〔五〕「魂」疑「瑰」之訛，本書多以「瑰」「怪」形容珍異之物。收瑰聚怪，謂以奇珍異寶殉葬，故下言「富麗以極」。

〔六〕宋桓，指宋司馬桓魋，自爲石椁，三年不成，見《禮記·檀弓》。盛姬，周穆王妃，葬禮甚奢，見《穆天子傳》。

〔七〕嬴、博，春秋齊國二邑名。《禮記·檀弓》：「延陵季子適齊，於其反也，其長子死，葬於嬴、博之間。……孔子曰：『延陵季子之於禮也，其合矣乎！』」事亦見《漢書·劉向傳》。楊孫，即楊王孫，漢武帝時人。及病且死，先令其子曰：「吾欲裸葬，以全吾真。」其子不忍，乃往見王孫友人祁侯，祁侯以書勸阻之。王孫答書，以爲「今費財厚葬，留歸鬲至，死者不知，生者不得，是謂重惑。嗚乎！吾不爲也」。祁侯以爲善，遂裸葬。見《漢書》本傳。

〔八〕「指詳」原作「恒詳」，從毛校改。

〔九〕《詩·王風·大車》：「死則同穴。」謂夫婦同壙而葬。詳此處文義，蓋謂當薄葬於壙穴，若奢侈厚葬，則乖違此義；且厚葬者常遭發掘，故上文言「委積珍寶」而「埃塵滅身」，結句又深以爲嘆也。按此段文字，從闔閭「崇飾厚葬」發慨，而其墓卽遭掘。《漢書·劉向傳》謂：「逮至吴王闔閭，違禮厚葬，十有餘年，越人發之……甚足悲也。」蕭綺之意，與劉向同。

吕蒙入吴〔一〕，吴主勸其學業，蒙乃博覽羣籍〔二〕，以《易》爲宗。嘗在孫策座上酣醉〔三〕，忽卧，於夢中誦《周易》一部，俄而驚起。衆人皆問之。蒙曰：「向夢見伏羲、周公、文王〔四〕，與我論世祚興亡之事，日月貞明之道〔五〕，莫不窮精極妙；未該玄旨，故空誦其文耳。」衆座皆云：「吕蒙囈語通《周易》〔六〕。」

〔一〕吕蒙字子明，汝南富陂（今安徽省阜陽縣南）人，仕吴至南郡太守，封孱陵侯。《三國志·吴書》有傳。

〔二〕《吕蒙傳》注引《江表傳》：「（孫）權謂蒙及蔣欽曰：『卿今並當塗掌事，宜學問以自開益。』……蒙始就學，篤志不倦，其所覽見，舊儒不勝。」

〔三〕「嘗」原作「常」，以意改。

〔四〕《稗海》本敍「文王」在「周公」上。舊説以爲《易·繫辭》爲文王、周公所作。又《漢書·藝文志》：「《易道深矣，人經三聖，世歷三古。」韋昭注：「伏羲、文王、孔子。」

〔五〕日月貞明之道，《易・繫辭・下傳》：「天地之道，貞觀者也；日月之道，貞明者也。」

〔六〕《類説》五此句下有注云：「囈，魚計反，睡語也。」

錄曰：夫精誠之至，叶於幽冥，與日月均其明，與四時齊其契，故能德會三古，道合神微。若鄭君之感先聖〔一〕，周盤之夢東里〔二〕，迹同事異，光被遐策，索隱鉤深，妙於玄旨。孔門羣説，未若呂生之學焉。

〔一〕先聖指孔子。《後漢書・鄭玄傳》：「夢孔子告之曰：『起！起！今年歲在辰，來年歲在巳。』既寤，以讖合之，知命當終。」

〔二〕「盤」當作「磐」。周磐石，東漢安帝時人。《後漢書》本傳：「令其二子曰：『吾日者夢見先師東里先生與我講於陰堂之奥，既而長歎，豈吾齒之盡乎！』……其月望日，無病忽終。」

孫和悅鄧夫人〔一〕，常置膝上。和於月下舞水精如意，誤傷夫人頰，血流汙袴，嬌姹彌苦〔二〕。自舐其瘡〔三〕，命太醫合藥。醫曰：「得白獺髓，雜玉與琥珀屑，當滅此痕。」卽購致百金，能得白獺髓者，厚賞之。有富春漁人云：「此物知人欲取，則逃入石穴。伺其祭魚之時〔四〕，獺有鬬死者，穴中應有枯骨，雖無髓，其骨可合玉舂爲粉，噴於瘡上，其痕則滅〔五〕。」和乃命合此膏，琥珀太多，及差而有赤點如朱，逼而視之，更益其妍〔六〕。諸嬖人欲要寵，皆以丹脂點頰而後進幸。妖惑相動，遂成淫俗。

〔一〕孫和，孫權第三子，嘗立爲太子，後廢爲南陽王。鄧夫人，無考。

〔二〕「姹」通「詫」，驚訝也；此處蓋驚懼呼痛之意。

〔三〕此句首當有「和」字，謂孫和親自舐其瘡也。

〔四〕《禮記·月令》：「孟春之月，魚上冰，獺祭魚。」按獺性貪食，常捕多魚而陳列之，如人祭祀時陳列供品，故謂之祭魚。

〔五〕按《漢書·王莽傳》，莽嘗以玉具、寶劍贈孔休，休不受，莽曰：「誠見君面有瘢，美玉可以滅瘢。」顔注：「瘢，創痕也。」則是玉粉可以消愈瘡痕，古有此説。

〔六〕「妍」原作「研」，從毛校改。《類説》五亦作「妍」。

孫亮作琉璃屏風〔一〕，甚薄而瑩澈，每於月下清夜舒之。常與愛姬四人〔二〕，皆振古絶色〔三〕：一名朝姝，二名麗居，三名洛珍，四名潔華。使四人坐屏風内，而外望之，如無隔〔四〕，惟香氣不通於外。爲四人合四氣香，殊方異國所出〔五〕，凡經踐躡宴息之處，香氣沾衣，歷年彌盛，百浣不歇，因名曰「百濯香」。或以人名香，故有朝姝香，麗居香，洛珍香，潔華香。亮每遊，此四人皆同輿席，來侍皆以香名前後爲次，不得亂之。所居室名爲「思香媚寢」。

〔一〕孫亮，孫權少子，權死繼位，後爲孫綝所廢，旋自殺。又《稗海》本、《廣記》二七二、《御覽》三八一「琉」上並有「緑」字。

〔二〕《稗海》本作「常寵四姬」，《廣記》二七二作「嘗愛寵四姬」，均較此文義爲順。

〔三〕振古，《詩·周頌·載芟》：「振古如兹。」傳：「振，自也。」

〔四〕《稗海》本「如」上有「了」字。

〔五〕《廣記》二七二作「此香殊方異國所獻」。

蜀

先主甘后〔一〕，沛人也，生於微賤。里中相者云：「此女後貴，位極宫掖。」及后長而體貌特異，至十八〔二〕，玉質柔肌，態媚容冶。先主召入綃帳中〔三〕，於户外望者如月下聚雪。河南獻玉人，高三尺，乃取玉人置后側，晝則講説軍謀，夕則擁后而玩玉人。常稱玉之所貴，德比君子〔四〕，況爲人形，而不可玩乎？后與玉人潔白齊潤，觀者殆相亂惑。嬖寵者非惟嫉於甘后，亦妬於玉人也。后常欲琢毁壞之，乃誡先主曰：「昔子罕不以玉爲寶，《春秋》美之〔五〕；今吴、魏未滅，安以妖玩經懷〔六〕。凡淫惑生疑，勿復進焉！」先主乃撤玉人〔七〕，嬖者皆退。當斯之時，君子議以甘后爲神智婦人焉〔八〕。

〔一〕先主，劉備。按《三國志·蜀書·二主妃子傳》稱：甘后「隨先主於荆州，産後主。值曹公軍至，追及先主於當陽長阪，于時困偪，棄后及後主，賴趙雲保護，得免於難。后卒，葬于南郡」。按時劉備方顛沛，甘后又早卒，決無本節所記之事。

〔二〕《御覽》三八一「至」作「年」，《稗海》本作「至年十八」。

〔三〕《稗海》本「綃」上有「白」字，《御覽》三八一作「先主置后白綃帳中」。

〔四〕《禮記·聘義》：「夫昔者君子比德於玉焉。……《詩》云：『言念君子，温其如玉。』故君子貴之也。」

〔五〕子罕，即樂喜，春秋宋正卿。宋人得玉，獻於子罕，子罕不受。見《左傳》襄公十五年。

〔六〕「經」原作「繼」，從《稗海》本、《廣記》二七二、《御覽》三八一改。《説郛》本作「維」，維猶繫也，亦可通。

〔七〕「玉人」下原有「像」字，據《稗海》本删。

〔八〕《稗海》本作「當時君子以甘后爲神智婦人焉」。按王士禛《古夫于亭雜録》云：「小説記漢昭烈帝有一玉人，常置甘夫人帳中，月映之，與玉人一色。此真不經之談。昭烈在劉景升座上感髀裏肉生，慨然流涕，乃屑作此兒女態乎？」按此所稱小説即指《拾遺記》，王氏不信此事，以與劉備夙志不合；實則此節記甘后進誡，有「吴魏未滅」之言，似在劉備王蜀之後，時甘后早卒，尤不合也。

糜竺用陶朱計術〔一〕，日益億萬之利，貲擬王家〔二〕，有寶庫千間。竺性能賑生卹死，家内馬廐屋仄有古塚〔三〕，中有伏尸〔四〕，夜聞涕泣聲。竺乃尋其泣聲之處，忽見一婦人袒背而來，訴云：「昔漢末妾爲赤眉所害，叩棺見剥，今袒在地，羞晝見人，垂二百年，今就將軍乞深埋，并弊衣以掩形體。」竺許之，即命之爲棺槨，以青布爲衣衫，置於塚中，設祭既畢。歷一年，行於路曲〔五〕，忽見前婦人，所着衣皆是青布，語竺曰：「君財寶可支一世，合遭火厄，今以青蘆杖一枚長九尺，報君棺槨衣服之惠。」竺挾杖而歸〔六〕。所住鄰中常見竺家有青氣如龍蛇之形。或有人謂竺曰：「將非怪也〔七〕？」竺乃疑此異，問其家僮。云：「時見青蘆杖自出門間，疑其神，不敢言也。」竺爲性多忌，信厭術之事〔八〕，有言中忤，即加刑戮，故家僮不敢言。竺貨財如山〔九〕，不可算計，内以方諸盆瓶〔一〇〕，設大珠如卵，散滿於庭，謂之「寶庭」，而外人不得窺。數日，忽青衣童子數十人來云〔一一〕：「糜竺家當有火厄，萬不遺一，賴君能恤斂枯骨，天道不辜君德，故來禳却此火，當使財物不盡；自今以後，亦宜防衞！」竺乃掘溝渠周繞其庫。旬日，火從庫内起，燒其珠玉十分之一，皆是陽燧〔一二〕旱燥自能燒物。火盛之時，見數十青衣童子來撲火，有青氣如雲，覆於火上，即滅。童子又云：「多聚鸛鳥之類，以禳火災；鸛能聚水於巢上也〔一三〕。」家人乃收鵁鶄數千頭養於池渠中，以厭火。竺歎曰：「人生財運有限，不得盈溢，懼爲身之患害。」時三國交鋒，軍用萬倍，乃輸其寶物車服，以助先主；黄金一億斤，錦繡氈罽積如丘壠，駿馬萬疋〔一四〕。及蜀破後，無復所有，飲恨而終〔一五〕。

〔一〕「糜」原作「縻」，據《三國志》等書改。《三國志·蜀書·糜竺傳》：「糜竺字子仲，東海朐人也。祖世貨殖，僮客萬人，貲産巨億」云云，爲本節所本。又干寶《搜神記》卷四亦載婦人助竺脱火厄事。《廣記》三一七、《御覽》一九一「朱」下俱有「公」字。

〔二〕《稗海》本、《廣記》三一七、《御覽》一九一「貨」並作「貲」，較長。

〔三〕《稗海》本、《廣記》三一七、《大典》九一三「仄」作「側」，按二字古通用。

〔四〕「中」字據《稗海》本、《廣記》三一七補。

〔五〕「路曲」原作「路西」，據《稗海》本改。

〔六〕挾杖，毛扆所見鈔本作「扶杖」，并校云：「當作扶杖。」

〔七〕也，《稗海》本作「耶」。

〔八〕厭術，厭勝之術，以詛咒壓服他人或凶災之迷信法術。

〔九〕《稗海》本作「竺貲財如丘山」。《類説》五「貨財」作「財貨」。

〔一〇〕《廣記》三一七作「内以方諸爲具」。按方諸，古於月下取水之器，《周禮·秋官·司烜氏》：「以鑑取明水於月。」鄭玄注：「鑑，鏡屬，取水者，世謂之方諸。」又《淮南子·天文》：「方諸見月則津而爲水。」高誘注：「方諸，陰燧，大蛤也。」二説不同。

〔二〕《稗海》本「忽」下有「有」字。

〔三〕陽燧，取火於日之器。《淮南子・天文》：「陽燧見日則燃而爲火。」高注：「陽燧，金也，取金杯無緣者，熟摩令熱，日中時以當日下，以艾承之，則燃得火也。」按金杯無緣，則其形如凹面銅鏡，用以取火，與今用凹面鏡就焦點取火相同。

〔三〕原無「聚」字，據《稗海》本、《廣記》三一七補；《類説》五作「蓄」。按鸛與下鴗鶘均屬鳥類涉禽類，常在水中捕食魚介等物。

〔四〕《糜竺傳》：「先主轉軍廣陵海西，竺於是進妹於先主爲夫人，奴客二千，金銀貨幣，以助軍資。於時困匱，賴此復振。」

〔五〕按《糜竺傳》載：其弟芳「爲南郡太守，與關羽共事，而私好攜貳，叛迎孫權，羽因覆敗。竺面縛請罪，先主慰諭以兄弟罪不相及，崇待如初。竺慚恚發病，歲餘卒」。事在蜀破以前，且非以貧無所有而飲恨以死也。

周羣妙閑算術讖説〔一〕，遊岷山採藥，見一白猿，從絶峯而下，對羣而立。羣抽所佩書刀投猿〔二〕，猿化爲一老翁，握中有玉版長八寸，以授羣。羣問曰：「公是何年生？」答曰：「已衰邁也，忘其年月，猶憶軒轅之時〔三〕，始學曆數，風后、容成〔四〕，皆黄帝之史，就余授曆數。至顓頊時，考定日月星辰之運，尤多差異〔五〕。

及春秋時，有子韋、子野、裨竈之徒，權略雖驗，未得其門。邇來世代興亡，不復可記，因以相襲。至大漢時，有洛下閎〔六〕，頗得其旨。」羣服其言，更精勤算術，乃考校年曆之運〔七〕，驗於圖緯，知蜀應滅，及明年，歸命奔吴。皆云〔八〕：「周羣詳陰陽之精妙也。」蜀人謂之「後聖」。白猿之異，有似越人所記〔九〕，而事皆迂誕，似是而非。

〔一〕周羣字仲直，巴西閬中人也。父舒，少學術於廣漢楊厚。羣少受學於舒，專心候業。見《三國志·蜀書》本傳。按本傳所謂「術」及「候業」，即算術讖説之類。

〔二〕書刀，古人記事，以筆書於竹簡，誤則以刀削之，漢謂之書刀。

〔三〕《廣記》四四四「猶憶」作「憶從」。

〔四〕容成，又稱容成公。《世本》：「容成造曆。」《漢書·藝文志》曆譜家有《黄帝五家曆》三十三卷。

〔五〕《廣記》四四四無「尤」字。《漢書·律曆志》：「三代既没，五伯之末史官喪紀，疇人子弟分散，或在夷狄，故其所記，有《黄帝》、《顓頊》、《夏》、《殷》、《周》及《魯曆》。」又《藝文志》曆譜家中有《顓頊曆》二十一卷、《顓頊五星曆》十四卷。

〔六〕洛下閎，《史記》、《漢書》俱作落下閎。閎字長公，明曉天文，隱於落下。武帝徵待詔太史，改顓頊曆，作太初曆。見《史記·曆書》《索隱》引《益部耆舊傳》。按落下乃巴郡閬中地名，閎實姓黄，見桓譚

《新論》。

〔七〕「乃」原作「及」，從毛校及《廣記》四四四改。

〔八〕《稗海》本「云」作「稱」。

〔九〕越人，毛校作「越絶」。按今《越絶書》無白猿之異。《吴越春秋·句踐陰謀外傳》有越女與袁公比劍事，云袁公旋飛上樹，變爲白猿，事與周羣遇白猿相類。

録曰：孫和、孫亮、劉備，並惑於淫寵之玩，忘於軍旅之略，猶比强大魏，剋伐無功，可爲嗟矣！周羣之學，通於神明，白猿之祥，有類越人問劍之言，其事迂誕，若是而非也。夫陰陽遞生，五行迭用，由水火相生〔一〕，亦以相滅。《淮南子》云「方諸向月津爲水」，以厭火災乎。麇氏富於珍奇，削方諸爲鳥獸之狀，猶土龍以祈雨也〔二〕。鵁鶄之音，與方諸相亂，蓋聲之訛矣。羽毛之類，非可禦烈火，於義則爲乖，於事則違類，先《墳》舊《典》，説以其詳焉〔三〕。

〔一〕「由」通「猶」，《漢書·藝文志·諸子略》：「譬猶水火相滅亦相生也。」

〔二〕《淮南子·説林》：「譬若旱歲之土龍。」注：「土龍以求雨。」按古人以爲龍能興雲降雨，土龍，以土爲龍形也。漢時求雨，有「興土龍」、「立土人」等迷信方法，見《後漢書·禮儀志》。

〔三〕按此句疑當作「説已甚詳焉」。「以」通「已」，「其」與「甚」形近致誤。

拾遺記卷九

晉時事

武帝爲撫軍時〔一〕，府内後堂砌下忽生草三株〔二〕，莖黄葉緑，若揔金抽翠〔三〕，花條苒弱，狀似金燈。時人未知是何祥草〔四〕，故隱蔽不聽外人窺視。有一羌人，姓姚名馥，字世芬，充厩養馬〔五〕，妙解陰陽之術，云：「此草以應金德之瑞。」馥年九十八，姚襄則其祖也〔六〕。馥好讀書，嗜酒，每醉時好言帝王興亡之事〔七〕。善戲笑，滑稽無窮〔八〕，常嘆云：「九河之水不足以漬麴蘗〔九〕，八藪之木不足以作薪蒸〔一〇〕，七澤之麋不足以充庖俎〔一一〕。凡人稟天地之精靈，不知飲酒者，動肉含氣耳，何必木偶於心識乎〔一二〕？」好啜濁糟〔一三〕，常言渴於醇酒。羣輩常弄狎之，呼爲「渴羌」。及晉武踐位，忽見馥立於階下〔一四〕，帝奇其倜儻，擢爲朝歌邑宰。馥辭曰：「老羌異域之人，遠隔山川，得遊中華，已爲殊幸，請辭朝歌之縣，長充養馬之役〔一五〕，時賜美酒，以樂餘年。」帝曰：「朝歌紂之故都，地有美酒〔一六〕，故使老羌不復呼渴。」馥於階下高聲而對曰：「馬圉老羌，漸染皇化，溥天夷貊，皆爲王臣，今若歡酒池之樂，更爲殷紂之民乎〔一七〕？」帝撫玉几大悦，卽遷酒泉太守。地有清泉，其味若酒。馥乘醉而拜受之，遂爲善政，民爲立生祠。後以府地賜張華〔一八〕，猶有草在，故茂先《金莖賦》云：「擢九莖於漢庭，美三株於茲館，貴表祥乎金德，比名類乎相亂〔一九〕。」至惠帝元熙元年〔二〇〕，三株草化爲三樹，枝葉似楊樹，高五尺，以應「三楊」擅權之事。時有楊駿、楊瑶、楊濟三弟兄，號曰「三楊」〔二一〕。馬圉醉羌所説之驗。

〔一〕武帝，晉武帝司馬炎，魏末曾爲撫軍大將軍。

〔二〕《廣記》四〇八「草」上有「異」字。

〔三〕程榮本「摠」作「總」，按實一字異體，《集韻》：「總，聚束也，皆也，或從手。」

〔四〕《廣記》四〇八作「時人未知是何祥瑞也」。

〔五〕《廣記》一三五作「在廐中養馬」。

〔六〕按姚襄爲姚弋仲第五子，姚萇之兄，若姚襄爲姚馥之祖，則萇亦其祖，子年爲萇所殺，不應預知其孫之事。若解此句爲「則姚襄之祖也」；而按之《晉書·載紀》，姚襄之祖名柯回，不名馥。疑此或別一姚襄，或文字訛誤。

〔七〕《稗海》本作「每醉，歷月不醒，於醉時好言帝王興亡之事」二句。

〔八〕滑稽，猶俳諧也，言諧語滑利，其智計疾出也。見《史記·滑稽列傳》《索隱》引姚察説。又引崔浩説，滑稽讀爲骨稽，乃流酒之器，言出口成章，詞不窮竭，若「滑稽」之吐酒也。

〔九〕九河，謂徒駭、大使、馬頰、覆釜、胡蘇、簡、絜、鉤盤、鬲津。見《書·禹貢》傳。其河道已不能盡考，大約在今山東省德縣以北至河北省天津、河間一帶數百里地。

〔一〇〕八藪，謂魯之大野，晉之大陸，秦之楊汙，宋之孟諸，楚之雲夢，吳、越之間之具區，齊之海隅，鄭之圃田是也。見《漢書·嚴助傳》注。

〔一一〕七澤，《文選》司馬相如《子虛賦》：「臣聞楚有七澤，嘗見其一，未睹其餘也。臣之所見，特其小小者耳，名曰雲夢。」按此只言其一，其餘六澤未詳其名，均當在今湖北省境。

〔一二〕動肉含氣，蓋諳不知飲酒之人爲「行尸走肉」。下句《稗海》本、《廣記》四〇八並作「何必土木之偶而無心識乎」，義較顯豁。

〔一三〕《稗海》本、《廣記》四〇八並作「好啜濁嚼糟」。按糟，酒滓也。

〔一四〕「忽」下原有「思」字，蓋因形近而衍，據《廣記》四〇八删。

〔一五〕《稗海》本「養馬」作「馬圉」。《左傳》昭公七年：「馬有圉」。按養馬曰圉，養馬之人亦曰圉或圉人。

〔一六〕《御覽》八四六「故都」作「舊都」，「美酒」作「酒池」。按作「酒池」較勝，與下覆對語相應。

〔一七〕《稗海》本及《廣記》四〇八「樂」下多「受朝歌之地」一句，「殷紂之民」作「殷紂之比」，義較勝。比，覆自比也；若作民，則是以晉武比殷紂矣。

〔一八〕張華字茂先，范陽方城（今北京市大興縣）人，博學能文，晉武帝時爲中書令，封廣武縣侯，後爲趙王倫所害。著有《博物志》。《晉書》有傳。

〔一九〕《廣記》一三五「類乎」作「類而」。按《金薹賦》，遍查嚴可均輯《全晉文》，皆無之，當已久佚。

〔二〇〕「元熙」當作「永熙」，晉惠帝無元熙年號。永熙元年即公元二九〇年。

〔二一〕楊駿字文長，晉武帝楊皇后之父，以外戚擅權，與弟珧、濟並稱「三楊」，後爲惠帝賈后所殺，見《晉書》本傳。本書「瑶」當從《晉書》作「珧」。

録曰：不得中行，狂狷可也〔一〕。淳于、優孟之儔〔二〕，因俳説以進諫。至如姚馥，才性容貌，不與華同，片言竊諷，媚足規範。及其俳諧詭譎，推辭指誡，因物而刺，言之者無罪，抑亦東方曼倩之儔歟〔三〕！夫心胃之逸朽，故有腐腸爛腸之嗜〔四〕，是以「五味令人口爽」，老氏以爲深誡；未若甘兹桂石，美斯松草〔五〕，含吐煙霞，咀食沆瀣〔六〕，迅千齡於一朝〔七〕，方塵劫於俄頃，胡可淫此酣樂〔八〕，忘彼久視者乎？夫物有事異而名同者，自非窮神達理，莫能遥照；豈可假於詖辭〔九〕，專求於邪説。天命有兆，歷運攸歸，何可妄信於謡訛，指怪於纖草？將溺所聞，信諸厥術，可爲嗟乎！

〔一〕《論語·子路》：「不得中行而與之，必也狂狷乎！狂者，進取；狷者，有所不爲也。」

〔二〕淳于，淳于髡，戰國齊人，滑稽多辯。時威王淫樂失政，好爲長夜之飲，髡以諧隱之語諫之，乃止。優孟，春秋楚樂人，多智辯，常寓諷諫於談笑之間，莊王馬死，欲葬以大夫之禮，優孟諷其賤人而貴馬。孫叔敖卒，其子甚窮，優孟著孫叔敖衣冠，效其言談舉止，歲餘畢肖，乃見莊王作歌以感動之，遂召孫叔敖子，封之寢丘。二人事詳《史記·滑稽列傳》。

〔三〕東方朔，字曼倩，長於文辭，喜詼諧，漢武帝時，累官侍中，時以滑稽之談，寓諷諫之意，武帝常爲所感悟。事亦見《滑稽列傳》。

〔四〕「逸朽」疑當作「速朽」。腐腸爛腸，《文選》嵇康《養生論》：「醴醪煮其腸胃，香芳腐其骨髓。」謂酗酒之害也。

〔五〕「甘兹」原作「甘並」，形近致誤，今改爲「甘兹」，與下句「美斯」相稱。桂、石、松、草，指養生修仙者服食之物。

〔六〕沆瀣，《漢書·司馬相如傳》：「呼吸沆瀣兮餐朝霞。」應劭注：「《列仙傳》陵陽子言夏食沆瀣。沆瀣，北方夜半氣也。」又《文選》嵇康《琴賦》：「餐沆瀣兮帶朝霞。」銑注：「沆瀣，清露也。」按露爲夜間水氣凝結而成，與《漢書》注相近。

〔七〕「齡」原作「靈」，音同而誤，今改。

〔八〕「胡」原作「乎」，若屬上句，文義不順；且與下句「久視者乎」，句法重疊。此必因音同而誤，今以意改。

〔九〕詖辭，不正之辭。《孟子·公孫丑》：「詖辭知其所蔽。」按《説文》訓「詖」爲辯論。徐灝則以爲「詖」與

「頒」通，頒，偏也。見所著《説文解字注箋》。

咸寧四年〔一〕，立芳蔬園於金墉城東〔二〕，多種異菜。有菜名曰「芸薇」，類有三種，紫色者最繁，味辛，其根爛熳，春夏葉密，秋蘂冬馥〔三〕，其實若珠，五色，隨時而盛，一名「芸芝」。其色紫者爲上蔬，其味辛；色黄者爲中蔬〔四〕，其味甘；色青者爲下蔬，其味鹹。常以三蔬充御膳。其葉可以藉飲食，以供宗廟祭祀，亦止人渴飢。宫人採帶其莖葉，香氣歷日不歇〔五〕。

〔一〕咸寧，晉武帝年號；四年爲公元二七八年。
〔二〕金墉城，曹魏時所築，舊址在今河南省洛陽市東。
〔三〕以上二句，《稗海》本、《廣記》四一一作「春敷夏密，秋榮冬馥」，於義較長。
〔四〕以上三句「紫」下「黄」下「者」字，據《稗海》本補。
〔五〕《廣記》四一一「日」作「月」。

録曰：《大雅》云：「言採其薇〔一〕。」此之類也。《草木疏》云〔二〕：「其實如豆。」昔孤竹二子避世，不食周粟，於首陽山采薇而食〔三〕，疑似卉；或云神類非一，彌相惑亂。可以療飢，其色必紫，百家雜説，音旨相符。論其形品，詳斯香色，雖移植芳圃，芬美莫儔。故薰蘭有質，物性無改，産乖本地，逾見芬烈，譬諸薑桂，豈因地而辛矣〔四〕！當此一代，是謂仙蔬，實爲神異。

〔一〕《詩·召南·草蟲》：「言采其薇。」傳：「薇菜也。」按即大巢菜。此作「大雅云」，誤。

〔二〕《草木疏》，指陸璣《毛詩草木鳥獸蟲魚疏》。陸《疏》釋「薇」云：「山菜也，莖葉皆似小豆，蔓生，藿可作羹。」

〔三〕《史記·伯夷列傳》：「伯夷、叔齊，孤竹君之二子也。……武王已平殷亂，天下宗周，而伯夷、叔齊恥之，義不食周粟，隱於首陽山，采薇而食之。」

〔四〕《韓詩外傳》卷七：「宋玉因其友見楚襄王，襄王待之無以異，乃讓其友。友曰：『夫薑桂因地而生，不因地而辛。』」亦見《新序》。

張華爲九醖酒〔一〕，以三薇漬麴蘖，蘖出西羌，麴出北胡。胡中有指星麥，四月火星出〔二〕，麥熟而穫之〔三〕。蘖用水漬麥三夕而萌芽，平旦雞鳴而用之〔四〕，俗人呼爲「雞鳴麥」〔五〕。以之釀酒，醇美〔六〕，久含令人齒動；若大醉，不叫笑搖蕩，令人肝腸消爛，俗人謂爲「消腸酒」〔七〕。或云醇酒可爲長宵之樂，兩説聲同而事異也〔八〕。閭里歌曰：「寧得醇酒消腸，不與日月齊光。」言耽此美酒，以悦一時，何用保守靈而取長久。至懷帝末〔九〕，民間園圃皆生蒿棘，狐兎遊聚。至元熙元年〔一〇〕，太史令高堂忠奏熒惑犯紫微，若不早避，當無洛陽〔一一〕。乃詔内外四方及京邑諸宮觀林衛之内，及民間園囿，皆植紫薇，以爲厭勝。至劉、石、姚、苻之末〔一二〕，此蒿棘不除自絶也。

〔一〕《廣記》二二三「九醞酒」作「醇酒」，下「以」字作「煮」。

〔二〕火星，亦名熒惑，爲太陽系九大行星中靠近太陽之第四星，色赤。

〔三〕「穫」原作「獲」，從毛校改。

〔四〕《稗海》本作「以平旦雞鳴時而用之」。

〔五〕「呼」原作「乎」，從《稗海》本、程榮本、《廣記》二二三改。

〔六〕《稗海》本作「以之釀酒，清美醇鬯」，《廣記》二二三作「以釀酒，清美鬯悦」。

〔七〕《廣記》二二三作「當時謂之消腸酒」。

〔八〕《稗海》本「同」上有「聲」字，《廣記》二二三作「二説聲同而事異焉」。據補「聲」字。

〔九〕晉懷帝，司馬熾，武帝第二十五子，繼惠帝立。

〔一〇〕懷帝在位六年，年號永嘉，此作元熙，誤。

〔一一〕「高堂忠」當作「高堂沖」。《晉書·天文志下》：「永嘉三年正月庚子，熒惑犯紫微，……是時太史令高堂沖奏乘輿宜遷幸；不然，必無洛陽。」

〔一二〕「苻」原作「符」，據《晉書》改。劉、石、姚、苻，指劉淵（匈奴族）、石勒（羯族）、姚弋仲（羌族）、苻洪（氐族）等。晉自武帝卒後，諸王争權攻殺，國内大亂，各少數族遂乘機分據中原，相繼僭立，争戰不休，事詳《晉書·載記》。

太康元年〔一〕，白雲起於灞水〔二〕，三日而滅。有司奏云：「天下應太平。」帝問其故，曰：「昔舜時黄雲興於郊野，夏代白雲蔽於都邑，殷代玄雲覆於林藪，斯皆應世之休徵，殊鄉絶域應有貢其方物也。」果有羽山之民獻火浣布萬疋〔三〕。其國人稱：「羽山之上〔四〕，有文石，生火，煙色以隨四時而見，名爲『淨火』。有不潔之衣，投於火石之上〔五〕，雖滯汙漬涅，皆如新浣。」當虞舜時，其國獻黄布；漢末獻赤布，梁冀製爲衣〔六〕，謂之「丹衣」。史家云〔七〕：「單衣今縫掖也〔八〕。」字異聲同，未知孰是。

〔一〕「太康」上原有「晉」字，據《稗海》本删。太康，晉武帝第三個年號，元年即公元二八〇年。

〔二〕灞水，源出陝西省藍田縣東，古名滋水，秦穆公更名霸水，以彰霸功，唐以後始稱灞水。

〔三〕羽山，古地名，在今江蘇省贛榆縣西南；一説在山東省蓬萊縣東南。詳胡渭《禹貢錐指》。今多從前說。火浣布，以火浣洗之布也。《列子·湯問》：「火浣之布，浣之必投於火。」其他如《抱朴子》、《異物志》、《搜神記》以及舊題東方朔撰之《神異經》等皆載之；或謂出於斯調國之火州，或謂崑崙之墟有火之山，或謂南荒之外有火山，出此物。皆荒誕無稽，不足置信。惟《三國志·魏書·三少帝紀》載：

景初三年二月，「西域重譯獻火浣布，詔大將軍、太尉臨試以示百寮」，則是古代果有其物也。

〔四〕「上」原作「山」，據《御覽》八二〇改。

〔五〕《御覽》八二〇作「投於石火之中」。下句「漬」作「淄」。

〔六〕《三國志·魏書·三少帝紀》注引《傅子》曰：「漢桓帝時，大將軍梁冀以火浣布爲單衣，常大會賓客，冀陽争酒，失杯而汙之，僞怒，解衣曰：『燒之。』布得火，煒曄赫然，如燒凡布，垢盡火滅，粲然潔白，若用灰水焉。」

〔七〕《御覽》八二〇「史」上有「而」字，下「今」上有「則」字。

〔八〕「縫掖」亦作「逢掖」。《禮記·儒行》鄭注：「逢猶大也，大掖之衣，大袂禪衣也。」按禪衣即單衣。

録曰：帝王之興，叶休祥之應，天無隱祥，地無蓄寶，是以因神物以表運，見星雲以觀德。按《周官》有馮相氏〔一〕，以觀祥録之數。晉以金德，故白雲起於灞水。《山海經》及《異物志》云〔二〕：「燃洲之獸，生於火中，以毛織爲布，雖有垢膩，投火則潔淨也。」兩説不同，故偕録焉。

〔一〕馮相氏，官名，《周禮》春官之屬。注：「馮，乘也；相，視也，世登高臺，以視天文之次序。」

〔二〕《三國志·魏書·三少帝紀》注引《異物志》曰：「斯調國有火州，在南海中。其上有野火，春夏自生，秋冬自死。有木生於其中而不消也，枝皮更活，秋冬火死則皆枯瘁。其俗常冬采其皮以爲布，色小青黑；若塵垢汙之，便投火中，則更鮮明也。」按此文與蕭《録》所引不同。又蕭《録》並舉《山海經》，而今《山海經》無「火浣布」，疑當作《十洲記》或《神異經》。《後漢書·西南夷列傳》有「火毳」，注謂卽火浣布，并引《神異經》曰：「南方有火山，長四十里，廣四五里。生不燼之木，晝夜火燃，得烈風不猛，暴雨不滅。火中有鼠，重百斤，毛長二尺餘，細如絲，恆居火中，時時出外，而色白，以水逐沃之卽死。績其毛，織以作布。用之若汙，以火燒之，則清潔也。」

因墀國獻五足獸，狀如師子；玉錢千緡，其形如環，環重十兩，上有「天壽永吉」之字〔一〕。問其使者五足獸是何變化，對曰：「東方有解形之民，使頭飛於南海，左手飛於東山，右手飛於西澤，自臍以下，兩足孤立。至暮，頭還肩上，兩手遇疾風飄於海外，落玄洲之上，化爲五足獸，則一指爲一足也。其人既失兩手，使傍人割裏肉以爲兩臂〔二〕，宛然如舊也。」因墀國在西域之北，送使者以鐵爲車輪，十年方至晉。及還，輪皆絶鋭，莫知其遠近也〔三〕。

〔一〕《類說》五作「其文曰天壽永昌」。
〔二〕「傍」下原脱「人」字，據《稗海》本、《程榮》本補。
〔三〕「知」原誤作「如」，據《稗海》本改。

太始元年，魏帝爲陳留王之歲〔一〕，有頻斯國人來朝〔二〕，以五色玉爲衣，如今之鐙。其使不食中國滋味〔三〕，自齎金壺，壺中有漿，凝如脂，嘗一滴則壽千歲。其國有大楓木成林，高六七十里，善算者以里計之，雷電常出樹之半。其枝交蔭於上，蔽不見日月之光。其下平淨掃灑，雨霧不能入焉。樹東有大石室，可容萬人坐。壁上刻爲三皇之像〔四〕：天皇十三頭〔五〕，地皇十一頭，人皇九頭，皆龍身。亦有膏燭之處。緝石爲床，床上有膝痕深三寸。床前有竹簡長尺二寸〔六〕，書大篆之文，皆言開闢以來事，人莫能識。或言是伏羲畫卦之時有此書，或言是倉頡造書之處。傍有丹石井，非人之所鑿〔七〕，下及漏泉，水常沸湧，諸仙欲飲之時，以長綆引汲也。其國人皆多力，不食五穀，日中無影，飲桂漿雲霧。羽毛爲衣，髮大如縷，堅韌如筋，伸之幾至一丈，置之自縮如蠡。續人髮以爲繩，汲丹井之水，久久方得升合之水〔八〕。水中有白蛙，兩翅，常來去井上，仙者食之。至周，王子晉臨井而窺〔九〕，有青雀銜玉杓以授子晉，子晉取而食之，乃有雲起雪飛。子晉以衣袖揮雲，則雲雪自止〔一〇〕。白蛙化爲雙白鳩入雲，望之遂滅〔一一〕。皆頻斯國之所記〔一二〕，蓋其人年不可測也。使圖其國山川地勢瓌異之屬，以示張華。華云：「此神異之國，難可驗信。」以車馬珍服送之出關。

〔一〕「太始」當作「泰始」，晉武帝司馬炎的第一個年號（公元二六五年）。魏帝指魏元帝曹奐，司馬炎篡位，廢爲陳留王。

〔二〕頻斯，疑即波斯。

〔三〕《稗海》本、《廣記》四八〇無「其使」二字。

〔四〕《稗海》本「爲」作「有」。

〔五〕《廣記》四八〇及《類説》五作「十二頭」。司馬貞《補史記三皇本紀》謂天皇十二頭，自注云，本《河圖》及《三五曆》。

〔六〕原作「床上」，蓋涉上句而誤，據《稗海》本改。

〔七〕《稗海》本、《廣記》四八〇「人」下並有「工」字，無「之」字。

〔八〕「合」字原脱，據《稗海》本、《廣記》四〇八引文補。按本卷末「石虎」節「温香渠」下亦有「争來汲取，得升合以歸」之語。此「久久方得升合之水」，謂得水甚少。合，量名，《漢書律曆志》云：「十合爲升」。

〔九〕王子晉，周靈王太子，名晉。好吹笙，作鳳鳴。遊伊、洛之間，道士浮丘公引上嵩山，修煉二十年。後在緱氏山巔，乘白鶴仙去。見《列仙傳》。

〔一〇〕《稗海》本作「則雲霽雪止」。

〔一一〕《廣記》四八〇作「白蛙爲白鴈，入雲摇摇遂滅」。

〔一二〕《廣記》四八〇作「皆則頻斯人所記」。

張華字茂先，挺生聰慧之德〔一〕，好觀秘異圖緯之部，捃採天下遺逸，自書契之始，考驗神怪，及世間閭里所說，造《博物志》四百卷〔二〕，奏於武帝。帝詔詰問〔三〕：「卿才綜萬代，博識無倫，遠冠羲皇，近次夫子，然記事採言，亦多浮妄，宜更刪翦，無以冗長成文！昔仲尼刪《詩》《書》，不及鬼神幽昧之事，以言怪力亂神〔四〕；今卿《博物志》〔五〕，驚所未聞，異所未見，將恐惑亂於後生，繁蕪於耳目，可更芟截浮疑，分爲十卷！」卽於御前賜青鐵硯，此鐵是于闐國所出〔六〕，獻而鑄爲硯也；賜麟角筆，以麟角爲筆管，此遼西國所獻；側理紙萬番，此南越所獻。後人言「陟里」，與「側理」相亂〔七〕，南人以海苔爲紙，其理縱橫邪側，因以爲名。帝常以《博物志》十卷置於函中，暇日覽焉〔八〕。

〔一〕《稗海》本無「之德」二字。
〔二〕《稗海》本「造」作「撰」。
〔三〕《廣記》二三一作「帝曰」。
〔四〕《論語·述而》：「子不語怪、力、亂、神。」按謂怪異、勇力、悖亂、鬼神之事。
〔五〕《稗海》本、《廣記》二三一俱作「今見卿此志」。
〔六〕《稗海》本無「出」字，連下句讀。
〔七〕《御覽》六〇五「後」作「漢」，「里」作「貍」，《廣記》二三一作「漢言陟釐，陟釐與側理相亂」。《正字通》

云：「海藻本名陟釐，南越以海苔爲紙，其理倒側，故名側理紙。王子年曰：『本陟釐紙，漢人語訛耳。』」按此書明張自烈撰，所引文亦與今本不同。

〔八〕胡應麟《少室山房筆叢》卷二十九云：「《博物志》十卷，晉張華撰。華博洽冠古今，此書所載，疏畧淺猥，無復倫次，疑後世類書中録出者。然《隋志》亦僅十卷，每用爲疑。近閲一雜説，記唐人殷文圭云：華原書四百卷，武帝删之，止作十卷。始信余見有脗合者。蓋《隋志》乃武帝所删本，至宋不無脱落；後人又從《廣記》録出，雖十卷，實二三存，併非隋世之舊，故益寥寥耳。」原注：其説詳《拾遺記》中。按即此節也。

惠帝元熙二年，改爲永平元年〔一〕，常山郡獻傷魂鳥〔二〕，狀如鷄，毛色似鳳。帝惡其名，棄而不納；復愛其毛羽。當時博物者云：「黄帝殺蚩尤，有貙、虎誤噬一婦人〔三〕，七日氣不絶，黄帝哀之，葬以重棺石槨。有鳥翔其塚上，其聲自呼爲傷魂，則此婦人之靈也。」後人不得其令終者，此鳥來集其國園林之中。至漢哀、平之末，王莽多殺伐賢良，其鳥亟來哀鳴。時人疾此鳥名〔四〕，使常山郡國彈射驅之。至晉初，干戈始戢，四海攸歸〔五〕，山野間時見此鳥。憎其名，改「傷魂」爲「相弘」。及封孫晧爲歸命侯，相弘之義，叶於此矣。永平之末，死傷多故，門嗟巷哭，常山有獻，遂放逐之。

〔一〕「元熙」當作「永熙」，永熙二年改爲永平元年（公元二九一年），見《晉書・惠帝紀》。
〔二〕常山郡，在今河北省正定縣南。
〔三〕《列子・黄帝篇》：「黄帝與炎帝戰於阪泉之野，帥熊、羆、狼、豹、貙、虎爲前驅。」按《爾雅・釋獸》疏云：「貙似貍而大，一名獌。」
〔四〕疾，憎惡。《管子・小問》：「不知其疾則民疾。」注：「疾，謂憎嫌之也。」
〔五〕「攸」原作「悠」，據程榮本改。

太始十年〔一〕，有浮支國獻望舒草，其色紅，葉如荷，近望則如卷荷，遠望則如舒荷，團團似蓋。亦云，月出則荷舒，月没則葉卷。植於宫中，因穿池廣百步，名曰望舒荷池。愍帝之末〔二〕，移入胡，胡人將種還胡中〔三〕，至今絶矣；池亦填塞。

〔一〕此「太始」疑當作「泰始」，十年爲公元二七四年。
〔二〕晉愍帝司馬鄴，在位四年（公元三一三—三一六年），爲劉聰所殺，西晉亡。
〔三〕上兩句，《稗海》本作「胡人移其種於胡中」。

祖梁國獻蔓金苔〔一〕，色如黄金，若螢火之聚〔二〕，大如雞卵，投於水中，蔓延於波瀾之上，光出照日，皆如火生水上也。乃於宫中穿池，廣百步，時觀此苔，以樂宫人。宫人有幸者，以金苔賜之，置漆盤中，照耀滿室，名曰「夜明苔」；著衣襟則如火光。帝慮外人得之，有惑百姓〔三〕，詔使除苔塞池。及皇家喪亂，猶有此物，皆入胡中〔四〕。

〔一〕祖梁，《廣記》四一三作「胥梨」，《御覽》一〇〇〇作「祖梨」，《類聚》作「租梨園」，「園」係「國」之誤字。

〔二〕原作「若縈聚之」，據《稗海》本、《廣記》四一三改。

〔三〕《稗海》本「有惑」作「衒惑」。

〔四〕「入」原作「在」，據《稗海》本、《廣記》四一三改。

石季倫愛婢名翔風〔一〕，魏末於胡中得之〔二〕。年始十歲，使房內養之，至十五，無有比其容貌，特以姿態見美。妙別玉聲〔三〕，巧觀金色。石氏之富，方比王家，驕侈當世，珍寶奇異〔四〕，視如瓦礫，積如糞土，皆殊方異國所得，莫有辨識其出處者〔五〕。乃使翔風別其聲色，悉知其處〔六〕。言西方北方，玉聲沉重而性温潤，佩服者益人性靈；東方南方，玉聲輕潔而性清涼，佩服者利人精神。石氏侍人，美艷者數千人，翔風最以文辭擅愛。石崇嘗語之曰：「吾百年之後，當指白日，以汝爲殉。」答曰：「生愛死離，不如無愛，妾得爲殉，身其何朽！」於是彌見寵愛。崇常擇美容姿相類者十人，裝飾衣服大小一等〔七〕，使忽視不相分別，常侍於側。使翔風調玉以付工人，爲倒龍之珮，縈金爲鳳冠之釵，言刻玉爲倒龍之勢，鑄金釵象鳳皇之冠。結袖繞楹而舞，晝夜相接，謂之「恒舞」。欲有所召，不呼姓名，悉聽珮聲，視釵色，玉聲輕者居前，金色艷者居後，以爲行次而進也。使數十人各含異香，行而語笑，則口氣從風而颺。又屑沉水之香〔八〕，如塵末，布象床上，使所愛者踐之，無迹者賜以真珠百琲〔九〕，有迹者節其飲食，令身輕弱〔一〇〕。故閨中相戲曰：「爾非細骨輕軀，那得百琲真珠？」及翔風年三十，妙年者爭嫉之，或者云「胡女不可爲羣〔一一〕」，競相排毁。石崇受譖潤之言〔一二〕，即退翔風爲房老〔一三〕，使主羣少，乃懷怨而作五言詩曰〔一四〕：「春華誰不美〔一五〕，卒傷秋落時，突烟還自低〔一六〕，鄙退豈所期！桂芳徒自蠹，失愛在蛾眉〔一七〕。坐見芳時歇，憔悴空自嗤！」石氏房中並歌此爲樂曲，至晉末乃止。

〔一〕石崇，字季倫，南皮人，任荆州刺使，劫奪殺人，又使客航海，以致巨富。後升衛尉，造别墅名金谷園，與外戚王愷、羊琇等争爲豪侈。後爲趙王倫所殺。「翔風」，《紺珠集》八作「翾風」；《廣記》二七二亦作「翾風」，「愛」上有「所」字。

〔二〕《稗海》本、《廣記》二七二「得」上並有「買」字。

〔三〕妙別，善於分別。

〔四〕《稗海》本作「珍寶瑰奇」。

〔五〕「辨」原作「辯」，據《廣記》二七二改。

〔六〕《稗海》本作「悉知其所出之地」，《廣記》二七二作「並知其所出之地」。

〔七〕一等，完全相同。

〔八〕《御覽》三八八「屑」作「篩」，下句作「布置席上」。按沉水香即沉香，沈懷遠《南越志》：「交阯密香樹，彼人取之，先斷其積年老木根；經年，其外皮幹俱朽爛，木心與枝節不壞，堅黑沉水者，即沉香也。」

〔九〕琲，珠五百枚也，見《説文新附》。又《集韻》：「珠百枚曰琲；一説，珠十貫爲一琲。」

〔一〇〕《稗海》本「身」作「體」。

〔一一〕《稗海》本「或者云」作「或言」。

〔一二〕譖潤，《説郛》本作「譖浸」。《論語·顏淵》：「浸潤之譖。」鄭注：「譖人之言，如水之浸潤，漸以成之也。」

〔一三〕房老，《表異録》：「婢妾年久而衰退者謂之房長，亦曰房老。」

〔一四〕《稗海》本「怨」下有「懟」字。

〔一五〕《稗海》本、《廣記》二七二「美」並作「羡」。

〔一六〕《廣記》二七二作「哽咽追自泣」。

〔一七〕「桂芳」二句，意謂自己因貌美而被嫉，如桂樹之因芳而受蠹。《離騷》：「衆女嫉余之蛾眉兮，謡諑謂余以善淫。」又《説郛》本此詩字句，與此本全同。《廣記》所引，疑經潤飾。

石虎於太極殿前起樓〔一〕，高四十丈，結珠爲簾，垂五色玉珮，風至鏗鏘，和鳴清雅。盛夏之時，登高樓以望四極，奏金石絲竹之樂，以日繼夜。於樓下開馬埒射場，周廻四百步，皆文石丹沙及彩畫於埒旁。聚金玉錢貝之寶，以賞百戲之人。四廂置錦幔，屋柱皆隱起爲龍鳳百獸之形，雕斲衆寶，以飾楹柱，夜往往有光明。集諸羌互於樓上〔二〕。時亢旱，春雜寶異香爲屑，使數百人於樓上吹散之，名曰「芳塵」。臺上有銅龍，腹容數百斛酒〔三〕，使胡人於樓上噉酒，風至望之如露〔四〕，名曰「粘雨臺」，用以灑塵。樓上戲笑之聲，音震空中。又爲四時浴室，用鍮石珷玞爲堤岸〔五〕，或以琥珀爲瓶杓。夏則引渠水以爲池，池中皆以紗縠爲囊，盛百雜香，漬於水中。嚴冰之時，作銅屈龍數千枚，各重數十斤，燒如火色，投於水中，則池水恒温，名曰「燋龍温池」。引鳳文錦步障縈蔽浴所〔六〕，共宫人寵嬖者解媟服宴戲，彌於日夜，名曰「清嬉浴室」。浴罷，洩水於宫外。水流之所，名「温香渠」。渠外之人，争來汲取，得升合以歸，其家人莫不怡悦。至石氏破滅，燋龍猶在鄴城，池今夷塞矣。

〔一〕石虎，字季龍，石勒之侄。勒卒，虎殺其子自立，稱大趙天王，旋稱帝。事詳《晉書·載記》。「太極殿」，《廣記》二三三作「大武殿」，按「大」當作「太」，《晉書·載記》：「於襄國（今河北省邢臺縣）起太武殿。」

〔二〕「互」疑「氐」之訛，蓋「氐」字與「互」之俗體「𠀋」形近而致訛也。

〔三〕《廣記》二三三作「腹空，盛數百斛酒」；下句「嗽」作「噀」。

〔四〕《廣記》二三三作「風至望之如雲霧」。

〔五〕「珷玞」原作「斌玞」，據《御覽》八一三及毛校改。鍮石即黃銅，見《演繁露》及《本草綱目·金石部》。

〔六〕步障，屏蔽風寒塵土之帳幕。「王愷作紫絲布步障四十里，石崇作錦步障五十里以敵之」。見《世說新語》。

錄曰：居室見妬，故亦姦巧之恒情〔一〕，因嬌湎嬖，而菲錦之辭入〔二〕。至於惑聽邪諂，豈能隔於求媚；憑歡藉幸，緣私嫿而相容〔三〕。是以先寵未退，盛衰之萌兆矣；一朝愛退，皎日之誓忽焉。清奏薄言〔四〕，怨刺之辭乃作。石崇叨擅時資〔五〕，財業傾世，遂乃歌擬房中，樂稱「恆舞」〔六〕，季庭管室〔七〕，豈獨古之貶乎！石虎席卷西京，崇麗妖虐，外僭和鸞文物之儀〔八〕，内修三英、九華之號〔九〕，靈祥遠貢，光耀舊都〔一〇〕，珠璣丹紫，飾備於土木。自古以來，四夷侵掠，驕奢僭暴，擅位偷安，富有之業，莫此比焉。

〔一〕「故」通「固」，本來也。

〔二〕「菲錦」當作「斐錦」，《詩·小雅·巷伯》：「萋兮斐兮，成是貝錦。」注已見前。

〔三〕「私」原作「和」，形近而誤，今改。

〔四〕薄言，發語辭，《詩經》中屢見。此「薄言」蓋指《邶風·柏舟》「薄言往愬，逢彼之怒」一語。朱熹《集傳》以《柏舟》爲「婦人不得於其夫」之詩。又《世説新語·文學》載康成詩婢事，與翔風身分相合，疑蕭綺用之。

〔五〕「叨」原作「功」，據毛校改。

〔六〕房中，樂歌名。《詩考》：「自《關雎》至《芣苢》，后妃房中之樂。」恆舞，《書·伊訓》：「敢有恆舞於宮，酣歌於室，時謂巫風。」此二句謂石崇驕侈，僭擬王室。

〔七〕季氏八佾舞於庭，管仲有三歸，皆踰禮制，注已見前。

〔八〕和、鸞皆鈴名。《禮記·玉藻》：「在車則聞鸞、和之聲。」按古代帝王車上有鈴，以爲行進時之節拍。此句謂石虎僭用帝王車駕儀仗。

〔九〕九華，宮名，《清一統志》：「後趙石虎建，以三三爲位，故謂之九華。」故址在今河南省臨漳縣西。三英，當亦石虎所建宮殿名。

〔一〇〕毛校作「充燿」。按「舊都」上當有「乎」、「於」等字，方與下句相偶。又《記》中無「靈祥遠貢」之事，蕭《錄》誇飾，遂致失檢。

拾遺記卷十

崑崙山

崑崙山有昆陵之地，其高出日月之上。山有九層，每層相去萬里。有雲色〔一〕，從下望之，如城闕之象。四面有風，羣仙常駕龍乘鶴，遊戲其間。四面風者，言東南西北一時俱起也。又有祛塵之風，若衣服塵汙者，風至吹之，衣則淨如浣濯。甘露濛濛似霧，著草木則滴瀝如珠。亦有朱露，望之色如丹，著木石赭然，如朱雪灑焉；以瑶器承之，如飴〔二〕。崑崙山者，西方曰須彌山〔三〕，對七星之下〔四〕，出碧海之中〔五〕。上有九層〔六〕，第六層有五色玉樹，蔭翳五百里，夜至水上，其光如燭。第三層有禾穟，一株滿車。有瓜如桂，有奈冬生，如碧色〔七〕，以玉井水洗食之〔八〕，骨輕柔能騰虛也。第五層有神龜，長一尺九寸，有四翼，萬歲則升木而居，亦能言。第九層山形漸小狹，下有芝田蕙圃，皆數百頃，羣仙種耨焉。傍有瑶臺十二，各廣千步，皆五色玉爲臺基。最下層有流精霄闕〔九〕，直上四十丈。東有風雲雨師闕〔一〇〕。南有丹密雲，望之如丹色，丹雲四垂周密。西有螭潭，多龍螭，皆白色，千歲一蜕其五臟。此潭左側有五色石，皆云是白螭腸化成此石。有琅玕璆琳之玉，煎可以爲脂。北有珍林别出，折枝相扣，音聲和韻。九河分流〔一一〕。南有赤陂紅波，千劫一竭，千劫水乃更生也。

〔一〕《御覽》八作「從上來一層有雲氣五色」。

〔二〕《御覽》十二作「以寶器承之如飴」，下有「人君聖德則下」一句。程榮本「粭」亦作「飴」。按二字通用，飴，餳也，卽今之麥芽糖或糖漿。

〔三〕須彌山，佛經謂南贍部洲等四大洲之中心有須彌山，處大海之中，上高三百三十六萬里，頂上爲帝釋天所居，半腹爲四天王所居。按須彌，漢語「妙高」之義。

〔四〕七星，指北斗七星：一天樞，二天璇，三天璣，四天權，五玉衡，六開陽，七摇光。此七星位於北方，聚成斗形，故總稱北斗星。

〔五〕《御覽》八七〇句下多「夜望水上，光焰如燭」二句。按《御覽》引文是，當據補。下第六層「夜至水上，其光如燭」，與上下文不貫，當删。

〔六〕《御覽》八此下有「其第七層有景雲出以映朝日」句。疑原本九層各有敍述，今缺佚不全。

〔七〕按「奈」亦作「柰」，果名。《本草綱目》：「柰與林檎，一類二種，實似林檎而大，一名頻婆。」或謂卽今之蘋果。

〔八〕《御覽》九七〇作「須玉井之水洗方可食」。
〔九〕「闕」原作「間」，從毛校改。《御覽》一七九作「流精闕」，無「霄」字。
〔一〇〕「闕」原誤作「闐」，從毛校及《御覽》一七九改。
〔一一〕此句與上下文均不連屬，疑當在下句「南有」之下。

蓬萊山

蓬萊山亦名防丘，亦名雲來，高二萬里，廣七萬里。水淺，有細石如金玉，得之不加陶冶，自然光淨，仙者服之。東有鬱夷國，時有金霧。諸仙說此上常浮轉低昂，有如山上架樓，室常向明以開户牖，及霧滅歇，户皆向北。其西有含明之國，綴鳥毛以爲衣，承露而飲，終天登高取水，亦以金、銀、倉環、水精、火藻爲階〔一〕。有冰水、沸水，飲者千歲。有大螺名躶步〔二〕，負其殼露行，冷則復入其殼；生卵着石則軟，取之則堅，明王出世，則浮於海際焉。有葭，紅色，可編爲席，温柔如罽毳焉。有鳥名鴻鵝，色似鴻，形如禿鶖，腹内無腸，羽翮附骨而生，無皮肉也。雄雌相眄則生產〔三〕。南有鳥，名鴛鴦，形似雁，徘徊雲間，棲息高岫，足不踐地，生於石穴中，萬歲一交則生雛，千歲銜毛學飛，以千萬爲羣，推其毛長者高翥萬里。聖君之世，來入國郊。有浮筠之簳〔四〕，葉青莖紫，子大如珠〔五〕，有青鸞集其上。下有沙礰，細如粉，柔風至，葉條翻起，拂細沙如雲霧〔六〕。仙者來觀而戲焉，風吹竹葉〔七〕，聲如鐘磬之音。

〔一〕程榮本「倉環」作「蒼環」，卽青色玉環。水精，卽水晶。火藻，未詳；古代常繡火餤及水藻之形於衣服以爲章飾，疑此處以之飾階。

〔二〕「躶」同「裸」，赤體也，此螺負殼露體而行，故名。

〔三〕眄，視也。《莊子．天運》：「夫白鶂之相視，眸子不運而風化。」王先謙《集解》：「風讀如『馬牛其風』之風，謂雌雄相誘也。化者，感而成孕。」

〔四〕浮筠，玉色；簳，小竹。謂采色似玉之小竹。

〔五〕《御覽》九六二作「子如大珠」。

〔六〕《御覽》九六二，以上數句中之「沙礰」作「砂礰」，「柔風」作「暴風」，「葉條」作「竹條」，「雲霧」作「雪霰」。

〔七〕風吹，原作「吹風」，從《御覽》九六二互乙，《御覽》作「風吹竹折」。

方丈山

方丈之山，一名巒雉〔一〕。東有龍場〔二〕，地方千里，玉瑶爲林，雲色皆紫。有龍，皮骨如山阜，散百頃，遇其蜕骨之時，如生龍。或云：「龍常鬥此處，膏血如水流〔三〕。膏色黑者，著草木及諸物如淳漆也。膏色紫光〔四〕，著地凝堅，可爲寶器。」燕昭王二年，海人乘霞舟，以雕壺盛數斗膏〔五〕，以獻昭王。王坐通雲之臺，亦曰通霞臺，以龍膏爲燈，光耀百里，烟色丹紫，國人望之，咸言瑞光〔六〕，世人遥拜之。燈以火浣布爲纏〔七〕。山西有照石，去石十里，視人物之影如鏡焉。碎石片片，皆能照人，而質方一丈，則重一兩。昭王舂此石爲泥，泥通霞之臺，與西王母常遊居此臺上。常有衆鸞鳳鼓舞，如琴瑟和鳴，神光照耀，如日月之出。臺左右種恆春之樹，葉如蓮花，芬芳如桂，花隨四時之色。昭王之末，仙人貢焉，列國咸賀。王曰：「寡人得恆春矣，何憂太清不至〔八〕。」恆春一名「沉生」，如今之沉香也。有草名濡奸〔九〕，葉色如紺，莖色如漆，細軟可縈，海人織以爲席薦，卷之不盈一手，舒之則列坐方國之賓。莎蘿爲經。莎蘿草細大如髮，一莖百尋，柔軟香滑，羣仙以爲龍、鵠之轡。有池方百里，水淺可涉，泥色若金而味辛，以泥爲器，可作舟矣。百煉可爲金，色青，照鬼魅猶如石鏡，魑魅不能藏形矣〔一〇〕。

〔一〕《廣記》二二九「雉」作「稚」。
〔二〕「東有」原作「東方」，據《廣記》二二九及《御覽》八二〇改。
〔三〕《廣記》二二九「水流」作「流水」。
〔四〕「光」原誤作「先」，從《稗海》本及毛校改。又以上文「膏色黑者」例之，或「先」、「光」均爲「者」字之誤。
〔五〕《御覽》八二〇作「盛膏數斗」。
〔六〕《御覽》一七八「光」下有「也」字；下句無「世人」二字，當據删。
〔七〕《御覽》八七〇「纏」下有「炷」字，又下有「光滿於宫内」一句。
〔八〕太清，道家三清之一。《抱朴子·雜應》：「上昇四十里，名曰太清，太清之中，其氣甚剛。」按道書謂四人天外有三清境：聖登玉清，真登上清，仙登太清。至太清，卽成仙也。
〔九〕毛校「姧」作「葌」。按「葌」卽「蕑」字，香草也。《山海經·中山經》：「吴林之山，其中多葌草。」郝懿行箋疏：「《衆經音義》引《聲類》云：『葌，蘭也。』又引《字書》云：『葌與蕑同，蕑卽蘭也。』是葌乃香草。」
〔一〇〕《御覽》八一二此二句作「照鬼魅猶如照面，不得藏形也」。

瀛洲

瀛洲一名魂洲，亦曰環洲。東有淵洞，有魚長千丈，色斑，鼻端有角，時鼓舞羣戲。遠望水間有五色雲；就視，乃此魚噴水爲雲，如慶雲之麗，無以加也。有樹名影木，日中視之如列星，萬歲一實，實如瓜，青皮黑瓤，食之骨輕。上如華蓋〔一〕，羣仙以避風雨。有金巒之觀，飾以衆環，直上干雲。中有青瑶几〔二〕，覆以雲紈之素，刻碧玉爲倒龍之狀，懸火精爲日，刻黑玉爲烏〔三〕，以水精爲月，青瑶爲蟾兎〔四〕。於地下爲機棙，以測昏明，不虧弦望。時時有香風泠然而至，張袖受之，則歷年不歇〔五〕。有獸名嗅石，其狀如麒麟，不食生卉，不飲濁水，嗅石則知有金玉，吹石則開，金沙寶璞，粲然而可用。有草名芸苗，狀如菖蒲，食葉則醉，餌根則醒。有鳥如鳳，身紺翼丹，名曰「藏珠」，每鳴翔而吐珠累斛。仙人常以其珠飾仙裳，蓋輕而燿於日月也。

〔一〕華蓋，星名。《晉書·天文志》：「天皇大帝上九星曰華蓋，所以覆蔽大帝之座也。」此謂影木之上枝葉交蔽如傘。

〔二〕「瑶几」原作「瑶瓦」，據《御覽》九改。

〔三〕「烏」原作「鳥」，據毛校改。相傳日中有三足烏。《淮南子·精神》：「日中有踆烏。」踆，蹲也，踆烏即三足烏，又稱陽烏、金烏，古人以爲太陽之精魄所化。

〔四〕相傳月中有兎及蟾蜍。《後漢書·天文志》注引張衡《靈憲》畧云：「月者，陰精之宗，積而成獸，像兎。羿請無死之藥於西王母，姮娥竊之以奔月。姮娥遂託身於月，是爲蟾蠩。」按「蠩」亦作「蜍」。

〔五〕《御覽》九「歷年」作「歷紀」，此句下有「着肌膚必軟滑」句。

員嶠山

員嶠山，一名環丘。上有方湖，周迴千里。多大鵲，高一丈，銜不周之粟。粟穗高三丈，粒皎如玉。鵲銜粟飛於中國，故世俗間往往有之。其粟，食之歷月不飢。故《呂氏春秋》云：「粟之美者，有不周之粟焉〔一〕」。東有雲石，廣五百里，駮駱如錦〔二〕，扣之片片，則蓊然雲出〔三〕。有木名猗桑，煎椹以爲蜜。有冰蠶長七寸，黑色，有角有鱗，以霜雪覆之，然後作繭，長一尺，其色五彩，織爲文錦，入水不濡〔四〕，以之投火，經宿不燎。唐堯之世，海人獻之，堯以爲黼黻〔五〕。西有星池千里，池中有神龜，八足六眼，背負七星、日、月、八方之圖，腹有五岳、四瀆之象〔六〕。時出石上〔七〕，望之煌煌如列星矣〔八〕。有草名芸蓬，色白如雪，一枝二丈，夜視有白光，可以爲杖。南有移池國〔九〕，人長三尺，壽萬歲，以茅爲衣服，皆長裾大袖，因風以昇烟霞，若鳥用羽毛也。人皆雙瞳，脩眉長耳，飡九天之正氣，死而復生，於億劫之內，見五岳再成塵。扶桑萬歲一枯，其人視之如旦暮也。北有浣腸之國，甜水繞之，味甜如蜜，而水强流迅急，千鈞投之，久久乃没。其國人常行於水上，逍遥於絶岳之嶺，度天下廣狹，繞八柱爲一息，經四軸而暫寢〔一〇〕，拾塵吐霧，以算歷劫之數，而成阜丘，亦不盡也。

〔一〕《吕氏春秋·本味》：「飯之美者，玄山之禾，不周之粟。」

〔二〕《御覽》五二「駮駱」作「駮落」。駮駱，文采錯雜之貌，字亦作「駁犖」，《漢書·司馬相如傳》：「赤霞駁犖」，注引郭璞曰：「駁犖，采點也。」

〔三〕《御覽》五一一「雲出」作「雲起」。又《御覽》八六九此句下多「俄而徧潤天下」一句。

〔四〕《御覽》八一五，此句下多「其質輕煖柔滑」一句，又《御覽》八六九亦多此句，作「輕軟」。

〔五〕黼黻，古禮服上繡飾之紋。《書·益稷》傳：「黼，若斧形；黻，爲兩巳相背。」按兩「巳」字相背，形如[illegible]。

〔六〕五岳，即五嶽，《爾雅·釋山》：「泰山爲東嶽，華山爲西嶽，霍山爲南嶽，恆山爲北嶽，嵩高爲中嶽。」按霍山即衡山。四瀆，謂江、河、淮、濟，見《爾雅·釋水》。

〔七〕《御覽》八七一「石」上有「爛」字，按爛謂光色燦爛。當據補。

〔八〕《御覽》八七一此句下有「於冥昧當雨之時，而光色彌明。此石常浮於水邊，方數百里，其色多紅。燒之，有烟數百里，升天則成香雲；香雲遍潤，則成香雨」云云。又《御覽》八有「爛石色紅似肺，燒之有香烟聞數百里，烟氣昇天，則成香雲」云云，皆此節佚文，當據補。

〔九〕《御覽》三七八作「陁移國」。

〔一〇〕《河圖括地象》：「崑崙山爲天柱，氣上通天。崑崙者地之中也，地下有八柱，柱廣十萬里，有三千六百軸，互相牽制。名山大川，孔穴相通。」

岱輿山

岱輿山，一名浮析〔一〕，東有員淵千里〔二〕，常沸騰〔三〕，以金石投之，則爛如土矣。孟冬水涸，中有黄烟從地出〔四〕，起數丈，烟色萬變。山人掘之，入地數尺〔五〕，得燋石如炭滅〔六〕，有碎火，以蒸燭投之，則然而青色，深掘則火轉盛。有草名莽煌，葉圓如荷，去之十步，炙人衣則燋〔七〕，刈之爲席，方冬彌温，以枝相摩，則火出矣。南有平沙千里，色如金，若粉屑〔八〕，靡靡常流，鳥獸行則没足。風吹沙起若霧，亦名金霧，亦曰金塵。沙著樹粲然，如黄金塗矣。和之以泥，塗仙宫，則晃昱明粲也。西有舃玉山〔九〕，其石五色而輕，或似履舃之狀〔一〇〕，光澤可愛，有類人工。其黑色者爲勝，衆仙所用焉。北有玉梁千丈，駕玄流之上，紫苔覆漫，味甘而柔滑，食者千歲不飢。玉梁之側，有斑斕自然雲霞龍鳳之狀。梁去玄流千餘丈，雲氣生其下。傍有丹桂、紫桂、白桂，皆直上千尋，可爲舟航，謂之「文桂之舟」。亦有沙棠、豫章之木，長千尋，細枝爲舟，猶長十丈。有七色芝生梁下，其色青，光輝燿，謂之「蒼芝」。熒火大如蜂〔一一〕，聲如雀，八翅六足。梁有五色蝙蝠，黄者無腸，倒飛，腹向天；白者腦重，頭垂自掛；黑者如烏〔一二〕，至千歲形變如小燕；青者毫毛長二寸，色如翠；赤者止於石穴，穴上入天，視日出入恆在其上。有獸名嗽月，形似豹，飲金泉之液，食銀石之髓。此獸夜噴白氣，其光如月，可照數十畝。軒轅之世獲焉。有遥香草，其花如丹，光耀入月〔一三〕，葉細長而白，如忘憂之草，其花葉俱香，扇馥數里，故名遥香草。其子如薏中實，甘香，食之累月不飢渴，體如草之香，久食延齡萬歲。仙人常採食之。

〔一〕「一名浮析」四字據《類聚》八九、《御覽》九五七補。以他山多有别名例之，此亦當有。

〔二〕「東」字據《御覽》八六九補。如此方與下文「南有平沙」、「西有舃玉」、「北有玉梁」相稱。

〔三〕《御覽》八六九作「孟夏之月，水騰沸」。

〔四〕《御覽》八六九以上二句作「孟冬之月稍燋涸，有黄色烟從地中出」。

〔五〕「地」字據《御覽》八六九補。

〔六〕《御覽》八六九「滅」作「或」，則當屬下句作「或有碎火」；又「碎火」下多「如俗間之火」一句。

〔七〕《御覽》八六九「衣」下有「服」字，此句下多「鳥獸不敢近也」一句。

〔八〕《御覽》一五作「細如粉」。

〔九〕「有」下「玉」上原空一字，他本亦然，據毛校補「鳥」字。《稗海》本作「白玉山」，與下句「其石五色」不合，非是。

〔一〇〕「似」原誤作「以」，從毛校及程榮本改。

〔一一〕《稗海》本、程榮本「熒火」並作「螢火」。按《爾雅·釋蟲》：「熒火，卽炤。」注：「夜飛，腹下有火。」則熒火卽螢火也，單呼螢，俗呼熒火蟲。

〔一二〕「烏」原作「鳥」。按烏鴉色黑，故謂蝙蝠之黑者如之，字當作「烏」，今改。

〔一三〕毛校「入月」作「入目」。

昆吾山

昆吾山〔一〕，其下多赤金，色如火。昔黄帝伐蚩尤，陳兵於此地，掘深百丈，猶未及泉，惟見火光如星。地中多丹，鍊石爲銅，銅色青而利。泉色赤。山草木皆勁利〔二〕，土亦剛而精〔三〕。至越王句踐，使工人以白馬白牛祠昆吾之神，採金鑄之，以成八劍之精〔四〕：一名掩日，以之指日，則光晝暗。金陰也〔五〕，陰盛則陽滅。二名斷水，以之劃水，開即不合。三名轉魄，以之指月，蟾兎爲之倒轉〔六〕。四名懸翦，飛鳥遊過觸其刃〔七〕，如斬截焉。五名驚鯢，以之泛海，鯨鯢爲之深入。六曰滅魂，挾之夜行，不逢魑魅。七名却邪〔八〕，有妖魅者，見之則伏。八名真剛，以切玉斷金，如削土木矣。以應八方之氣鑄之也。其山有獸，大如兎，毛色如金，食土下之丹石，深穴地以爲窟，亦食銅鐵，膽腎皆如鐵。其雌者色白如銀。昔吳國武庫之中，兵刃鐵器，俱被食盡，而封署依然。王令檢其庫穴，獵得雙兎，一白一黄，殺之，開其腹，而有鐵膽腎，方知兵刃之鐵爲兎所食。王乃召其劍工，令鑄其膽腎以爲劍，一雌一雄，號「干將」者雄，號「鏌鋣」者雌〔九〕。其劍可以切玉斷犀，王深寶之，遂霸其國。後以石匣埋藏。及晉之中興，夜有紫氣衝斗牛〔一〇〕。張華使雷煥爲豐城縣令，掘而得之。華與煥各寶其一。拭以華陰之土，光耀射人。後華遇害，失劍所在〔一一〕。煥子佩其一劍，過延平津，劍鳴飛入水。及入水尋之，但見雙龍纏屈於潭下，目光如電，遂不敢前取矣〔三〕。

〔一〕《山海經·中山經》：「昆吾之山，其上多赤銅。」又《十洲記》：「流洲在西海中，多積石，名爲昆吾。治其石成爲鐵，作劍，光明洞照，如水精狀，割玉物如割泥。」按「昆吾」，《史記·司馬相如傳》作「琨珸」，《列子·湯問》作「錕鋙」，《吳越春秋·夫差内傳》又作「錕鋘」。

〔二〕「勁」原作「劍」，從《稗海》本、《廣記》二二九改。

〔三〕「剛」原作「鋼」，據《廣記》二二九改。

〔四〕《稗海》本、《廣記》二二九無「之精」二字。

〔五〕《廣記》二二九「陰」下有「物」字。

〔六〕《廣記》二二九「倒轉」作「側轉」。

〔七〕《稗海》本「遊」下有「蟲」字。《廣記》二二九作「飛鳥遊蟲遇觸其刃」。

〔八〕「却邪」原「却耶」，據《稗海》本、程榮本、《廣記》二二九改。

〔九〕《吳越春秋》：「干將，吳人；莫邪，干將之妻也。干將作劍，莫邪斷髮剪爪，投於爐中，金鐵乃濡，遂以成劍。陽曰干將，陰曰莫邪。」《吳地記》又謂吳王闔閭使干將鑄劍，其妻竄入爐中，鐵汁乃出，遂成二劍，雄號干將，雌號莫邪。二説畧異，皆與此所記不同，蓋寶劍難得，故異聞遂多。

〔一〇〕「氣」原作「色」，今改。《晉書·張華傳》：「斗牛之間，常有紫氣。」

〔一一〕「劍」原誤作「斂」，據《稗海》本、程榮本改。

〔一三〕按延平津寶劍化龍故事，亦見《晉書·張華傳》。延平津，在今福建省南平縣東，其地在晉時屬延平縣，故名延平津；又因雷焕子失劍於此，有劍津、龍津、劍溪等名。

洞庭山

洞庭山浮於水上，其下有金堂數百間，玉女居之〔一〕。四時聞金石絲竹之聲〔二〕，徹於山頂。楚懷王之時，舉羣才賦詩於水湄〔三〕，故云瀟湘洞庭之樂，聽者令人難老〔四〕，雖《咸池》、《九韶》〔五〕，不得比焉。每四仲之節〔六〕，王常繞山以遊宴，各舉四仲之氣以爲樂章〔七〕。仲春律中夾鐘〔八〕，乃作輕風流水之詩，讌於山南；律中蕤賓，乃作皓露秋霜之曲〔九〕。後懷王好進姦雄，羣賢逃越。屈原以忠見斥，隱於沅湘，披蓁茹草，混同禽獸，不交世務，採柏實以合桂膏，用養心神；被王逼逐，乃赴清冷之水〔一〇〕。楚人思慕，謂之水仙。其神遊於天河，精靈時降湘浦。楚人爲之立祠，漢末猶在。其山又有靈洞，入中常如有燭於前。中有異香芬馥，泉石明朗。採藥石之人入中，如行十里，迥然天清霞耀，花芳柳暗，丹樓瓊宇，宫觀異常。乃見衆女，霓裳冰顔，艷質與世人殊别。來邀採藥之人，飲以瓊漿金液，延入璇室〔二〕，奏以簫管絲桐。餞令還家，贈之丹醴之訣〔三〕。雖懷慕戀，且思其子息，却還洞穴，還若燈燭導前，便絶饑渴，而達舊鄉。已見邑里人户，各非故鄉鄰，唯尋得九代孫。問之，云：「遠祖入洞庭山採藥不還，今經三百年也。」其人説於鄰里，亦失所之。

〔一〕《類説》五作「龍女居之」，《廣記》二〇三、《御覽》二二俱作「帝女居之」。按《山海經・中山經》：「洞庭之山……帝之二女居之。」似以作「帝女」爲是。

〔二〕《御覽》二二「聲」作「音」。

〔三〕《稗海》本及《廣記》二〇三「舉」作「舆」。

〔四〕《説郛》本、程榮本「難」作「忘」，《御覽》二二「老」作「去」。疑此句中「難老」當作「忘去」。又「難老」亦成語，《詩・魯頌・泮水》：「永錫難老。」

〔五〕《廣記》二〇三、《御覽》二二「九韶」俱作「蕭韶」。按「咸池」，黄帝所作樂名。「九韶」，虞舜樂名；又「簫韶」即「九韶」，《書・益稷》：「《簫韶》九成，鳳凰來儀。」

〔六〕四仲，謂農曆四時之仲月，即仲春二月，仲夏五月，仲秋八月，仲冬十一月。《史記・封禪書》：「五月嘗駒及四仲之月祠。」

〔七〕「各」字據《稗海》本、《廣記》二〇三、《御覽》二二補。

〔八〕「鍾」亦作「鐘」，十二律陰陽各六，陰律爲吕，其五曰夾鍾，位於卯，在二月。《禮記·月令》：「仲春之月，其音角，律中夾鍾。」

〔九〕「律」原作「時」，據《稗海》本改。六律中之第四律曰蕤賓，位於午，在五月。《月令》：「仲夏之月，其音徵，律中蕤賓。」按前言「各舉四仲之氣以爲樂章」，今但言仲春、仲夏，未及仲秋、仲冬，且「皓露秋霜之曲」，亦非仲夏所當奏。必有脱文。

〔一〇〕《稗海》本、《廣記》二〇三，「水」作「淵」。

〔一一〕毛校「璇」作「瑶」。

〔一二〕「之訣」疑當作「爲訣」。訣，别也。

録曰：按《禹貢》山海，正史説名山大澤，或不列書圖，著於編雜之部〔一〕。或有乍無，或同乍異，故使覽者迴惑而疑焉。至如《列子》所説，員嶠、岱輿，瑰奇是聚〔二〕，先《墳》莫記。蓬萊、瀛洲、方丈，各有别名；昆吾神異，張騫亦云焉〔三〕。睹華戎不同寒暑律人獝禽至其異氣〔四〕，雲水草木，怪麗殊形，考之載籍，同其生類。非夫貴遠體大，則笑其虚誕。俟諸宏博，驗斯靈異焉。

〔一〕「編雜」疑當作「雜編」，如雜家、雜史之類。

〔二〕《列子·湯問》：「其中有五山焉：一曰岱輿，二曰員嶠，三曰方壺，四曰瀛洲，五曰蓬萊。其山高下周旋三萬里，其頂平處九千里，山之中間相去七萬里，以爲鄰居焉。其上臺觀皆金玉，其上禽獸皆純縞，珠玕之樹皆叢生，華實皆有滋味，食之皆不老不死。」

〔三〕按《漢書·張騫傳》無昆吾神異之事；《隋書·經籍志》史部地理類有《張騫出關志》一卷，今佚，或在其中。

〔四〕按「華戎」以下當有訛脱。

拾遺記佚文

凡本書佚文，散見於各種類書中，而可確指其爲本書某卷某節之文者，均已録入各節校語中，以便觀覽。此處所載，皆不能確指，無可附麗者。其或類書誤引，非出本書者，則畧加辨正，以免淆混。

1　漢武帝以珊瑚爲牀，紫錦爲帷。（《初學記》二五《屏風第三》）

2　薅乘草高五尺，葉色紺，莖如金，形如半月之勢，亦曰「半月草」，無花無實，其質温柔，可以爲布爲席。（同上，《席第六》）

按：本書卷六「宣帝地節元年」節列有各種異草，此條疑係該節佚文。

3　絳河去日南十萬里，波如絳色，多赤龍，赤鯉魚，而肥美可食，上仙服得之，則後天而死。（同上，六《總載・水第一》）

4　黑河，北極也，其水濃黑不流，土（？）雲生焉。有黑鯤魚，千尺如鯨，常飛往南海，或宕而失所，死於南海之濱，肉骨皆消，唯膽如石，上仙藥也。（同上，三〇《魚第十》）

5　沈慶之，元嘉中，始夢牽鹵(薄)部入厠中，雖欣清道，而甚惡之。或爲之解曰：「君必貴，然未也。鹵部者，富貴之容；厠中，所謂後帝也。君富貴不在今主矣。」後果中焉。(《廣記》二六七)

按：沈慶之，武康人，字弘先，宋文帝元嘉中累功爲建威將軍。其事在後，非子年所及見，此條决非本書文。

6　袁愍孫，世祖出爲海陵守，夢日墮身上，尋而追還，與機密。(同上)

按：《宋書》卷八十九，袁粲初名愍孫，字景倩，順帝時歷官中書監，司徒侍中。其事在子年身後，非本書文。

又按：《隋書·經籍志》雜史類有謝綽《宋拾遺》十卷，《唐志》作《宋拾遺録》，以上二條，當在其中。

7　武帝爲七寶床、雜寶按(案)、屏風、雜寶帳，設於桂宫，時人謂之「四寶宫」。(《廣記》四〇三)

按：此條見《西京雜記》，疑《廣記》誤引，非本書文。

8　申彌國去都萬里，有燧明國，不識四時晝夜，其人不死，厭世則升天。國有火樹，名燧木，屈盤萬識(?)，雲霧出於中間，折枝相鑽，則火出矣。後世聖人，變腥臊之味，遊日月之外，以食救萬物，乃至南垂（「陲」本字），目此樹表有鳥若鴞，以口啄木，粲然火出。聖人成（？）焉，因取小枝以鑽火，號燧人氏，在庖羲之前，則火食起乎茲矣。（《御覽》八六九）

按：《大典》三〇〇七亦引此條，而文較簡畧，「萬識」作「萬頃」，「成焉」作「感焉」，足訂《御覽》之誤。

又按：南宋羅泌撰《路史》，其子苹爲之注。《路史·前紀五》注引《拾遺記》云：「燧明之國，不識晝夜，土有燧木。後世聖人游於日月之外，以食救物，至於南垂，觀此燧木，有鳥類鴞，啄其枝則火出，取以鑽火，號燧人氏，在包羲氏之前，蓋火山國也。」又引王子年云：「去都萬里，有申彌國，近燧明之國，地與西王母接（按羅氏父子以西王母爲國名，詳《路史·餘論》），以故燕昭王游於西王母燧林之下，說燧皇鑽火之事。」按「近燧明之國」以下，蓋羅苹語，參看本書燕昭王九年節。

9 容山下有水，多丹鼈魚，皆能飛躍。（《御覽》九三二）

10 西國菜名頗稜，因僧携子入中國，訛爲波稜。（《類說》五）

11 東海有島名龍駒川，穆王養八駿處，有草名龍芻。（同上）

12 廣廷國霜色紺碧。（《類説》五，《紺珠集》八）

按：「廷」當作「延」，廣延國見本書卷十員嶠山節注〔一一〕。

13 后宫曰璿宫。（同上）

14 後魏人都芳造風扇，候二十四氣，每一氣至，一扇舉焉。（《紺珠集》八）

15 東海有島曰龍駒川，穆天子養八駿處。島中有草名龍芻，馬食之，日行千里。語曰：「一秣龍芻化龍駒。」（同上）

16 異國人入貢，乘毛之車甚快。（同上）

按：「毛」下疑脱「龍」字，本書卷一「南尋之國」節有「毛龍」，或即該節佚文。

17 西域菜，名僧携其子入中國，訛爲波稜。（同上）

按：右數條俱見《紺珠集》。按此書凡十三卷，不著編輯者名氏，或稱宋朱勝非輯録百家小説而成。體例與曾慥《類説》相近，所引書一百三十七種，多爲古本，足資考訂。其中引《拾遺記》者，已分别録入校語中。此「風扇」條言「後魏人都芳」，決其非《拾遺記》文；「龍芻」、「頗稷」等條，亦見《類説》，詳畧互有出入，蓋皆徵事數典，隨手摘録，以備臨文之用，故小異也。此兩書所引，皆零星短語，録備參考而已。

18 渤海之東，有五山：代輿、員嶠、方壺、瀛洲、蓬萊，臺觀皆金玉，所居之人皆仙聖。五山之根，無所連著，常隨潮波上下往來，不得暫峙。帝恐流於極，乃命禺强使巨鰲十五舉首而戴之，五山始峙而不動。(《大典》二三五六)

按：此條當係本書卷十佚文。

又按：《列子·湯問》亦載此神話，而文較詳瞻華采，疑子年襲取之。

附録

一　傳記資料

（一）《拾遺記》後序

《晉書·藝術傳》曰：「王嘉字子年，隴西安陽人也〔一〕。輕舉止，醜形貌，外若不足，内聰慧明敏〔二〕，便滑稽，好語笑，不食五穀，不衣美麗，清虛服氣，不與世人交遊。隱於東陽谷，鑿崖穴而居。弟子受業者百人〔三〕，亦皆穴處。石季龍之末，棄其徒衆，至長安，潛隱於終南山，結庵廬而止。門人聞而候之〔四〕，乃遷於倒獸山。堅累徵不赴〔五〕，公侯已下，咸躬往參詣，好尚之士無不師宗之。問當世事〔六〕，皆隨問而對。好爲譬喻，狀如戲調，言未然之理〔七〕，辭如讖記，當時鮮能曉悟之，過了皆驗〔八〕。堅將南征，遣使者問之。嘉曰：『金剛火强。』乃乘使者馬，正衣冠，徐徐東行百步，而策馬馳返，脱衣服，棄冠履而歸，下馬踞牀，一無所言。使者還以告，堅不悟，復遣問之曰：「吾世祚云何？」曰：「未央。」咸以爲吉。明年癸未，敗於淮南，所謂未年而有殃也。人候之者，至心則見之；不至心，則隱形不見。衣服在架，履杖猶在地〔九〕，或取其衣者，終不及；企而取之，衣架踰高，而屋亦不大。履杖之物亦如之。及姚萇之入長安，禮嘉如苻堅故事，適以自隨〔一〇〕，每事咨之。萇既與苻堅相持〔一一〕，問嘉曰：「吾得殺苻堅定天下否？」嘉曰：「略得之。」萇怒曰：「得當云得，何略之有！」遂斬之。先釋道安疾殛，使謂嘉曰〔一二〕：「世故方殷，可以同行矣！」嘉曰：「師先行，吾負債於人，未果去得〔一三〕。」俄然道安亡而嘉戮〔一四〕，可謂「負債」乎〔一五〕！苻登聞嘉死，設壇哭之，贈太師，謚文定公〔一六〕。及姚萇死，其子興字子略，方殺堅以定天下，「略得」之謂也。嘉死之日，人有隴上見之。其所造《三章歌讖》〔一七〕，事過皆驗，累世又傳之〔一八〕。又著《拾遺記》十卷〔一九〕，其事多詭怪，今行於世。」

〔一〕吴士鑑《晉書斠注》：「《高僧傳》五《道安傳》作洛陽人。案《地理志》，隴西郡無安陽縣，疑是苻秦所置。」

〔二〕今《晉書》作「而聰睿内明」。

〔三〕今《晉書》「百」上有「數」字。按《書鈔》一五八引車頻《秦書》：「諸有從其學者，人各一穴，遂至數百穴。」則作「數百人」者是。

〔四〕今《晉書》作「門人聞而復隨之」。

〔五〕今《晉書》作「苻堅」，是。

〔六〕今《晉書》作「問其當世事者」。

〔七〕今《晉書》「理」作「事」。

〔八〕今《晉書》作「事過皆驗」。

〔九〕今《晉書》作「履杖猶存」。

〔一〇〕今《晉書》「適」作「逼」。

〔一一〕今《晉書》作「與苻登相持」，是。按是時堅已死，下苻堅皆當從今本作苻登。

〔一二〕今《晉書》作「先此釋道安謂嘉曰」。

〔一三〕今《晉書》作「吾負債未果去」。

〔一四〕今《晉書》作「俄而道安亡，至是而嘉戮死」。

〔一五〕今《晉書》作「所謂負債者也」。

〔一六〕今《晉書》作「謚曰文」。

〔一七〕今《晉書》作「牽三歌讖」。

〔一八〕今《晉書》「又」作「猶」，是。

〔一九〕今《晉書》作「拾遺録」。

按：以上十數處外，後序所引《晉書》與今本尚有小異同，以無關宏旨，故未標出。

又按：《晉書·藝術傳》成書在《高僧傳》等書後，以其敍述較完整，且爲本書所據底本世德堂《拾遺記》列入《後序》，故今附録於此。

（二）《高僧傳》初集卷五《釋道安傳》附《王嘉傳》

（晉太元十年，道安未終之前，）隱士王嘉往候安。安曰：「世事如此，行將及人，相與去乎？」嘉曰：「誠如所言，師且前行；僕有小債未了，不得俱去。」及姚萇之得長安也，嘉時故在城内，萇與苻登相持甚久。萇乃問嘉：「朕當得登不？」答曰：「畧得。」萇怒曰：「得當言得，何畧之有！」遂斬之。此嘉所謂負債者也。萇死後，其子興方殺登，興字子畧，卽嘉所謂畧得者也。

嘉字子年，洛陽人也。形貌鄙陋，似若不足。本滑稽，好語笑，然不食五穀，清虚服氣，人咸宗而事之，往問善惡，嘉隨而應答，語則可笑，狀如調戲，辭似讖記，不可領解，事過多驗。初養徒於加眉谷中，苻堅遣大鴻臚徵不就。及堅將欲南征，遣問休否，嘉無所言，乃乘使者馬，佯向東行數百步，因落靴帽，解棄衣服，奔馬而還，以示堅壽春之敗，其先見如此。及姚萇正害嘉之日，有人於隴上見之，乃遣（遺？）書於萇。安之潛契神人，皆此類也。

（三）《雲笈七籤》卷一百一十《洞仙傳》

王嘉字子年，隴西安陽人也。久在於東陽谷口，携弟子登崖穴處。御六炁，守三一，冬夏不改其服，顏色日少。苻堅累徵不就。堅尋大舉南征，以弟融爲大將軍，遣人問嘉。曰：「金堅火强。」仍乘使者馬，衣冠徐徐東行數百步，因墮其衣裳，奔馬而還，踞牀而不言。堅又不解，更遣人問世祚云何，嘉曰「未央」。堅欣然以爲吉徵。明年歲在癸未，堅大敗於壽春，遂亡秦國，是殃在未年也。以秦居西爲金，晉都南爲火，火能鑠金也。嘉尋移嵩高山。姚萇定長安，問嘉：「朕應九五不？」嘉曰：「畧當得。」萇大怒曰：「小道士答朕不恭！」有司奏誅嘉及二弟子。萇先使人隴右，逢嘉將兩弟子，計已千餘里，正是誅日。嘉使書與萇，萇令發嘉及二弟子棺，並無尸，各有竹杖一枚。萇尋亡。

（四）曾慥《類説》三引《王氏神仙傳》「未央」條

王嘉字子年，久在東陽谷口，苻堅征晉，遣人問吉凶。嘉曰：「金剛火强。」堅不能解。嘉乘馬徐行，因墮靴棄裳，奔馬而還。堅又不解，更問世祚。嘉曰：「未央。」堅以爲吉徵。明年歲在癸未，堅大敗於壽州，遂亡，是殃在未年也。以秦西居爲金，晉都南爲火，火能鑠金也。姚萇定長安，問嘉「應九五否」？曰：「畧得。」萇怒誅嘉及二弟子。萇先使人隴右，逢嘉將弟子，計已千餘里，正是誅嘉日也。萇令發棺，並無尸，各有竹枝一枚。

二 歷代著録及評論

《隋書·經籍志》雜史類：

《拾遺録》二卷，僞秦姚萇方士王子年撰。

《王子年拾遺記》十卷，蕭綺撰。

《舊唐書·經籍志》雜史類：

《拾遺録》三卷，王嘉撰。

《王子年拾遺記》十卷，蕭綺録。

《新唐書·藝文志》雜史類：

王嘉《拾遺録》三卷，又《拾遺記》十卷，蕭綺録。

《崇文總目》卷二十一傳記類：

《王子年拾遺記》十卷。

王應麟《玉海·藝文·記志篇》：

《中興書目·别史類》，晉王嘉撰著《拾遺記》十卷，事多詭怪，今行於世。梁蕭綺序云，本十九卷，書後殘缺，綺因删集爲十卷。

又《藝文·録篇》引《集賢注記》：「天寶六載十二月，敕索《考經鉤命決》、《王子年拾遺（録）》、《任子道論》等四十餘部以進。」

馬端臨《文獻通考·經籍考》子部小説家類：

《王子年拾遺記》十卷，《名山記》一卷。

《宋史·藝文志》小説家類：

《王子年拾遺記》十卷，晉王嘉撰。

按：明鈔本《説郛》載尤袤《遂初堂書目》，其《雜傳類》中有《王子年拾遺記》，未注卷數。

劉知幾《史通·雜述篇》：

逸事者，皆前史所遺，後人所記，求諸異説，爲益實多；及妄者爲之，則苟載傳聞，而無詮擇，由是真僞不別，是非相亂，如郭子横之《洞冥》、王子年之《拾遺》，全構虚辭，用驚愚俗，此其爲弊之甚者也。

晁載之《續談助》引張柬之《洞冥記跋》：

昔葛洪造《漢武内傳》、《西京雜記》、虞義造《王子年拾遺録》，王儉造《漢武故事》，並操觚鑿空，恣情迂誕，而學者耽閲，以廣聞見，亦各其志，庸何傷乎！

按：姚振宗《隋書經籍志考證》云：「義不詳何許人，疑即南齊虞羲。」

晁公武《郡齋讀書志》：

《王子年拾遺記》十卷，梁蕭綺敍録。晉王嘉字子年，嘗著書百二十篇，載伏羲以來異事，前世奇詭之説，書佚不完，綺拾掇殘闕，輯而敍之。

陳振孫《直齋書録解題》：

《拾遺記》十卷，晉隴西王嘉子年撰，蕭綺敍録。又《名山記》一卷，亦稱王子年，即前之

第十卷，大抵皆詭誕。

楊慎《丹鉛總録》：

隴西處士王嘉，隱居倒虎山，有異術。苻堅迎之入長安。按嘉字子年，今世所傳《拾遺記》，嘉所著也。其書全無憑證，直講虚空。首篇謂少昊母有桑中之行，尤爲悖亂。嘉蓋無德而詭隱，無才而强飾，如今之走帳黄冠，遊方羽客，僞藥欺人，假丹誤俗，是其故智，而移於筆札，世猶傳信之，深可怪也哉！

胡應麟《少室山房筆叢》三十二：

《拾遺記》稱王嘉子年、蕭綺傳録，蓋即綺撰而託之王嘉。中所記無一事實者。皇娥等歌，浮艷淺薄，然詞人往往用之，以境界相近故。又《名山記》亦贋作，今不傳。

顧春世德堂本《拾遺記》跋：

王子年《拾遺記》十卷，上遡羲、農，下沿典午，旁及海外瑰奇詭異之説，無不具載。蕭綺復節爲之録，搜抉典墳，符證秘隱，詞藻燦然。予因刻置家塾。或有訝其怪誕無稽者。噫！邵伭温有云：「四海九州之外，何物不有，特人耳目未及，輒謂之妄」；矧邃古之事，何可必其爲無耶？博洽者固將有取矣。嘉靖甲午春三月東滄居士吴郡顧春識。

王謨《漢魏叢書·拾遺記跋》：

右王嘉《拾遺記》，梁蕭綺録，共十卷。《文獻通考》又以《拾遺記》第十卷别爲《名山記》一卷，實祇一書，卷數分合不同爾。嘉字子年，隴西人，後秦姚萇方士，有傳列《晉書·藝術》，亦言其《拾遺記》記事多詭怪。昔太史公嘗病百家言黄帝，文不雅馴，而嘉乃鑿空著書，專説伏羲以來異事。其甚者，至以《衛風·桑中》託始皇娥，爲有淫佚之行，誣罔不道如此，其見殺於萇，非不幸也！二《志》厠之《雜史》，謬矣！《通考》以入《小説家》，尚爲近之。

《四庫全書總目提要》卷一百四十二子部小説家類三：

《拾遺記》十卷（内府藏本）。

秦王嘉撰。嘉字子年，隴西安陽人，事蹟具《晉書·藝術傳》。考舊本繫之晉代，然嘉實苻秦方士，是時關中雲擾，與典午隔絶久矣，稱晉人者非也。其書本十九卷，二百二十篇，後經亂亡殘闕，梁蕭綺搜羅補綴，定爲十卷，並附著所論，命之曰《録》，即此本也。綺序稱「文起羲、炎以來，事迄西晉之末」，然第九卷記石虎燋龍，至石氏破滅，則事在穆帝永和六年之後，入東晉久矣，綺亦約畧言之也。嘉書蓋倣郭憲《洞冥記》而作，其言荒誕，證以史傳皆不合，如皇娥讌歌之事，趙高登仙之説，或上誣古聖，或下獎賊臣，尤爲乖迕。綺録亦附會其詞，無所糾正。然歷代詞人，取材不竭，亦劉勰所謂「事豐奇偉，辭富膏腴，無益經典，而有助文章」者歟。《虞初》九百，漢人備録，六朝舊笈，今亦存備採掇焉。

《四庫全書簡明目録》小説家類：

《拾遺記》十卷，秦王嘉撰。原本十九卷，二百二十篇，經亂佚闕，梁蕭綺掇拾殘文，編爲十卷，併爲《序》、《録》，《録》即論贊之別名也。所記上起三皇，下迄石虎，事蹟十不一真，而詞條豔發，摛華掞藻者，挹取不窮。

周中孚《鄭堂讀書記》卷六十六：

《拾遺記》十卷，秦王嘉撰。《四庫全書》著録。《隋志》雜史類作《拾遺録》二卷。新、舊《唐志》雜史類俱作《拾遺録》三卷，又《拾遺記》十卷，注云：「蕭綺録。」《崇文目》傳記類、《讀書志》傳記類、《書録解題》、《通考》、《宋志》俱作《拾遺記》十卷。蓋子年撰而綺敍録，故二《唐志》俱分載也。據綺序，知王氏書本十九卷二百二十篇，經亂佚闕，綺掇拾殘文，編爲十卷，併爲之《録》，《録》即論贊之別名也。然則隋、唐志所載二卷、三卷之本，亦非子年之原書矣。所記上起三皇，下迄石虎，事蹟奇詭，十不一真，徒以辭條豐蔚，頗有資於詞章。至綺所論斷，雖爲暢達，亦不過揚其頽波耳。《祕書二十一種》亦收入之。《歷代小史》所收，有《記》無《録》。《説郛》僅節録一卷云。

譚獻《復堂日記》卷五：

《拾遺記》，豔異之祖，恢譎之尤，文富旨荒，不爲典要，予少時之論如此。今三復乃見作者之用心。奎虐之朝，陽九之運，述往事以譏切時王，所謂陳古以刺今也。篇中於忠諫之辭，興亡之迹，三致意焉。蕭綺附録，大義軌於正道，是非不謬於聖人者已。又案篇記異物，輒詳所出，蓋皆自注語，傳寫誤連正文耳。

魯迅《中國小説史畧》第六篇《六朝之鬼神志怪書（下）》：

《拾遺記》十卷，題晉隴西王嘉撰，梁蕭綺録。《晉書·藝術列傳》中有王嘉，略云，嘉字子年，隴西安陽人，初隱於東陽谷，後入長安，苻堅累徵不起，能言未然之事，辭如讖記，當時鮮能曉之。姚萇入長安，逼嘉自隨，後以問答失萇意，爲萇所殺（約三九〇）。嘉嘗造《牽三歌讖》，又著《拾遺録》十卷，其事多詭怪，今行於世。《傳》所云《拾遺録》者，蓋即今《記》，前有蕭綺序，言書本十九卷，二百二十篇，當苻秦之季，典章散滅，此書亦多有亡，綺更删繁存實，合爲一部，凡十卷。今書前九卷起庖犧迄東晉，末一卷則記崐崙等九仙山，與序所謂「事訖西晉之末」者稍不同。其文筆頗靡麗，而事皆誕謾無實，蕭綺之録亦附會，胡應麟（《筆叢》三十二）以爲蓋即綺撰而託之王嘉者也。

後記

這本《拾遺記校注》的初稿寫成於一九六二年，交書局後，經過十年動亂，幸未淪爲劫灰，因得重新寫定，於一九八一年出版，距前已二十年。今又逾五年，此書再版，因畧述修訂情況，謹致讀者。

在校勘方面，以前未利用《初學記》和《永樂大典》，這次修訂，取兩書引文與本書相校，發現不少異文。雖説其絶大部分都同於《太平御覽》所引，早經校過；但也有個别字句較《御覽》爲勝。如《御覽》所引本書卷六「宣帝地節元年」節佚文：「又有倒葉麻，葉如倒巨，色紅紫，亦名紅冰麻，言水麻乃有實。」末句訛誤，意不可通。《初學記》引此則作：「倒葉麻（下脱「葉」字）如倒苣，紅紫色，亦名紅冰麻，言冰寒乃有實。」這就使我們得知「巨」爲「苣」之誤，「水麻」爲「冰寒」之誤，因而相悦以解了。另有《拾遺記》各本文字皆同，而《初學記》引文獨異者，如少昊之母，各本皆作「皇娥」，而《初學記》獨作「星娥」。此書爲唐初徐堅等所撰，疑唐人所見《拾遺記》本作星娥，其後傳抄刊印，訛爲皇娥。其主要原因，固由「星」、「皇」

二字形近易混；再則因其爲帝王之母，或因堯女名娥皇，而牽連顛倒其文，遂致積非成是，沿誤至今。李商隱詩：「海客乘槎上紫氛，星娥罷織一相聞，只應不憚牽牛妒，聊用支機石贈君。」諸家注都只引《荆楚歲時記》或《博物志》所載牛郎、織女故事，以明出典；而對於「星娥」一詞的來歷則皆未注。我想《拾遺記》卷一「少昊母曰星（皇）娥，處璇宫而夜織」，也許正是此詩「星娥」所本。小李獺祭爲詩，語必有據，後因「星」訛爲「皇」，以致博雅如馮浩諸人也不知其出處了。至於牛郎、織女與星娥、神童（太白之精）兩個故事有無淵源演變的關係，則尚有待於神話學者的研究。

《大典》今殘存者約八百卷，僅及原書百分之四，故所引《拾遺記》文不及《初學記》、《御覽》之多，在校勘上亦不及兩書之重要。但也有勝處，如《拾遺記》卷六何休節「贏糧而至」，各本皆把「贏」誤作「羸」，惟《大典》所引不誤。又曹曾節「故謂曹氏爲書倉」，《大典》作「故時人謂之曹氏書倉」，文理更爲順通。尤其是卷十圓嶠山節「南有移池國，人長三尺，壽萬歲」下，《大典》和《初學記》都多出「廣延之國，人長二尺」八字，如此則下文所述「以茅爲衣服……死而復生」等等，乃關於廣延國人的異聞，而不屬於移池國人了。考《類説》及《紺珠集》並引《拾遺記》，有「廣廷國霜色紺碧」之語，廣廷、廣延當卽一國而字有訛誤。

此外，南宋吴曾《能改齋漫録》六、七兩卷屢引《拾遺記》以證詩文用事出處，亦足資參證。

此次補校之餘，又於《初學記》中輯得佚文四條，於《大典》中得一條。《大典》所引「渤海之東有五山」云云，當是本書卷十佚文，其文字與《列子·湯問》所載基本相同而較畧，當是採自《列子》。而《三輔舊事》（張澍輯本，在《二酉堂叢書》中）載劉邦父佩刀事及趙飛燕避風臺事，則又與《拾遺記》卷五、卷六中兩節雷同，知其採自此書。古人雜著，往往如此，一事互見，不足爲異。但取以參閲，亦頗有益考證。如本書卷十蕭《録》云：「《列子》所説員嶠、岱輿，瑰奇是聚，先《墳》莫記。」王嘉採及《列子》，而蕭綺疑其非先秦古書，這就爲考訂《列子》撰著時代提供了一條證佐。

昔李善七注《文選》，人皆服其精審。我於此書，亦經三復，不賢識小，深用自愧。而自初版問世以來，承讀者不棄，或爲文介紹，或著書引用，海外學人亦有同氣相求者，而書局同志相助尤多，統誌於此，以答雅意，兼求匡正！

一九八六年十月齊治平記

校記訂補

本書校語原附於各卷本文之後，此次修訂，有所增益，爲省重排之煩，統附於此。

一二頁倒一行　「少昊以金德王」，《初學記》十「少昊」上有「帝」字。又「母曰皇娥」，《初學記》十「皇」作「星」。

一三頁四行　「薰茅」，《永樂大典》二三四六引作「芳茅」。

二八頁五行　「有鳥如雀」，《初學記》十四「雀」上有「丹」字。又下句亦有「自」字，與《御覽》引文同。又「氤氳」，《初學記》作「氛氳」，與《御覽》同。

五〇頁七行　「因祇之國」，《初學記》二十七兩引本節文，俱作「嶿支國」。

五〇頁一〇行　「文似雲霞」下，《初學記》二十七作「覆以日月，如城雉樓堞也」。

五五頁八行　「倏翮」，《初學記》二十五作「倏融」；下「仄影」作「反影」。

五五頁倒一行　「一名煥質」二句，《初學記》二十六、三十並作「一曰煥質，一曰暄肌」。

五六頁一行　「麑人得而奇之」，《初學記》三十引無句首「麑」字，「奇」作「珍」。

五六頁二行　「罪入大辟者」三句，《初學記》三十引文與《御覽》同，參本頁〔一〇〕校語。

六〇頁一行　「馭黄金碧玉之車」數句，《初學記》二十五「車」作「輦」，下作「從朝及暮，而窮宇宙之内徧焉」。疑有删節。

六五頁四行　「曳丹玉之履」，《初學記》二十六作「納丹豹文履」。又「薦清澄琬琰之膏以爲酒」，《初學記》二十六引作「西王母薦穆王琬液清觴」，較勝。

六五頁五行　「陰岐黑棗」，《初學記》二十八所引佚文與《御覽》同，惟「百歲一實」上多「歷」字。參六六頁〔五〕校語。

六九頁九行　「起一高臺，名曰思煙臺」，《初學記》二十五作「爲立臺，號曰思煙」，較勝。

六九頁一一行　「烏白臆者爲慈烏」，《大典》二三四五引「慈」作「仁」。

七〇頁一〇行　「係衰周而素王」，《大典》一九七三引「係」作「系」，與《類説》同。

參七一頁〔五〕校語。

七三頁一〇行　《初學記》二十七引本書云：「周靈王起昆昭之臺，以享羣臣，張鸞章錦，文如鸞翔。」文與今本不同，或係佚文。
七三頁倒二行「謡俗」，《大典》二九四八作「世俗」。參七四頁〔三〕校語。
七四頁一行「堅冰可瑑」，《大典》引「瑑」作「琢」。參〔五〕校語。
七五頁一〇行「向鏡語」二句，《初學記》二十五作「人語則鏡中響應」。
九八頁一一行「懸照於室内」，《初學記》二十七作「而懸室内」。
一二一頁二行「列靈麻之燭」，《初學記》二十五引「麻」作「䕮」。按，䕮卽麻子，可以造油。
一三二頁一行「種之十旬而熟」，《初學記》二十七作「言一旬而生也」。
一三二頁三行「有遊龍粟，葉屈曲似遊龍也」，《初學記》二十七作「有龍枝之粟，言其枝屈曲似游龍，食之善走」。
一三二頁四行「令人骨輕」下，《初學記》二十七引本書尚有「雲渠粟」云云，與《御覽》所引文同，參一三三頁〔六〕校語。
一三二頁六行「調暢六府」，《大典》二二八二引此句上有「能」字。
一三二頁九行「後天而老」下，《初學記》二十七引本書云：「東極之東，有紫實麻，粒如粟，色紫，迮爲油，則汁如清水，食之目視鬼魅。又有倒葉麻，如倒苣，紅紫色，亦名紅冰麻，言冰寒乃有實。」文字與《御覽》所引畧同，較《御覽》爲勝。參一三三頁〔九〕校語。

一三四頁五行　「去王都七萬里」，《初學記》三十引此句下作「人善服鳥獸，雞犬皆使能言」，與《御覽》同。

一四一頁四行　「恒山」，《初學記》二十八作「常山」。按，北嶽恒山，漢以避文帝諱改爲常山，郡名同此。

一四四頁一一行　「乘船以遊漾」，《大典》八八四二引「船」作「小舟」。又「選玉色輕體者」，《大典》八八四二引「者」作「宫人」二字。參一四五頁〔三〕校語。

一五五頁八行　「及遠年古諺」，《大典》二九四九引「及」字上有「以」字。

一五五頁一一行　「羸」原誤作「嬴」，《大典》二九四九引作「羸」，不誤。

一五七頁五行　「學徒有貧者」，《大典》七五一八引「徒」字下有「從之」二字，則「學徒從之」爲句。

一五七頁八行　「故謂曹氏爲書倉」，《大典》七五一八引作「故時人謂之曹氏書倉」，較勝今本。
一五九頁四行　「以入六宮」，《大典》二九七二引「六」作「後」。
一五九頁一〇行　「相續不滅」，《大典》二九七二引「滅」作「絶」。
一七一頁三行　「爲帝王之所崇」，《大典》一三四五二引無「之」字。
一七九頁倒三行　「乃褰紫綃之帷」，《初學記》二十五引「褰」作「展」。
一八一頁七行　「吴主潘夫人父坐法」，《大典》二六〇四引「主」作「王」，「父」上有「之」字。按《大典》引此節文或作「主」或作「王」，不一律。
一八一頁九行　「吴主見而喜悦」，《大典》引「吴主」上又有「吴主」二字，當屬上句；「而喜悦」作「圖而嘉之」。
一八一頁倒五行　「每以夫人遊昭宣之臺」，《大典》引「以」作「與」。
一八一頁倒三行　「將爲妖矣」，《大典》二六〇四引「矣」作「乎」。
一九三頁三行　「即命之爲棺槨」，《大典》九一三「命」下無「之」字，當據删。
一九三頁六行　「報君棺槨衣服之惠」，《大典》引「衣服」在「棺槨」上。
二一三頁倒三行　「祖梁國……皆如火生水上也」諸句，《初學記》二十引作「祖梨國貢蔓苔，色如金縈，叢如鷄卵，投水中，蔓延波瀾之上如火」。

二三二頁七行　「有奈各生，如碧色」，《初學記》二十八引「如」作「子」，則當在「生」字斷句。

二三四頁三行　「下有沙礰……雲霧」數句，《初學記》所引與《御覽》同，惟「雪霰」誤作「雪霧」，當從《御覽》。參〔六〕校語。

二三五頁四行　「以雕壺盛數斗膏」二句，《初學記》二十五引作「以雕囊盛數升龍膏，獻燕昭王」。宋吴曾《能改齋漫録》六引同，惟「雕」作「赤」。

二三五頁五行　「以龍膏爲燈……丹紫」三句，《初學記》二十五「以」作「燃」，下句作「火色曜百里，烟色如丹」。《能改齋漫録》六同。

二三八頁五行　「員嶠山……粒皎如玉」數句，《能改齋漫録》七引作「員嶠之山，名環邱，上有方湖千里。多大鵠，高一丈。（《初學記》二十七「鵠」作「鶴」；卷三十又作「鵠」，「高一丈」作「高一尺許」。）羣飛於湖際，銜採不周之粟，於環邱之上。粟生穟，高五丈，其粒皎然如玉也」，文與今本不同，似較勝。

二三八頁倒四行　「西有星池千里，池中有神龜」，《大典》四九〇八引作「員嶠之山四（疑當作「西」）百里有池，周一千里，色隨四時變，中有神龜。下同本文，惟「腹有五嶽四瀆之象」作「復有四燭」，蓋有脱誤。

二二八頁倒一行　「南有移池國」，《初學記》十九作「陁移國」，《大典》三〇〇〇引作「移池國」，二九七八又引作「陀移國」，未知孰是。同上「壽萬歲」下，《初學記》十九及《大典》二九七八並有「廣延之國，人長二尺」八字。

二三三頁七行　「如削土木矣」，《北堂書鈔》一二二引作「如刻削土木」。